U0898509

汉译经典

〔法国〕孟德斯鸠 著
陆元昶 译

波斯人信札

译林出版社

目　录

关于《波斯人信札》的几点思考

在《波斯人信札》中，没有什么比在其中意外地发现一种小说更加令人高兴的了。人们看到它的开始、进展、结束：各种人物被放置在一条连接他们的链中。随着他们在欧洲逗留的时间越长，世界的这一部分的风俗在他们的头脑中就显得越不神奇越不怪异。而他们则根据他们性格的不同，或多或少地为这种怪异和神奇所震动。在另一方面，随着于斯贝克离去的长久，也就是说随着狂怒增大、爱情减少，混乱在亚洲的后宫中增长起来。

此外，因为人们自己讲述他当前的境况，这种小说通常都成功；这比起人们就情感所能做的全部叙述更加使人们感受到这些情感。这也是一些在《波斯人信札》之后出现的令人喜爱的作品成功的原因之一。

最后，在通常的长篇小说中，偏离正题只有当它本身形成一个新的长篇小说时，才被许可。人们不能在其中混入说理，因为，由于没有一个人物是为了说理而被集合在书中的，这将与作品的构思和性质相冲突。然而，在书信的形式之中，演员不是被选定的，人们所讨论的议题并不依赖于任何构思或任何事先已形成的计划，作者就给了自己能够将哲学、政治和道德结合在一部长篇小说中，并以一条秘密的和有些不为人知的链将所有这一切连接起来的便利。

《波斯人信札》一开始即有一个极大的零售量，以致书商们用尽一切方法以得到一些后续的作品。他们去拉着他们遇到的所有人的衣袖："先生，"他们说，"我请求您给我写一些波斯人信札。"

但是我刚刚说的足以使人们看到，它是不能有任何续作的，更不能与一些为另一只手所写的信相混杂，不管这些信如何的精巧。

有一些描写许多人觉得太大胆；但是他们被请求对这部作品的性质加以注意。那些应该在这里扮演一个如此重大角色的波斯人发现自己被突然移到了欧洲，也就是说进到另一个世界里。在一段时间里必须将他们表现得充满无知和偏见：人们在这时只注意使大家看到他们想法的产生和发展。他们最初的思想一定是奇特的：似乎人们只需给予他们那种能与思想相谐调的奇特性，人们只需描绘每样在他们看来显得不寻常的东西的感觉。人们远没有想要涉及我们宗教的某些原则，甚至根本没有猜测到自己有不谨慎。这些突出之点被发现总是与惊讶和震惊的感觉连接在一起，而根本不是与省察的想法，更不用说是与批评的想法连接在一起了。在谈到我们的宗教时，这些波斯人不应表现得比在谈及我们的习惯和我们的风俗时有更深了解；而如果他们有时觉得我们的教条是奇异的，这种奇异总是表现出对于这些教条与我们其它的真理之间的联系的彻底无知。

人们做这一辩解是出于对这些伟大真理的爱，而与对人类的尊重无涉，人们绝不愿意在最敏感的地方对后者加以打击。人们因此请求读者一刻也不要停止视我所说的那些突出之点为一些应当感到惊讶的人的惊讶的结果，或是一些甚至不能够作出反论的人所作出的反论。他被请求注意所有的乐趣就在于真实的事物与它们被领会所用的特殊、崭新或奇怪的方式之间的永久的对照之中。《波斯人信札》的性质和意图确实已经如此明显，因而它只会使那些想要使自己误解的人误解。

前　言

我根本不在这里写献辞，我也根本不为这本书请求保护：如果它是好的，人们将读它；如果它是坏的，我并不想要人们读它。

我选出了这第一批信件以试探公众的兴趣；在我的文件夹里，还有一大批别的书信，我可以在以后将它们交给公众。

但这样做的条件是我不能被人知道，因为，如果人们一旦知道我的名字，从那一刻起我将沉默。我认识一位妇人，她行走得相当不错，但从人们看着她时起，她便跛着走路。作品的缺点已经足够多了，我不必再将我自身的缺点呈现给公众批评。如果人们知道我是谁，人们会说："他的书与他的性格不相协调；他本应将他的时间用在某件更好的事上；这与一个严肃的人不相称。"批评家们从来就不缺少这类意见，因为人们不必怎样试验自己的才能就能够作出这些批评。

写这些信的那些波斯人曾经与我住在一起，我们在一起共同生活。由于他们视我为另一个世界的人，他们不对我隐瞒任何东西。事实上，从那样遥远的地方移居来的人们也不再能有什么秘密。他们向我交流了他们绝大部分的书信；我抄录了它们。我甚至还意外看到了一些他们本不应当透露给我的书信，因为它们对于波斯人的虚荣心和嫉妒心是有所冒犯的。

我只尽了一个翻译者的职责：我的全部努力就是使作品合乎我们的习俗。我尽我所能使读者少感到亚洲语言的困难，将他从无数会使他厌倦到极点的华美表达中解救出来。

但这还不是我为他做的全部。我省略了那些冗长的赞颂，东方人在此方面的慷慨并不弱于我们，我略去了许多那样难以经受阳光的考验并且在两个朋友之间总是应当根本不存在的细枝末节。

如果给予我们一些书信集的那些人中的绝大部分也做了同样的事，他们将看到他们的作品像蒸汽一样地消散。

有一件事常常使我惊讶：这就是看到这些波斯人有时候和我自己一样深知这个民族的风俗和方式，甚至能够认识其中那些最细微的细节，并且注意到我敢肯定是许多游历过法国的德国人根本未注意到的东西。我将这归因于他们在此作的长久的居留；更何况一个亚洲人在一年内了解法国人的风俗比一个法国人在四年内了解亚洲人的风俗要更为容易，因为一些人乐于暴露自己而另一些人相互交流甚少。

习惯许可所有的翻译者，甚至是最为野蛮的评论者，以对原著的赞颂来装饰他的译本或是他的批注的开头处，举出原著的益处、长处和杰出之处。我根本没有这样做；人们将容易地猜中其理由。最好的理由之一就是，被放置在一处本身就已非常令人厌恶的地方的事物，将是一件非常令人厌恶的事物：我想说的是一篇前言。

第一信

于斯贝克致他的朋友吕斯当

寄往伊斯法罕

我们只在戈姆停留了一天。向那位降生了十二位先知的处女[①]的坟墓致了我们的崇敬之后，我们就重新上了路，并于昨天即我们离开伊斯法罕的第二十五天，到达了道里斯。

黎加和我也许是波斯人中最早的为求知的欲望促使走出他们的国家，放弃平静生活的甜美以去辛苦地寻求智慧的人。

我们生在一个繁荣的王国里；然而我们并不相信它的边疆就是我们所认识的边疆，只应有东方的光明照耀着我们。

告诉我人们就我们的旅行说什么；根本不要奉承我：我不指望有一大群的赞同者。将你的信寄往埃尔泽隆，我们将在那里逗留一些时间。

再见，我亲爱的吕斯当；请相信不论我在世界的任何地方，都是你的忠诚的朋友。

一七一一年，萨法尔月[②]的第十五日，自道里斯。

---

① 指法蒂玛，伊斯兰教先知穆罕默德的女儿，阿里的妻子。（见一八二六年巴黎达里蓬出版社出版的孟德斯鸠全集第七卷《波斯人信札》注释）

② 波斯人用的历法为伊斯兰教历，即“希吉拉历”，萨法尔月为一年中的第二个月。

第二信

于斯贝克致首席黑阉奴

寄往伊斯法罕的后宫

你是波斯最美丽的那些妇人的忠诚守护者；我将我在这个世界上最为珍贵的东西托付给了你；你在你的手中握着那些只对我打开的致命的门的钥匙。当你看管着我心中的这件珍贵的寄存物时，它休息并感受到一种彻底的安全。你在夜晚的宁静中进行看管，一如在白天的喧闹中一般；当道德动摇时，你的不知疲倦的心支撑着它。如果你看管的那些妇人想要离开她们的义务，你要使她们丧失如此做的希望。你对于罪恶是灾难，对于忠诚是支柱。

你命令她们，又服从她们：你盲目地服从她们所有的意愿并使她们同样地服从后宫的法律。你在给予她们最卑下的服侍中找到荣耀；你带着尊敬与恐惧服从她们的合法的命令；你像她们的奴隶的奴隶那样侍奉她们。但当你害怕羞耻和谦逊的法律松懈时，靠着统治权的更换，你又像我一样如同主人般地下着命令。

你要总是回想你原先所处的微不足道的地位，那时你是我的所有奴隶中最卑微者，我使你离开这卑微的地位以将你放在这职位上，并将我的心中的珍宝交托给你。在那些分享着我的爱的女人身旁，你要使自己处在一种极度的屈辱之中；但同时亦要使她们感觉到她们的极端的从属。要为她们提供所有那些能够是无害的快乐；转移她们的不安；以音乐、舞蹈、甜美的饮料使她们消遣；要劝她们常常聚在一起。如果她们想要去到乡间，你可以带她们去；但要让人驱散可能会出现在她们面前的所有男人。要鼓励她们清洁，这是心灵洁净的表象。要时常对她们说到我。我希望在将她们美化的这个迷人的地方重新看到她们。

再见。

一七一一年，萨法尔月的第十八日，自道里斯。

第三信

萨嫱致于斯贝克

寄往道里斯

我们命令阉奴总管带我们到乡下去；他将会告诉你我们没有遇到任何意外。当必须要过河并离开我们的轿子时，我们按照习惯进入一些箱子里：两个奴隶将我们扛在他们的肩上，我们避开了所有的目光。

亲爱的于斯贝克，在你的伊斯法罕的后宫，在这些不断地使我想起我过去的欢乐，从而每天都以一种新的力量强烈激发我的愿望的地方，我怎么能够生活？我从一些房间游荡到另一些房间，总是在找你又永远也找不到你，但到处都遇到对我过去幸福的残酷的回忆。时而我看到自己在我平生第一次将你拥入我怀抱的地方；时而又在你当时决定你的妻子们这场有名的争执的地方。我们每个人都想要在美丽上胜过他人。我们竭尽了想象力所能给予的所有打扮和装饰后，将自己呈现在你的面前。你带着喜悦看着我们艺术的奇迹，你惊讶那想要取悦于你的热情使我们到了何种地步。但是你很快就使这些虚假的妩媚让位于更加自然的优美：你毁坏了我们所有的辛劳成果。我们必须脱掉这些在你看来已变得不合适的装饰；必须在自然的朴素中面对你的目光。我全然不顾了羞耻；我只想到我的荣耀。幸福的于斯贝克，有多少娇媚的地方展现在你的眼前！我们看见你长时间地在狂喜与狂喜之间犹豫：你的犹豫不决的心灵长时间地不能定下来；每一种新的优美都要求你给予一个判断；我们所有的人在一时间都遍体印满了你的亲吻；你使你好奇的目光一直达到那些最为隐秘的地方；你让我们在一刻之间作出成千种不同的姿态：总是有新的命令和新的服从。我向你承认，于斯贝克，一种比嫉妒还要更加强烈的激情使我希望能够被你喜欢。我看到自己在不知不觉中成了你的心的主宰；你选中我，你离开我；你回到我身旁，我能够留住你，胜利完全归于我，而失望则归于我的对手们。我们觉得我们是单独在这个世界上：环绕着我们的一切都不再值得我们关心。但愿我的对手们有勇气做我从你那里接受的所有爱的表示的见证！如果她们真的看见了我的欣喜，她们会感到在我的爱与她们的爱中的区别；她们会看到，即使她们能与我在妩媚上相匹敌，她们也不能在敏感上与我相敌……

可是我现在在哪里？这种虚妄的叙述要将我带到哪里？根本不被爱是一个不幸；而不再被爱则是一个羞辱。于斯贝克，你为了到野蛮的地区里漫游而离开我们。什么，你将被人爱的荣幸看得无所谓吗？唉！你甚至不知道你失去了什么！我发出一些根本不被人听到的叹息；我的眼泪在流淌，而你并不享有它们；仿佛是爱情在后宫中喘息，而你的冷漠使你不断地远离！啊！我亲爱的于斯贝克，但愿你懂得如何才是幸福。

一七一一年，马哈拉姆月[1]的第二十一日，自法特梅的后宫。

---

① 希吉拉历一年中的第一个月。

第四信

赛丽丝致于斯贝克

寄往埃尔泽隆

这个黑色的魔鬼终于决心要使我绝望。他想要尽一切力量抢走我的奴隶赛丽德；赛丽德以那样多的爱侍奉我，她的灵巧的双手给所有地方带去装点和优美。对他来说这一分别是痛苦的还不够：他还希望它是令人感到羞耻的。这个阴险的人想要将我对赛丽德的信任的动机视为罪恶的，并且，因为我总是将他赶到门外，在那里他感到烦恼，他竟敢猜想他听到或是看到了一些我甚至都不能想象出的东西。我真是不幸！我的退让和我的品德都不能使我躲避他的荒唐的怀疑：一个邪恶的奴隶竟在你的心中败坏我的名誉，我必须保护自己！不，我对自己有着太多的尊重，不能屈尊进行辩解：我只求有你，有你的爱，有我的爱，还有，如果必须对你说的话，于斯贝克，我的眼泪，作为对于我的行为的保证。

一七一一年，马哈拉姆月的第二十九日，自法特梅的后宫。

第五信

吕斯当致于斯贝克

寄往埃尔泽隆

你是伊斯法罕所有谈论的话题：人们说的全是关于你的离去。一些人将它归因于一种性情的轻率；另一些人归因于某种痛苦。只有你的朋友们为你辩解，但他们不能说服任何人。人们不能理解你竟能离开你的妻子、你的亲人、你的朋友、你的祖国，以去到对波斯人来说是陌生的气候里。黎加的母亲无法被安慰；她向你要她的儿子，她说你从她那里将他夺走。至于我，我亲爱的于斯贝克，我觉得自己自然地倾向于赞同你所做的一切；但是我无法原谅你的离去，并且，不论你能就此给我什么理由，我的心都永远不会欣赏它们。再见；永远爱我。

一七一一年，第一个莱比亚卜月[①]的第二十八日，自伊斯法罕。

① 希吉拉历一年中的第三个月。

第六信

于斯贝克致他的朋友奈西尔

寄往伊斯法罕

在埃里温停留一天后，我们离开波斯进入了服从土耳其人的土地。十二天后，我们到达了埃尔泽隆，我们将在这里逗留三四个月。

必须向你承认，奈西尔：当我再也看不见波斯，发现自己正在奸诈的奥斯曼人中间时，我感到一种隐隐的痛苦。随着我越来越进入到这些不信教者的国家里，我觉得我自己也变成了不信教者。

我的祖国，我的家庭，我的朋友，都出现在我的心灵里；我的温情醒来了；一种不安最终扰乱了我并使我认识到，我已做得太多，无法安宁了。

然而最使我痛心的，是我的妻子们：我一想到她们就不能不被痛苦吞噬。

奈西尔，这并不是因为我爱她们：在这一点上我是处于一种无动于衷之中，它不使我有丝毫的欲求。在我过去生活的人数众多的后宫里，我预防爱情并且通过它自己来毁灭它；但是，从我的冷淡本身，生出一种吞噬着我的隐隐的嫉妒。我看到一群几乎任由她们自己的妇女；我只有一些卑贱的灵魂来向我保证她们。如果我的奴隶是忠诚的，我也难以感到安心。如果他们不是忠诚的，这将会是怎样？将会有怎样悲惨的消息传到我将要游历的那些遥远的国家里！这是一种我的朋友们不能带来救治方法的疾病，这是一个他们应当不知道其悲惨的秘密的地方。而即使他们知道，他们又能做什么呢？难道我不是一千倍地更爱一种暗暗的不受惩罚而不是显著的纠正？我将我所有的痛苦放置在你的心中，奈西尔，这是在我目前所处的境况中我所剩的唯一的安慰。

一七一一年，第二个莱比亚卜月[①]的第十日，自埃尔泽隆。

第七信

法特梅致于斯贝克

寄往埃尔泽隆

你走了已经有两个月了，我亲爱的于斯贝克，而在我所处的虚弱之中，我还不能使自己相信这一切。我在整个后宫中奔跑，仿佛你在那里；我根本没有醒悟过来。你要一个女人怎么样呢？她爱你；她已经习惯于将你抱在她的怀中；她一心想的只是给予你一些她的爱情的证明：她由于出生的优越而是自由的，由于爱的强烈而是奴隶。

当我嫁给你时，我的双眼还从没有看见一个男人的脸；你是我被许可看到的唯一的男人[②]：我没有将这些可怕的阉奴列为男人，他们的最小的缺陷就是根本不是男人。当我将你的面貌的美与他们的面貌的丑陋相比较时，我禁不住自认为是幸福的：我的想象力丝毫不能给予我比起你身躯的诱人魅力更加令人狂喜的臆想。我向你发誓，于斯贝克，即使我被许可走出这由于我的身份而必须被禁闭着的地方；即使我能逃脱这围绕着我的看守；即使我被

① 希吉拉历一年中的第四个月。

② 原注：波斯妇女比土耳其妇女和印度妇女受到更严格的看管。

许可在生活在这个各民族的都城里的所有男人中进行选择，于斯贝克，我向你发誓，我也只会选中你。在这个世界上只有你才值得被爱。

不要认为你的离去会使我疏忽了一个对你来说是珍贵的美貌。尽管我不应被任何人看到，尽管我用以装点自己的装饰物对你的幸福而言是无用的，我还是努力使自己保持在令人欢欣的习惯中。不将自己搽遍最芬芳的香料我绝不入睡。我想起你来到我怀抱中的那个幸福时候；一个令人喜悦的梦，它诱惑我，向我展现我的爱情的亲爱对象；我的想象沉迷于它的愿望之中，一如在它的希望中自我欣喜。有时候我想，当你厌倦了一番艰苦的旅行后，你会回到我们身边；夜晚在一些既不属于醒又不属于睡的梦想中度过；我在我的身旁找寻你，我觉得你在躲避我；终于那吞噬着我的火自行驱散了这种欣喜迷狂并唤起我的理智。这时我发现自己是那样的兴奋……你不会相信这个，于斯贝克，在这种状况中是不可能生活的；火在我的血管中流动。我怎么就不能够向你表达我清楚地感觉到的一切！而我又如何清楚地感觉到我不能向你表达的一切！在这些时刻，于斯贝克，我宁可给出这个世界的帝国以换得你的一个亲吻。一个女人真是不幸，她有着一些如此强烈的愿望，而她被剥夺了那唯一能够满足它们的愿望；由于被彻底忽视，没有任何可能使她消遣的事物，她必须生活在习惯的叹息中和一种被激发起的情感的愤怒之中；不仅不是幸福的，她甚至都没有为另一个人的幸福效力的荣幸：她是后宫的无用的装饰，她被看守着是为了她丈夫的荣誉，而不是为了他的幸福！

你们这些男人，你们真残酷！你们由于我们有一些我们不能满足的情感而欢喜；你们对待我们就好像我们毫无情感，而如果我们是毫无情感的，你们定会非常不快；你们认为我们的被长时间折磨抑制的愿望，在看到你们时会被激发起来。要使自己被爱是不容易的；最简单的方法就是从我们感觉的失望中得到你们不敢从你们的长处中指望到的。

再见，亲爱的于斯贝克，再见。请相信我只是为了爱你才活着：我的心灵总是装满着你，你的远离，非但不能使你被忘记，反而会使我的爱更加强烈，如果它还能够变得更强烈的话。

一七一一年，第一个莱比亚卜月的第十二日，自伊斯法罕的后宫。

第八信

于斯贝克致他的朋友吕斯当

寄往伊斯法罕

你的信在埃尔泽隆寄达我手中，我在这里。我早就料到我的出行会造成轰动；我丝毫也不为此而苦恼。你希望我听从什么，是我的敌人们的考虑，还是我自己的？

从我非常年轻时起，我就出现在宫廷之中。我可以说：我的心在那里根本没有堕落；我甚至想出一个大计划；我敢于在那里是有道德的。一旦我认识到罪恶，我便远离罪恶；但我随后便靠近它，为的是揭穿它。我将真实一直带到了王座的脚下：我在那里说着一种直到那时都是陌生的言语；我打乱了奉承，我使崇拜者和偶像同时惊讶。

然而，当我看到我的诚实给我造成了一些敌人，看到我给自己引来了大臣们的嫉妒，而丝毫没有对君主的好感，看到在一个腐败堕落的宫廷里我只能以一种软弱的道德支持自己，我决定离开它。我假装出一种巨大的对于科学的喜好，并且由于假装，我真的就有了这喜好。我再也不过问任何事务，我隐居在乡间的一所房屋里。但是这一决定也有它的不便：我总是面对我的敌人们的恶意，而我几乎剥夺了使自己免受伤害的办法。一些秘密的劝告使我认真地想到我自己：我决定离开我的祖国，而我退出宫廷本身就为我这样做提供了一个可称赞的借口。我去见国王，我向他表示我在西方的科学中进行学习的愿望，我向他暗示他能从我的旅行中得到益处。我在他的眼前找到了恩惠；我出发了，我从我的敌人们手中抢夺了一个受害者。

吕斯当，这，就是我旅行的真正的动机。让伊斯法罕去说吧；只在那些爱我的人面前为我辩解；任我的敌人们恶意地解释吧，我太幸福了，因为这是他们能够给予我的唯一的伤害。

人们现在谈论我，也许我将被彻底遗忘，而我的朋友们……不，吕斯当，我根本不愿使自己陷入这种悲惨的想法。我对于他们将总是珍贵的。我相信他们的忠诚，一如我相信你的。

一七一一年，第二个热马迪月[①]的第二十日，自埃尔泽隆。

第九信

阉奴总管致伊毕

寄往埃尔泽隆

你在你过去的主人的旅行中跟随着他；你走遍各行省和各王国；痛苦将不会在你身上造成影响：每一个时刻都展现给你一些

① 希吉拉历一年中的第六个月。

新的事物，你看到的一切使你愉悦并使你在不觉中度过。

而我就不一样了，我被关在一座可怕的牢狱里，总是被同样的事物包围着，被同样的痛苦吞噬着。我在五十年的操心和不安的重压下颤抖，并且在长长的一生中，我不能说曾有过一天的安稳和一刻的平静。

当我的第一个主人有了那将他的妻子们交托给我的残酷打算，并且用由成千的威胁支持的诱骗逼使我永远地与我自己分离时，由于厌倦了从事那些最为辛苦的劳役，我想要为了我的安宁和幸福而牺牲我的激情。我多么不幸啊！我的带着顾虑的心使我看到了补偿，而看不到损失：我希望我能以没有能力满足爱情而使自己摆脱爱情的困扰。唉！人们在我身上熄灭了情感的果，而没有熄灭它的因，于是，非但没有因此而减轻痛苦，我发现自己被不断激发情感的事物围绕着。我进入后宫，在那里一切都引起我对我失去的一切的痛惜：我觉得自己每一刻都被刺激着；成千自然的恩惠[①]仿佛只是为了要使我伤心而暴露在我的眼前。更加不幸的是，在我的眼前总有一个幸福的男人。在这种混乱的时候，没有一次，在将一个女人引到我主人的床上，为她脱去衣服后，我心中不是带着愤怒灵魂里可怕的绝望回到我自己的房里。

我就是这样度过了我的悲惨的青年时代。我只有自己是我的知己；我负着烦恼和痛苦，我必须吞下它们，那些我本想用温情的眼睛看着的女人，我只以严厉的目光面对着她们。如果她们看穿我，我就完了。有什么样的便利她们不能从中获得？

记得有一天我将一个女人放入洗澡池中，我觉得自己是那样的激动竟至完全丧失了理智，我竟敢将我的手伸到一个可怕的地方。当我刚有反应时，我相信这一天就是我的最后一天了。可是

① 自然的恩惠指女人的美貌和身躯。

我相当幸运地逃脱了成千次的死。但我向她暴露出我的弱点的那位美人非常昂贵地卖给我她的缄默：我完全丧失了我对于她的权力，并且她此后使我不得不做了一些令我有成千次失去生命危险的屈辱的事。

青年时代的感情之火终于熄灭了。我现在老了，我发现自己在这方面处于一种平静的状态中，我无动于衷地看着那些妇人，我将她们给予我的所有蔑视和她们令我遭受的所有折磨很好地还给她们。我总是想起自己是为了向她们发号令而生的，在我还向她们发号令的那些场合，我觉得我又变成了男人。自从我冷静地看她们之后，我仇恨她们，我的理智让我看到她们所有的弱点。尽管我为了另一个人而看守着她们，那种使别人服从我的快乐却给我一种暗暗的喜悦：当我使她们失去一切时，我觉得这是为了我自己，于是这总是会给我一种间接的满足。我觉得自己在后宫中就如在一个小帝国中一般，我所存的唯一的情感，即我的野心，得到了一点满足。我高兴地看着一切都围绕着我转，在任何时刻我都是必不可少的。我自愿地承受着所有这些女人的仇恨，这使我在我的位置上变得坚定。而她们也不是与一个忘恩负义的人打交道：她们发现我总是迎合她们所有的那些最无害的快乐。我总是像一道不可动摇的障碍一样出现在她们面前：她们想出一些计划,而我突然阻止它们。我用拒绝来武装自己;我浑身布满着谨慎;我嘴里说的从来只是义务、道德、羞耻、谦虚之类的话。我不断向她们说着她们的性别的弱点和主人的权威而使她们绝望。然后我又抱怨自己不得不如此的严厉，我似乎是想要使她们相信，除了她们自身的利益和一种对她们的巨大关心之外我并无别的动机。

这并不是说我自己没有无数的不快，这些存心报复的妇人就不会每天都试图使我给予她们的不快变得更加昂贵：她们有一些可怕的反击。在我们之间似乎有一种统治与服从的涨潮与落潮。她们总是使那些最为令人羞耻的劳役落在我的头上；她们装出一种无可比拟的蔑视；她们丝毫不顾我的年老，使我在一夜之中为了那最小的琐事而起床十次。我不断地被命令、催促、职事和反复无常压着；仿佛是她们轮流着使我辛劳，她们的怪念头相互连续不断。她们常常以增加我的操心为乐。她们让人透露给我一些虚假的消息。时而，人们来对我说在院墙的周围出现一个年轻的男人。另一次则是人们听到了一些响声，或者就是人们要传递一封信。所有这些使我慌乱，而她们笑这种慌乱：她们非常乐于看到我这样自己使自己遭受折磨。另一次，她们使我立在她们的门后，将我整日整夜地强留在那里：她们非常善于装出一些疾病、一些虚弱、一些恐惧。为了将我引向她们希望的地步，她们是不缺少借口的。在这类情况下，需要有一种盲目的服从和无止境的讨好：一个像我这样的人口中的拒绝是一种从来没有听闻价值的东西，并且，如果我在服从她们时犹豫，她们就有权惩罚我。我亲爱的伊毕，我宁可失去生命也不愿受这种羞辱。

这还不是全部。我从来也没有一刻肯定是处在主人的欢喜之中；在他的心中我有那样多的敌人，她们想的只是要毁灭我。她们有一些时间，在这些时间里我根本不被人听到，在这些时间里人们什么都不拒绝，在这些时间里我总是有错。我将一些被激怒的女人引到我主人的床上。你认为人们在那里会为我而工作，我这一方是最强的？我应该害怕她们的眼泪，她们的叹息，她们的拥抱，还有她们的快乐本身：她们是在她们胜利的地方；她们的媚态对于我来说变得可怕；现时的效劳在一刻之间就将我过去所有的效劳一笔勾销，什么也不能使一个不再属于自己的主人向我保证。

有多少次我遇到这样的事，我在得宠中睡下，在失宠中起来！

我那样屈辱地在后宫周围被鞭笞的那天，我做了什么？我将一个女人留在我主人的怀抱里。她一看见他被煽起欲火，便流下大量的眼泪；她哭诉并且如此巧妙地掌握着她的哭诉的分寸，使之随着她引起的爱情的增大而增大。在这样一种微妙的时刻我怎样能够支撑我自己呢？我在我最没有料想到的时候被毁了；我是一场爱情交易和一宗叹息所立的契约的牺牲品。这，亲爱的伊毕，就是我一直生活于其中的残酷的境地。

你是多么的幸福啊！你的操心只限于在于斯贝克一人身上。对于你来说，使他高兴并使你自己直到你生命的最后一天都处在他的宠爱中，是容易的事。

一七一一年，萨法尔月的最后一日，自伊斯法罕的后宫。

第十信

弥尔萨致他的朋友于斯贝克

寄往埃尔泽隆

你过去是唯一能对黎加的离去而给予我补偿的人，也只有黎加能对你的离去给予我安慰。我们失去了你，于斯贝克：你过去是我们群体的灵魂。要想斩断心灵和精神建立的联系需要怎样的强力啊！

我们在这里谈论很多；我们的谈论通常是围绕着道德问题。昨天人们谈到，人是通过感官的快乐和满足而获得幸福的，还是由于美德的实践而获得幸福的。我常听你说人生来是为了要有道德，正义是一种和生存一样为他们所独有的品质。我请求你向我解释你要说的意思。

我曾向一些毛拉谈过，他们以他们从《古兰经》中摘录的片段使我失望：因为我不是作为真正的信教者，而是作为人，作为公民，作为一家之长向他们说话。再见。

一七一一年，萨法尔月的最后一日，自伊斯法罕。

第十一信

于斯贝克致弥尔萨

寄往伊斯法罕

你为了试探我的理智而放弃你自己的理智；你屈尊向我咨询，认为我有能力给你教导。我亲爱的弥尔萨，有一样东西比起你对我怀有的好感还要更加令我高兴——是你的友谊给了我这种东西。

要想完成你指派给我的任务，我认为不应当使用一些非常抽象的论证——有一些真理，仅仅使人相信是不够的，还应让人感受到。道德的真理就是如此。也许这一则故事比起一部精妙的哲学更加能够打动你。

过去在阿拉伯有一个被称为穴居人的小民族，他们是那些古老的穴居人的后裔，如果我们相信历史家们的话，这些古老的穴居人更像是些野兽而不是像人。人根本不是那样畸形的：他们根本不是像熊那样浑身长毛；他们根本不嘶叫；他们有两只眼睛；但他们是那样的坏和那样的凶残，在他们中没有任何公平与正义的准则。

他们有一个外国血统的国王，他想要改正他们天性中的邪恶，严厉地对待他们；但是他们阴谋反对他，杀死了他并且灭绝了整个王室。

行动成功了，他们聚集起来以选择一个政权，在经历了很多的分歧之后，他们选出了一些行政官员。可是，他们刚将那些官员选举出来，就觉得那些官员不能忍受，于是他们又将之全部屠杀。

从这个新的枷锁下得到自由的这个民族，从此只听从自己野蛮的本性；所有的个人都认为他们将不再服从任何人；每个人将仅仅顾及他自己的利益，而不考虑他人的利益。

这个一致的决定使所有的个人都极为高兴。他们说："我为什么要为了一些我丝毫不关心的人而辛苦地工作？我将只想到我自己；我将生活得幸福。别人是不是幸福对我有什么重要？我将满足我的所有要求，如果我有了我要求的一切，即使所有其他的穴居人是贫困的，我也根本不管。"

人们正处在为土地播种的月份。每个人都说："我只为了我的田地能够提供给我生活必须的麦子才耕种它：更多的产量对我是无用的；无论如何我也不会受这个辛劳。"

这个小王国的土地并不属于同样的自然条件：有旱地和山地，还有的处在一处低地，为许多条溪流所灌溉。这一年，干旱非常严重，致使那些在高处的田地都完全没有收成，而那些能被灌溉的田地收成非常好。于是山上的那些人由于别人的冷酷而几乎全部饿死，后者拒绝与他们分享收获。

接下来的这年非常多雨；高地遇到了不同寻常的大丰收，而低处的土地都被淹没了。另一半人这一次又叫喊饥饿；但是这些不幸的人遇到了一些与他们自己曾经表现出的同样冷酷的人。

一位主要的居民有一个非常美丽的妻子；他的邻居爱上了她

并将她抢走。于是发生了一场大争吵，在狠狠地辱骂和搏斗一番之后，他们同意就此事听从一位在共和国存在时就有一些声望的穴居人的决断。他们去到他那里想要向他陈述自己的理由。“这个女人属于你或者属于他，这与我有什么关系？”这人说，“我有我的地要耕种，我不想将我的时间用在解决你们的争执和为你们的事而劳动却将我自己的事疏忽掉。我请求你们不要打扰我，不要再用你们的争吵来烦我。”说完他便离开他们，去到他的田里劳动了。那抢夺人者，他是最强的一方，发誓说他宁可死也不归还这个女人，而另一个人，被他的邻居的不正义和裁判的冷酷深深地刺痛，失望地回家，他在回家的路上看到一个年轻美丽的女人正从泉水边回来。他不再有妻子了，这一位令他欢喜，而当他知道她正是他曾想要视为法官却又对他的不幸毫无同情心的那人的妻子时，他更加高兴。他抢夺了她并将她带回自己的家中。

有一个人有一块相当丰产的田地，他极为精心地耕作它。他的两个邻居联合在一起，将他赶出自己的家，占有了他的土地。他们形成一种联盟以反对所有那些想要侵占它的人，他们也确实这样坚持了几个月。然而两个人中的一个，由于厌倦了与人分配他本可以独自拥有的东西，杀死了另一个人而成了田地唯一的主人。他的统治并不长久。另外两个穴居人向他攻击，他发现自己太弱了，不能保护自己，于是他被杀了。

一个几乎完全赤裸的穴居人看见正在出卖的羊毛，他便问它的价格。那位商人心里说：“我本来只应当希望从我的羊毛得到足够买两份麦子的钱，可是我要将它卖四倍的价钱，以便得到八份的麦子。”这是不可避免的，必须给付要求的价格。“我很高兴，”商人说，“现在我可以有麦子了。”“您说什么？”那购买者说，“您需要麦子？我正有麦子要出售。只是它的价格也许会令您吃惊：因为您知道麦子极昂贵，几乎到处都遭受着饥饿。可是，将我的钱还给我，我将给您一份麦子：我不想将它们以别的价格卖出，让您饿死。”

这时一场残酷的疫病侵袭着这个地区。一位能干的医生从邻近的国家来到这里并给了他的药以治好那些向他求助的人。当疫病停止了，他去到他医治过的那些人的家中索要他的报酬，但他只遇到一些拒绝。他返回他的国家里，当他到达时，已为这一长时间的旅行而疲惫不堪。可是不久，他得知同样的疫病又被人们重新感染并比以往都更加使这个忘恩负义的地方遭受痛苦。他们这次去到他那里而不等待他来到他们家中。“去吧，”他说，“邪恶的人们！你们在心灵中有一种毒素，比你们想要治愈的毒素还要更加致命；你们不配在大地上占据一块地方，因为你们毫无人性，你们丝毫不知道公正的法则。如果我反对正在惩罚你们的众神的正义的愤怒，我会认为我是在冒犯众神。”

一七一一年，第二个热马迪月的第三日，自埃尔泽隆。

第十二信

于斯贝克致同一人

寄往伊斯法罕

你已经看到，我亲爱的弥尔萨，穴居人是怎样由于他们的邪恶本身而毁灭，成了他们自己的不正义的牺牲品。在那样多的家庭中只有两户避免了整个民族的不幸。在这个国家里有两个非常特别的人：他们有人性；他们认识正义；他们爱道德。既是由于他们心灵的正直亦是由于别人心灵的堕落而联合在一起的他们，看到全部族的堕落并对之只是感到怜悯；这也正是一种新的联合的动机。他们以一种共同的关心而为共同的利益工作着；他们之间只有那些由一种甜美温和的友谊所导致产生的争论；因而，在这个国家最为偏远的地方，与根本不配和他们同处在一起的同族们相隔绝，他们过着幸福平静的生活。土地在这些有道德的双手的耕种下，似乎自己产出物品。

他们爱他们的妻子，并且也被她们温情地爱恋着。他们所有的关心就是培养他们的孩子们有道德。他们不断向孩子们展现他们的同胞们的不幸，将一个如此悲惨的例证放在他们的眼前。他们尤其使孩子们感觉到个人的利益总是存在于公共的利益之中；想要离开公共的利益，也就是想要毁灭自己；道德根本不是一种会使我们付出高昂代价的事物；根本不应将它视为一种辛苦的习练；对别人的公正是一种对于我们自己的仁爱。

他们很快就得到有道德的父亲应有的安慰，有了一些和他们相似的孩子。在他们的眼睛之下被教育的年轻人们通过幸福的婚姻而发展：人数增多了；结合总是同样的，而道德非但没有在众多人数中变弱，反而由于更多的榜样而被增强了。

谁能够在这里描绘出这些穴居人的幸福？一个如此正直的人应当为众神所喜爱。自从它睁开眼睛认识到众神后，它便懂得畏惧他们，于是宗教便来使天然留在风俗中的那些太粗野的东西软化。

他们确立了一些对众神表示敬意的节日：装饰着鲜花的少女们与男孩子们一起，以他们的舞蹈和一种乡村音乐的伴奏来庆祝这些节日。接下来人们举行一些宴会，主宰着宴会的既有欢乐更有节俭。正是在这些聚会中，朴素的天性在说话：在这时，人们学会给予心和接受心；正是在这时，处女羞红着脸作出一个表白，这个表白被无意中发现，但是很快便为父亲们的同意所肯定；正是在这时，慈爱的母亲们高兴地预见到一个美好忠诚的结合。

人们去到庙堂里以求请众神的恩惠；这并不是富有和令人难忍的丰裕：这一类的心愿为幸福的穴居人所不齿；他们只知道为他们的同胞们希求这些。他们在祭坛的脚下只是为了请求他们的父亲们的健康，他们的兄弟们的团结，他们的妻子们的爱情，他们的孩子们的爱和服从。女孩们来到这里奉上她们温和的心，只求众神给予她们这样一个恩惠，也就是能够令一个穴居人幸福。

晚上，当牧群离开牧场，疲倦的耕牛们将大车拉回家时，他们聚在一起。在简朴的餐桌上，他们唱着早先的穴居人的不正义和他们的不幸，与新人民一同复兴的道德和新人民的幸福。他们赞美众神的伟大，众神的总是呈现于那些向他们求请的人面前的恩惠，和对于那些不畏惧众神的人们来说不可避免的愤怒；然后他们描述乡村生活的美好和一个总是为清白所装点的生活状况的幸福。很快他们便深深地进入一个操心和痛苦永不能打断的睡眠之中。

大自然对于他们心愿的满足并不少于对于他们需求的满足。在这个幸福的国家里，贪婪是陌生的：他们相互馈赠，在馈赠之中那给予别人物品的人认为自己总是获得益处。穴居人民族将自己视为一个大家庭；牧群几乎总是混在一起；人们通常给自己免去的那件唯一的麻烦，就是分配它们。

一七一一年，第二个热马迪月的第六日，自埃尔泽隆。

第十三信

于斯贝克致同一人

我无法足够地向你讲述穴居人的美德。他们中的一人有一天说:“我父亲明天要耕种他的田地，我将比他早两个小时起来，等他到他的田地上时，他将发现它已经完全耕好了。”

另一个人心里说:“我觉得我的妹妹对我们亲戚中的一个年轻的穴居人有好感，我必须向我的父亲说这事，我将让他决定这一婚姻。”

人们来向另一个人说一些强盗抢走了他的牲畜:“我非常难过，”他说，“因为那里面有一头全白的牝牛我想要献给众神。”

人们听到另一个人说:“我必须去到庙堂里感谢众神，因为我父亲那样地爱着的、我那样地亲近的兄弟恢复了健康。”

或者是:“有一块田地邻近我父亲的田地，那些耕作它的人每天都处在烈日的曝晒下，我必须去在那里种两棵树，以使这些可怜的人有时候能在它们的树荫下休息。”

有一天许多穴居人聚集在一起，一个老人说到一个年轻人，怀疑他干下了一件坏的事情，因此对他进行了指责。“我们不相信他犯下了这个罪行，”那些年轻的穴居人说，“可是，如果他做了，但愿他是他家中最后一个死的！”

人们来对一个穴居人说一些陌生人抢劫了他的家并拿走了所有的东西。“如果他们不是不公正的，”他回答道，“我希望众神使他们比我更加长久地使用它。”

如此的繁荣不会不被嫉妒地注视着。邻近的民族聚集起来，在一个虚假的托辞下，决定要抢夺他们的牲畜。这个决定被得知后，穴居人就向他们派去一些使者，使者这样对他们说：

“穴居人对你们做了什么？他们抢了你们的妻子，夺了你们的牲畜，蹂躏了你们的乡村吗？不：我们是公正的，我们敬畏众神。你们需要我们的什么？你们需要羊毛来为你们做衣服吗？你们需要牛乳以喂养你们的牲畜或者是需要我们土地上的果实吗？放下武器，来到我们中间，我们将给你们所有这一切。但我们以这世上最为神圣的事物发誓，如果你们作为敌人而进入我们的土地，我们将视你们为不正义的民族，我们将像对待凶狠的野兽一样地对待你们。”

这些话被轻蔑地拒绝；那些野蛮的人武装着进入了穴居人的土地，他们认为后者用以保卫自己的只是他们的天真。

可是穴居人早已做好了保卫的准备：他们将他们的妻子和孩子放在他们的中间。他们只是为他们敌人的不正义而不是为其人数所惊讶。一种新的烈火占据着他们的心：这一个人要为他的父亲而死；另一个，则是为他的妻子和孩子；这一个，为了他的兄弟；那一个，为了他的朋友；所有的人，则是为了穴居人民族。死去的人的位置立即就被另一个人替代，这一个人除了公共的利益外，还要为一个个人的死而复仇。

不正义与道德的战斗就是如此。这些只想得到赃物的卑鄙的人并不羞于逃跑，他们屈服于穴居人的道德，尽管他们并没有被感动。

一七一一年，第二个热马迪月的第九日，自埃尔泽隆。

第十四信

于斯贝克致同一人

由于人群每天都在增大，穴居人认为应该为自己选一个国王；他们一致认为应当将王冠给予那最公正的人；他们所有的人将目光投向一位由于其年龄和其长久的道德操行而受人尊重的老人。他原不想看到自己在这个聚会中间；他躲在他自己的家中，由于悲伤而心痛。

当人们向他派去一些使者以告诉他人们关于他而做的选择时，他说："上帝不许可我对穴居人犯这个错误，不许可人们认为在他们中没有人比我更加公正！你们把王冠让给我；如果你们坚决要如此，我会接受它：可是请相信，我会由于出生时看到自由的穴居人，而在今天看到被奴役的他们而悲痛地死去。"一边这样说着，他痛哭起来。"不幸的日子啊！"他说，"为什么我要活这么久？"然后他以严肃的声音说道："哦，穴居人！我非常清楚，这是因为你们的美德现在开始令你们感到重压。在你们目前所处的情况下，虽然没有首领，你们必须克制自己，告诉自己要有道德；否则你们将不能生存，你们将落入你们祖先的不幸之中。可是这个拘束在你们看来是太生硬了：你们宁可服从一个君主并听从他那不比你们的道德严厉的法律。你们知道，那个时候，你们便可以满足你们的野心，获取财富并在可耻的享乐中堕落；那个时候，只要你们能避免堕入那些巨大的罪恶，你们便将不需要美德。"他停了一下，他的眼泪更加大量地流淌。"你们要我做什么？我又怎么能够向一个穴居人要求什么？你们希望他因为我要求他而做一件有道德的行为，其实他完全可以不需要我，仅仅依靠天性的倾向自己这样做！哦，穴居人！我已经到了我生命的尽头，我的血已经在血管中结了冰，我很快就要再见到你们的神圣的祖先。为什么你们要我使他们伤心，要我不得不告诉他们我将你们留在另一个约束之下，而不是道德的约束下？”

一七一一年，第二个热马迪月的第十日，自埃尔泽隆。

第十五信

阉奴总管致黑阉奴雅隆

寄往埃尔泽隆

我祈求上天将你带回到这里并使你避开所有的危险。

虽然我几乎从来也不知道人们所称的友谊这种联系，虽然我将自己完全包裹在自己之中，你还是使我感觉到我仍然有一颗心，因此当我冷酷地对待所有那些生活在我的法律之下的奴隶时，我怀着高兴看着你的童年的成长。

那时我的主人将他的目光投向你。当铁使你与天性分开时，天性还远远没有说话。我无法告诉你我是怜悯你，抑或是看着你被提高到我的地步而感到高兴。我平息你的哭泣和叫喊。我觉得我看到你得到第二次生命并离开了一种你必须在其中永远服从的奴役，而进入了一种你应当在其中发号令的奴役。我担负起对你的教导。总是与教导不可分的严厉使你长时间地不知道我珍爱着你。我确实珍爱你，并且我要说我过去爱你就像一个父亲爱他的儿子，如果父亲和儿子这样的名称能够适用于我们的命运的话。

你就要游历从来也不信教的基督徒们居住的那些国家，你不可能不在那里沾染上很多污垢。先知怎样才能在成百万的他的敌人中看护你呢？我希望我的主人在他回来的途中到麦加去朝圣——你们将在天使们的土地上使自己洁净。

一七一一年，第二个热马迪月的第十日，自伊斯法罕的后宫。

第十六信

于斯贝克致三座圣墓①的守护者毛拉梅黑梅-阿里

寄往戈姆

为什么你生活在那些坟墓中，神圣的毛拉？你是为众星的住所而被造出来的。你一定是为了生怕使太阳暗淡而将自己藏匿。你根本不像这颗星②一样有斑点；然而，你像它一样用云遮蔽自己。

你的知识是比大西洋还深的一处深渊；你的智慧比阿里③的有着双尖的宝剑祖法加尔还要锐利；你知道发生在九级上天力量④当中的事；你在我们神圣的先知胸口读着《古兰经》；当你遇到某个不明确的片段时，一位天使受他的命令，展开快速的双翼自他的王座降下来向你揭示其秘密。

---

① 戈姆的清真寺里有三座受到穆斯林尊敬的坟墓，据说其中之一是法蒂玛的坟墓，另两座是两位属于她家族的圣徒的坟墓。

② 指太阳。

③ 穆罕默德的堂弟及女婿，四大哈里发的第四位。波斯人信奉的什叶派尊他为第一代伊玛目，认为他是穆罕默德的真正继承人。

④ 上天的力量，指九级天使。

我能通过你而与那些天使有亲密的交往——因为，第十三位伊玛目[①]，你不正是天与地相交会的中心，是地狱与天堂之间相通联之点吗？

我正处在一个不敬神的人民中间。请许可我与你一同净化我自己；请许可我将我的脸转向你居住的那些神圣的地方；将我从坏人中分别出来，就如人们在旭日初升时将白线与黑线分开一样；用你的建议帮助我；关心我的灵魂；以先知们的精神使它陶醉；以天国的知识滋养它，许可我将它的伤痕放在你的脚下。

请将你神圣的信寄往埃尔泽隆，我将在这里停留几个月。

一七一一年，第二个热马迪月的第十一日，自埃尔泽隆。

第十七信

于斯贝克致同一人

神圣的毛拉，我不能使我的焦急平静下来。我不能等待你的崇高的回信。我有一些疑问，必须要得到解答；我感到我的理智迷路了；请将它领回正确的道路；来照亮我，光明的源泉；以你神圣的笔击碎我将呈现给你的这些困难；使我对我自己怜悯并为我将向你提的问题而羞愧。

为什么我们的立法者禁止我们食用猪的肉和所有他称为不洁的肉？为什么他禁止我们接触已经死亡的躯体？并且，为了洁净我们的心灵，他命令我们不停地清洗我们的身体？我觉得事物就

① 阿里及其后裔被什叶派尊为十二伊玛目。此处称梅黑梅-阿里为第十三位伊玛目，是对他的赞美。

其本身而言既不是洁净的也不是不洁净的：在那使它们如此的原因中，我不能体会到任何固有的性质。污泥只是由于它令我们的视觉或我们的另外某种感觉不快而使我们觉得脏；但就它自身而言，它并不比金子和宝石更脏。通过对一具尸体的接触而感受到的被染上污秽的想法，只是由于我们由此而感到的某种自然的反感，才来到我们心中。如果那些根本不洗澡的人的身体既不伤害嗅觉，亦不伤害视觉，人们又怎能想象它们是不洁净的呢？

神圣的毛拉，感觉就一定要是事物的洁净或不洁净的唯一裁决者吗？然而，由于事物并不是以同样的方式对人们发生影响；那给予一些人一种快乐感受的事物在另一些人身上却造成反感。因此，感官的证明在这里并不能作为准则，除非人们说任何人都能根据自己的意愿而在这点上做出决断，并且为了与他有关的事情，将那些洁净的事物与不洁净的事物分别开来。

神圣的毛拉，但这难道不会推翻被我们神圣的先知所确立的区分法和由众天使亲手书写的法律的那些基本之点吗？

一七一一年，第二个热马迪月的第二十日，自埃尔泽隆。

第十八信

众先知的奴仆梅黑梅-阿里致于斯贝克

寄往埃尔泽隆

你们总是向我们提一些人们曾向我们神圣的先知提过一千遍的问题。为什么你们不读博士们的传说？为什么你们不去往这个所有知识的洁净的源泉？你们将发现你们所有的疑问都已得到解答。

不幸的人们，你们总是为地上的事物所困扰，从来也没有定睛注视过上天的事物，你们尊重毛拉们的律条，却不敢拥抱它和遵从它！

不信教的人们，你们从来也没有进入到永恒[1]的秘密之中，你们的光亮就像地狱的黑暗一样，你们心灵的推理就如同炎热的夏邦月的正午时你们的脚扬起的灰尘一样。

所以你们心灵的天顶还够不到最小的伊玛目的心灵的天底。你们的虚幻的哲学是宣告风暴和黑暗的闪电；你们处在暴风雨的中央，随着风而四处游荡。

要回答你们的疑难是非常容易的——要想这样，只需向你们讲述有一天发生在我们神圣的先知身上的事就行了，那时他为一些基督徒所诱惑，为一些犹太教徒所考验，而他使他们两方都遭到失败。

犹太教徒阿布迪亚斯·伊伯萨隆[2]问他为什么上帝禁止吃猪肉。"这不是没有道理的，"穆罕默德回答道："这是一种不洁的动物，我将使你们相信这点。"他以污泥在手上做成一个人的形状；他将它抛在地上并对它喝道："起来！"立刻就站起一个人来说道："我是诺亚的儿子雅菲。""当你死的时候你的头发就是这样白吗？"神圣的先知对他说。"不，"他回答道；"可是当你叫醒我时，我以为最后审判的日子到了，我感到极端的恐惧所以我的头发突然就变白了。"

"那么，告诉我，"安拉[3]的使者对他说，"诺亚方舟的所有故事。"

---

① 原文中永恒一词用大写，指上帝，对于伊斯兰教徒来说，也就是指安拉。

② 原注：穆罕默德传说。

③ 原文为 Dieu，基督徒用这个词，指的是基督教的上帝，而伊斯兰教徒用这个词时，指的是伊斯兰教的唯一的神安拉。但在后面的一些信中，就很难明确地区分这个词究竟是指上帝还是安拉了，故而译为上帝。

雅非遵命，详尽地讲述了最初的那些年月里发生的所有的事。然后他这样说：

“我们将所有动物的粪便堆放在船的一侧；这使得船倾斜得非常厉害，我们感到极为害怕：尤其是我们的妇女，她们非常伤心地痛哭着。我们的父亲诺亚询求安拉的建议，安拉命令他捉住大象，使之将头朝向倾斜的那一侧。这个巨大的动物排出大量的粪便，从那里面生出一头猪来。”于斯贝克，您相信吗？从那以后我们便禁止接触猪，我们视之为一种不洁的动物。

可是，由于这头猪每天都在搅动着这些粪秽，在船上升起了一股那样强的恶臭，它自己也忍不住打喷嚏。从它的鼻孔中跑出了一只老鼠，这老鼠便去啃咬它面前的所有东西。这事对于诺亚来说变得不可容忍了，他觉得应当再度询求安拉的意见。安拉命令他在狮子的额头重重地一击，它也打起喷嚏，从它的鼻孔中跑出一只猫。您是不是认为这些动物仍是不洁的呢[①]？您觉得如何？

当您觉察不到某些事物不洁净的原因时，这是因为您不知道许多其它的事物，您对于发生在安拉、天使和人之间的事一无所知。您不知道自古以来的历史。您根本就没有读过写在天上的那些书：被显露给你们的只是那神圣的图书馆中极少的一部分，而那些像我们一样，在一生里向这部天书靠得更近的人，仍是处在蒙昧与黑暗之中。再见。愿穆罕默德在您心中。

一七一一年，夏邦月[②]的最后一日，自戈姆。

---

① 一八二六年的孟德斯鸠全集本《波斯人信札》注：在伊斯兰教的某些派别中，猫并非不洁的动物。他们相信穆罕默德把猫放在了天上。因为有一次，先知在做静修时，以手抚摸一只猫，猫竖起了尾巴。

② 希吉拉历一年中的第八个月。

第十九信

于斯贝克致他的朋友吕斯当

寄往伊斯法罕

我们在托加只住了八天；在三十五天的行程之后，我们到达了士麦那。

从托加到士麦那，人们看不到任何一个值得提到其名字的城市。我惊讶地看到了奥斯曼人的帝国的虚弱。这个有病的躯体不是以一种温和节制的制度，而是以一些不断地虚耗它、挖空它的强暴的方法支撑自己。

只是靠着金钱而取得其职位的巴夏[①]们，身无分文地进入各行省，像掠夺被征服的国家一样掠夺它们。一支放肆无礼的军队仅仅服从于它自己的随心所欲。广场被摧毁，城市变得人迹稀少，乡村被荒废，土地耕种和商业被彻底抛弃。

在这严厉的统治中，有罪不罚盛行着：耕作土地的基督徒和征集赋税的犹太人面临着成千的暴力。

土地的所有权是不确定的，因此，使土地变得值钱的狂热减退了：没有任何头衔和领地抵得过统治者的任性。

这些野蛮人已经如此抛弃了艺术[②]，他们竟至荒疏了军事艺术。当欧洲的国家一天天地变得文明起来时，他们还停留在他们古代的蒙昧之中，只是在他们的新发明被成千次地用来反对他们自己

① 过去穆斯林国家的行省长官。

② 过去所说的艺术包括各种技艺，手工艺亦在其中。

之后，他们才想到要拿起它们。

他们没有任何的航海经验，在手工艺方面没有丝毫的技巧。人们说从一块焦石中出来的一小撮基督徒[①]使奥斯曼人流汗并使他们的帝国疲惫。

由于不会经商，他们几乎是很不情愿地允许总是勤劳而能干的欧洲人来做这事：他们认为许可这些外国人使他们自己富有起来是给予这些人恩惠。

在我走过的这一大片国土中，我只发现士麦那能够被人视为一座富有、强大的城市。是欧洲人使它变得如此，它并不是由于土耳其人而与所有其它城市不相像。

亲爱的吕斯当，这就是对这个帝国的公正的认识，这个帝国在不到两个世纪之后，将成为某个征服者凯旋的舞台。

一七一一年，拉马赞月[②]的第二日，自士麦那。

第二十信

于斯贝克致他的妻子萨嬉

寄往伊斯法罕的后宫

您冒犯了我，萨嬉，我感到在我心中有一些激动，如果我的远离没有给您足够的时间以改变行为和平息我所深感折磨的强烈的嫉妒，您应当害怕这些激动。

我得知人们发现您与白阉奴纳第尔单独在一起，他将以他的

---

① 原注：这显然是指马耳他骑士团。

② 即拉马丹月，希吉拉历一年中的第九个月。是穆斯林持斋的月。

头来补偿他的不忠与背叛。您怎么竟至忘了感觉，当您有一些专门侍奉您的黑阉奴时，您不得让一个白阉奴进到您的房间里？尽管您对我说阉奴不是男人，您的道德使您远远高出了一种不完善的想来有可能在您心中引起的思想。这对于您和对于我都是不妙的：对于您，因为您做了一件后宫的法律禁止您做的事；对于我，由于您使自己面对别人的目光，您使我失去了荣誉，我面对别人的目光时怎么说？也许应该说是面对一个险恶的人的引诱，他不仅会以他的罪恶，更会以对自己的无能的惋惜和绝望来玷污您。

您也许会对我说您对我一直都是忠诚的。唉！您难道不能够不这样吗？您怎么能骗过这些对您所过的生活如此惊讶的黑阉奴的警惕？您又怎么能够打碎这将您关闭的门栓和门？您自诩有着一种不是自由的道德，也许您的不洁的欲望已经一千次地使您丧失了您一再吹嘘的这种忠诚的优点与价值。

我希望您根本没有做我有理由怀疑的这一切；希望这个险恶的人根本没有将他的渎圣的手触到您；希望您拒绝了向他的视觉慷慨展示的他的主人的那些珍宝；希望由于被自己的衣服遮蔽着，您在他与您之间还留下这一软弱的障碍；希望他自己被一种神圣的尊重所震动，低下了他的双眼；希望不能克制自己的大胆放肆的他，为他给自己准备的处罚而颤抖。就算这一切都是真的，您也仍是做了一件与您的义务相违背的事。而如果您是不图报偿地违背自己的义务，并不想满足您的越轨的恋情，当您想要满足它们时，您又会做怎样的事？当您能够走出这个神圣的地方时您还能做什么？它对于您是一座严厉的监狱，正如它对于您的同伴是一处对抗罪恶侵袭的令人满意的避难处，一座神圣的庙堂，你们的性别在那里失去其软弱并觉得自己虽有天性的所有弱点而仍是不可战胜的。如果您任由您自己决定，您用以保护自己的只是已经被严重地伤害了的对于我的爱，和您已经可耻地背叛了的您的义务，您将会做什么？您生活在其中的国家的道德是多么的神圣，它们使您避开了最邪恶的奴隶的伤害！您应当为了我使您生活在拘束中而感谢我，因为正是由于这，您才仍然配活着。

您不能忍受阉奴的总管，因为他总是盯着您的行为，他给予您他的明智的建议。您说他太丑陋，您不可能看到他而不感到痛苦；仿佛人们应当将一些更为美丽的物体放在这种位置上。使您感到痛苦的是在他的位置上的不是那使您蒙羞的白阉奴。

可是您的首席女奴对您做了什么？她告诉您您与年轻的赛丽德的亲近是悖礼的。这就是您仇恨的原因。

萨嬉，我本应是个严厉的审判者；其实我只是一个丈夫，力图要发觉您是清白的。我对我的新妻子罗克萨娜的爱，仍然使我对同样美丽的您留下我对您应有的爱。我在你们二人中平分我的爱，而罗克萨娜唯一的优点就是美德所能为美丽增添的优点。

一七一一年，齐尔卡代月[①]的第十二日，自士麦那。

第二十一信

于斯贝克致首席白阉奴

当您开启这封信时你应当发抖，或者更早，在您容忍纳第尔的背信弃义时就应当如此。虽然已是处在冰冷而衰朽的老年，亦不能向我的爱情的那些可怕对象抬起双眼而无罪过的您，从来也不被许可将污秽的脚踏进那使它们避开所有目光的可怕地方的门

① 希吉拉历一年中的第十一个月。

的您，竟容忍那些其行为受您负责的人做出您绝不敢大胆狂妄地做的事，您就不觉得雷霆就要落在他们和您的头上？

您是谁，我可以随意摧毁的丑恶工具而已；只是当您懂得服从时您才存在；您在这个世界里，只是为了在我的法律下生活或是当我命令时就死；只是因为我的幸福，我的爱，甚至我的嫉妒需要您的卑贱，您才呼吸；因而最终，除了服从，您不能有别的命运，除了我的意愿，不能有别的灵魂，除了我的幸福，不能有别的希望。

我知道我的妻子中的某几个人不耐烦地忍受着义务的严肃的法律；一个黑阉奴总是在她们面前令她们感到厌恶；她们厌倦了这些可怕的物体，他们被给予她们是为了将她们引回她们的丈夫，我知道这个。可是您，您纵容这种混乱，您将以一种令所有辜负我信任的人都颤抖的方法受到惩罚。

我以在天上的所有先知[①]和最最伟大的阿里起誓，如果您偏离您的义务，我将视您的生命如同我在我脚下发现的那些昆虫的生命一般。

一七一一年，齐尔卡代月的第十二日，自士麦那。

① 一八二六年全集本注：波斯人所列的先知有十万人。

第二十二信

雅隆致阉奴总管

寄往伊斯法罕的后宫

于斯贝克越远离后宫，他越将他的头转向他的神圣的妻子们。他叹息，他流泪。他的悲痛变得激烈，他的怀疑在增强。他想要使她们的守卫者的人数增多。他将把我和所有跟随着他的黑人遣回来。他不再为他自己而害怕，他在为那对于他而言比他自己还要珍贵一千倍的事物而害怕。

因此我将生活在你的法律下并分担你的操心。伟大的安拉！要有多少东西才能使单独一个人幸福啊！

大自然似乎将妇女放置在从属之列又将她们从中拉出来。混乱在两个性别之间产生，因为它们的权利是相互的。我们进来，意在带来一种新的和谐：我们在妇女和我们之间放置仇恨，在男人和妇女之间放置爱。

我的额头就要变得严肃。我将任阴郁的目光落下。欢乐将从我的嘴唇上逃走。外表将是平静的，而精神是不平静的。我根本不必等待老年的皱纹以表现出老年的痛苦。

我本来高兴地跟随我的主人到西方去；但我的意愿是他的财产。他要我看管他的妻子们；我将忠诚地看管她们。我知道我应当如何与这个性别相处，这个性别，当人们不许可它是虚荣的时，它就开始变得骄傲，羞辱它比消灭它要更为不易。我拜倒在你的目光之下。

一七一一年，齐尔卡代月的第十二日，自士麦那。

第二十三信

于斯贝克致他的朋友伊本

寄往士麦那

我们在四十天的航行后到达里窝那[①]。这是一座新的城市，她是托斯卡纳诸公爵的天才的证明，他们将一个沼泽地的村庄建成了意大利最繁荣的城市。

妇女们在这个城市里享有很大的自由：她们能够通过某种被人们称作百叶窗的窗子看男人们；她们可以与一些陪伴她们的老年妇人一起每天出门；她们只有一层面纱[②]。她们丈夫的兄弟，她们的叔父伯父，她们的侄子能够看她们，而她们的丈夫几乎从来也不为此而生气。

第一次看到一座基督教的城市，这对于一个穆斯林来说是一个巨大的景象。我不说那些首先打动所有的眼睛的事物，如建筑的、服饰的、主要习惯的差异。甚至在最微小的琐事中，都有某种奇特的东西，我感觉到它，却不能够说出它。

我们明天将出发前往马赛；我们在那里逗留时间不会长。黎加和我的意图是立刻去到巴黎，这是这个欧洲帝国的中心。旅行者们总是寻找那些大城市，它们对于所有的外国人来说，是一种公共的祖国。再见！请相信我将永远爱你。

一七一二年，萨法尔月的第十二日，自里窝那。

---

① 意大利海港城市，属托斯卡纳公国。

② 原注：波斯妇女有四层面纱。

第二十四信

黎加致伊本

寄往士麦那

我们到巴黎已经一个月了，我们一直处在连续不断的活动中。需要做很多事，然后才能住下来，找到一些要找的人，备齐一些必需的物品，这些在一时全都匮乏。

巴黎与伊斯法罕一样大。这里的房屋是如此的高，人们几乎要发誓说它们只是被一些星相家居住着。请你想象一座由六七座房屋一座一座叠在一起地建在空中的城市，一定人口极多，当所有的人都下楼来到街上，将会有一场很大的混乱。

你也许不会相信：我在这里一个月来，我还没有见过任何人行走。世界上没有什么人比法国人更好地利用他们的机器[①]；他们跑，他们飞。亚洲的慢车，我们的骆驼的有规律的步伐会使他们晕倒过去。至于根本不适应这种节奏、通常不改变节奏地步行的我，有时也像一个基督徒一样地愤怒：因为尽管不说人们将我从脚到头溅满污泥，我也不能原谅我有规律地定时地遭受的肘部碰撞。一个人从我后面过来，他超过我，使我转了半个圈，另一个人从另一侧与我相会，又猛地将我放回第一个人使我离开的地方。我还没有走上一百步，就已经比走了十里[②]路还要疲惫。

不要认为我现在就能向你彻底地谈论欧洲的风俗与习惯，我

---

① 指身体。

② 书中所用的里均为法国古里（lieue），约合四公里。

自己也只有一个肤浅的认识，我几乎只有感到惊讶的时间。

法国的国王是欧洲最强大的君主。他不像他的邻居西班牙国王那样拥有金矿；但他比他有着更多的财富，因为他从他的臣民们的虚荣中获得这些财富，而虚荣是比矿更为不可竭尽的。人们看到他从事或者维持一些大的战争，除了一些可出卖的荣誉头衔外并无任何经费，而靠着一件人类骄傲的奇迹，他的军队被支付了费用；他的要塞，被防守好了；他的舰队，被装备好了。

此外，这位国王还是个大魔术师：他甚至对他的臣民的精神进行着统治；他使他们如他需要地思想。如果他在他的钱库中只有一百万埃居[①]，而他正需要二百万，他只需劝他们说一个埃居值两个，他们就相信他了。如果他有一场困难的战争要维持，而他又根本没有钱，他只需让他们想一片纸就是钱，于是他们便立刻坚信了。他甚至还能够使他们相信他通过接触他们就能治好他们所有的疾病，他在人们精神上的力量与能力就是这样巨大。

我就这位君主对你说的不应使你惊讶：还有另一个比他更强大的魔术师，正如他是别人精神的主人，这位魔术师也是他精神的主人。这位魔术师被称为教皇。时而，他使君主相信三个只是一个，相信人们吃的面包并不是面包，人们喝的酒并不是酒，还有其它成千种这类的东西。

为了使君主一直处于紧张之中，不使他失去信从的习惯，就不时地给他某些信仰的文章以训练他。两年前还送给他一本被称为“宪章”的巨大著作，为使这位君主和他的臣民相信书中包含的一切，教皇给他们定下重罚。教皇在君主这方面成功了，后者立即屈服并给自己的臣民做出榜样。但是他臣民中的一些人反抗，

① 法国古代钱币名，其价值随时代不同而有差异，有时值三利弗尔，有时值六利弗尔。

说他们不愿意相信这部著作中的任何东西。这一使整个宫廷、整个王国和所有家庭分裂的暴动的主使者是那些妇女。这部宪章禁止她们读一本所有的基督徒说是从天上带来的书：这也正是他们的《古兰经》。妇女们为这一对于她们性别的冒犯所激怒，煽动一切来反对这部宪章。她们将男人们拉到自己一边，而他们在这时候根本不想要有特权。然而人们应当承认，这位大穆夫提[①]论证得并不错，以伟大的阿里起誓，他一定是知晓了我们的神圣法律的一些原则。因为，既然妇女是一种比我们低级的被创造物，我们的先知们也告诉我们她们根本不能进天堂，为什么她们一定想要读一本只是为了告诉人们去往天堂的道路的书？

我听到人们讲述有关这个国王的一些属于奇迹的事，我肯定你不会完全相信它们。

人们说，当他的邻居们都联合起来反对他，他向他们进行战争时，在他的王国里有无数的看不见的敌人[②]在包围着他。人们还说他在三十年中一直找寻他们，然而，尽管有他所信任的某些苦行僧[③]的不懈的留意，他一个也没能找到。他们与他生活在一起。他们在他的宫廷里，在他的首都里，在他的军队里，在他的法庭里。可是人们说如果他没有找到他们就死了，他会感到悲痛。人们该说他们是以整体的方式存在着，当他们作为个体时，他们便什么也不是：这是一个身体，但是没有四肢。无疑是上天因为这位君主没有足够宽容地对待他的已被打败的敌人而想要惩罚他，因为它给予他一些看不见的敌人，而他们的才智和前途又在他之上。

---

① 伊斯兰教教职，为教法说明官。此处的大穆夫提指的是基督教的教皇。

② 指冉森派教徒。

③ 指耶稣会士。原文中苦行僧一词，用的是dervis，指伊斯兰教的苦行僧，本书中以此词指天主教的教士。

我将继续给你写信，我将告诉你一些与波斯人的特点与性格差别甚大的事物。载着我们两人的是同一个大地，而我生活于其中的这个国家的人与你所在的那个国家的人则是非常不同的。

一七一二年，第二个莱比亚卜月的第四日，自巴黎。

第二十五信

于斯贝克致伊本

寄往士麦那

我收到你的侄子莱迪的一封信，他告诉我说他离开了士麦那意欲看看意大利。他旅行的唯一目的是获取知识并由此而使自己更加无愧于你。我为你有一个将来有一天会是你老年安慰的侄子而祝贺你。

黎加给你写了一封长信。他告诉我，他向你讲了这个国家的许多事。他生性的活跃使他敏锐地抓住一切。至于我，由于思想比较缓慢，我还不能告诉你任何东西。

你是我们最亲切的讲话的主题：我们无法说尽你在士麦那给予我们的良好招待，以及你的友谊每天给予我们的服务。

慷慨的伊本，愿你能在任何地方都遇到与我们一样感恩和忠诚的朋友！愿我能很快就再见到你，并与你重过在两个朋友之间不知不觉流过的那些幸福日子！再见。

一七一二年，第二个莱比亚卜月的第四日，自巴黎。

第二十六信

于斯贝克致罗克萨娜

寄往伊斯法罕的后宫

您是多么幸福啊！罗克萨娜，身在波斯温和的国家里，而不是在这人们不知有羞耻与道德的被毒化了的气候之中。您是多么幸福啊！您生活在我的后宫之中，如同是在所有人的侵害都不可能到达的贞洁的处所；您欣喜地发现自己处于一种幸福的对于犯错误的无能之中：从没有男人以他淫邪的目光玷污您；即使是您的公公，在宴会的自由之中，也从未看见过您的美丽的嘴：您从来也没有忘记给自己系上一条神圣的带子以遮蔽它。幸福的罗克萨娜！当您去到乡间，您总是有一些阉奴，他们走在您的前面，给所有没有从您面前逃开的大胆狂妄的人送去死亡。上天将您给予我以使我幸福，而我自己，为了使自己成为您以那样的坚定保卫着的这件财富的主人，什么样的苦我没有受！在我们结婚的最初那些天，由于看不见您，我是多么痛苦！而当我看见您时，又是怎样的焦急！您却不满足它！相反，您用受到侵害的贞节的顽固拒绝来激怒它，您将我混同于您一直躲避的那些男人。您是不是记得我在您的奴隶中找不到您的那一天，她们欺骗我，使您躲过我的寻找？您是不是记得那另一天，看到您的眼泪毫无力量，您使用了您母亲的权力，想止住我的爱情的怒火？您是不是记得，当您没有任何办法时，您在您的勇敢中找到的办法？您拿了一柄匕首威胁要杀死一个爱您的丈夫，如果他继续向您索求您看得比您丈夫本身更为珍贵的东西。我在这场爱情与道德的争斗中过了两个月。您将您的贞洁的顾忌发展得太远：甚至在您被征服后您仍不投降；您保护着将死的童贞直到最后的极端；您将我看作一个对您做出冒犯的敌人，而不是一个爱您的丈夫；您有三个多月不敢看到我而不感到羞愧：您的慌乱的表情仿佛是就我得到的优势而责怪我。而我也没有一个平静的占有：您尽您所能向我遮蔽了您的妩媚和优美，我妄想着那些最大的恩惠，却连最小的也没有得到。

如果您是生长在这个国家里，您当时就不会那样不安了；妇女们在这里已经丧失了所有的管束：她们露着脸地将自己呈现在男人的面前，好像她们想要求得将自己出卖；她们以自己的目光找寻他们；她们在清真寺[①]里，在公共广场上，在她们自己的家里看他们；使自己被一些阉奴侍候的做法对于她们是陌生的。人们看到的不是在你们中间统治着的这种高贵的朴素和可爱的腼腆，而是一种野蛮的无耻，人们不可能适应它。

是的，罗克萨娜，如果您在这里，在你们的性别堕落到的这种可怕的无耻之中，您会感到自己受到了侮辱；您会逃离这些可怕的地方，您会痛惜这甜蜜的退隐处，在这退隐处，您找到贞洁，感到安全，没有任何危险使您发抖，并且最终您能够爱我而不必害怕失去您对我应有的爱。

当您以那些最美的颜色突出您的面容的光辉，当您以最甜蜜的香料搽遍您的全身，当您以您最美丽的服装装饰自己，当您努力以您舞蹈的优雅和歌唱的温柔来使您区别于您的同伴时，您优美地与她们较量着妩媚、温柔和活泼，我不能想象，您除了想取悦于我外，还能有任何别的目的；当我看到您谦和地羞愧；当您的目光在寻找我的目光；当您以一些温柔而令人欣喜的言语使自

---

① 此处的清真寺是指西方的教堂。

己进入我心中时，罗克萨娜，我不会怀疑您的爱。

可是，就欧洲的妇女我能怎样想？装饰她们面容的艺术，她们装扮自己的装饰物，她们对自己身体所使用的细心，想要取悦于任何占有她们的人的泛滥的愿望，既是在她们道德上造成的污点，亦是对于她们的丈夫的羞辱。

罗克萨娜，这并不是说我认为她们将这种伤害推行得如这样一种表现会使人相信的那样远，认为她们会将这放荡发展到这令人颤抖的可怕的极端，而完全毁坏婚姻的信誓。只有很少的妇女放荡到这一步：她们所有的人在她们的心中都有一种道德的符号，它被刻在那里，它为出生所给予，为教育所削弱，但不会被毁灭。尽管她们可以松懈羞耻所要求的一些外表的义务；但是，当要走出最后那几步时，天性就反抗了。同样，当我们将你们那样严格地禁闭着；当我们使你们被那样多的奴隶看守着；当我们在你们的愿望飞得太遥远时如此强烈地约束它们时，这并不是因为我们害怕那最终的不忠诚；但我们知道洁净总不会是过分的，最小的污点也能破坏它。

我怜悯您，罗克萨娜。您的经过长时间考验的忠贞，配得上一个永不离开您，能够亲自抑制只有您的道德才能制服的愿望的丈夫。

一七一二年，莱热卜月[①]的第七日，自巴黎。

---

① 希吉拉历一年中的第七个月。

第二十七信

于斯贝克致耐西尔

寄往伊斯法罕

我们现在在巴黎，太阳之城[①]的这个高傲的对手。

当我自士麦那出发时，我托我的朋友伊本让你收下一个盒子，里面有给你的一些礼物；你将由同样的途径收到这封信。尽管我与他相距五六百里远，但我给他我的消息，并接收他的消息，就如他在伊斯法罕，而我在戈姆一样容易。我将我的信寄往马赛，从那里不断地有一些船只去往士麦那；在那里，他将那些寄往波斯的信件通过那些每天都出发的亚美尼亚人的商队寄出。

黎加的健康状况非常好：他的体格的力量、他的年轻和他的自然的快乐使他免受了所有的痛苦。

可是我，我过得并不好：我的身体和精神都虚弱；我沉于一些一天天变得更加悲伤的思考之中；我的变得虚弱的健康使我转向我的祖国，并使我觉得这里的这个国家更加陌生。

可是，亲爱的耐西尔，我请求你，不要让我的妻子们知道我现在的处境：如果她们爱我，我要免去她们的眼泪，而如果她们不爱我，我根本不想增大她们的胆量。

如果我的阉奴们认为我处在危险之中，如果他们能够指望进行一种卑鄙的奉承而不受惩罚，他们便会马上停止对这一性别的讨人欢心的声音不加理睬，这声音能使石头听话并使无生命的事物动起来。

再见，耐西尔；我很高兴给予你一些我的信任的见证。

一七一二年，夏邦月的第五日，自巴黎。

---

① 原注：伊斯法罕。

第二十八信

黎加致***

我昨天看到一个相当奇特的事物，虽然它每天都在巴黎发生。

所有的人都在下午结束时聚集在一起并去表演一种戏剧，我听人们称之为喜剧。大活动是在一个人们称为戏台的台子上。两侧，在人们称为包厢的小室里，有一些男人和一些女人在一同演着哑剧，略有些近似于在我们波斯流行的那些哑剧。

这里，是一个悲痛的情人，在表达她的虚弱凋零；另一个更加激动的情人，在以她的双眼吞噬着她的情人，而他也同样地看着她：所有的激情都被刻画在脸上，并以一种言语表达出来，这种言语由于是无声的，因而显得更为生动。那里，那些女演员只露出上半身，并通常有一个手筒以适当地遮住她们的双臂。在下面有一大群人站立着，他们嘲笑那些在舞台上的人，而后者也反过来嘲笑那些在下面的人。

然而最辛苦的是一些人们为此而雇请，以承受辛劳的年纪不大的人。他们必须出现在所有地方：他们从一些只有他们自己才知道的地方走过，以一种惊人的灵巧从一层楼上到另一层；他们在高处，在低处，在所有的包厢里；他们可以说是突然潜没；人们找不到他们，他们重又出现；他们常常离开一处演剧的地方以到另一处地方表演。人们甚至看到另一些人，以一种人们不敢从他们的拐杖中指望的奇迹，像别人一样地行走来去。最后人们去到一些大厅里，在那里人们演着一种特别的喜剧：人们开始是行礼；继而是拥抱。人们说最轻微的相识也使一个人有权将另一个人闷死。似乎是这个地方激起感情。确实，人们说统治这里的那些公主丝毫也不残酷，如果人们将一天中两三个小时除去，她们在那些时间是相当粗野的，人们可以说在其它的时间里，她们都是可接近的，而轻易地使她们摆脱的是一种狂醉。

我在这里告诉你的所有这一切几乎是同样地发生在人们称为歌剧院的另一处地方：全部的区别只是人们在一处说话，而人们在另一处唱歌。我的一个朋友在另一天将我带到了一位主要的女演员更衣的包厢里。我们很快熟悉了，于是次日我就从她那里收到这封信：

先生，

我是世界上最不幸的女孩。我曾经一直是歌剧院最有道德的演员，七八个月前，我正在您昨天看见我时的那个包厢里，正当我穿戴成狄亚娜[①]祭司时，一个年轻的神父来那里找我，他无视我的白衣、我的面纱和我的头带，夺去了我的贞洁。虽然我向他强调我为他做出的牺牲，他却笑起来并向我肯定说他发现我是毫无信仰的。可是我现在肚子这样大了，我再也不敢在舞台上露面了。因为就贞节这一问题而言，我有着一种难以理解的敏感，我总是坚持说，使一个出身正派的女孩失去道德比使她失去庄重要更容易。根据这一敏感，您完全能够断定，这位年轻的神父如果不先向我许诺要与我结婚，是根本不会成功的。这一如此合法的动机使我忽视了那些平常的小节而从我本应结束的地方开始行事。可是，既然他的背信弃义使我蒙羞，我再也不想生活在歌剧院中了。其实说句实话，人们在这里几乎不给我生活必需的物品。因为，我现在年龄大了，我在魅力

① 罗马神话中的女猎神。

方面输了，我的总是同样多的生活费用似乎每天都在减少。从您的一个随从那里我听说，在你们的国家里，人们非常重视一个好的女舞蹈演员，如果我在伊斯法罕，我会立即交上好运。如果您愿意给予我您的保护并将我带到那个国家，您将因向一个女孩施惠而受益。她以她的道德和行为保证，将使自己无愧于您的恩惠。我是……①

一七一二年，夏尔瓦尔月②的第二日，自巴黎。

第二十九信

黎加致伊本

寄往士麦那

教皇是基督徒的首领。这是人们由于习惯而奉承的一个年老的偶像。他过去就是对于君主也是可怕的：因为他就像我们光辉的苏丹废黜伊利梅特和格鲁吉亚的国王一样容易地废黜他们。可是人们现在不再怕他了。他说自己是最早的一个基督徒、人们称为圣彼得的继承人，这肯定是一件富有的继承：因为他有着巨大的财富，并且还有一个巨大的国家受其统治。

主教们是一些从属于他的法律人士，在他的权威之下，他们有着两种完全不同的职能：当他们集合在一起时，他们像他一样编写一些信仰的文章；当他们单独时，他们除了免除人们履行法

① 这里省去了法国人在书信结束处常写的“我是您的非常谦逊非常忠诚的奴仆”之类套语。

② 希吉拉历一年中的第十个月。

律义务之外几乎没有任何别的职能。因为你将知道，基督教中充满着无数多的非常困难的实践，由于人们认为完成这些义务比拥有一些主教来免除它们要更加不易，人们便为了公共的利益而决定后者。于是，如果人们不想守斋月[①]；如果人们不想服从婚姻的礼节；如果人们想要中断誓愿；如果人们想要违背法律的禁止而结婚；甚至有时，如果人们想要反悔誓言：人们便去到主教或教皇那里，他立即就给予赦免[②]。

主教们并不就他们自己的活动制定信仰的条文。有非常多的学者，其中绝大多数是苦行僧，在他们中间挑起成千有关宗教的新问题。人们任他们长时间地辩论，战争一直持续到一个决定来停止它。

因此我可以向你肯定从来没有哪个王国像基督的王国这样，有着那样多的内战。

那些提出某个新建议的人首先被称为异端者。每一种异端都有它的名字，对于那些参与其中的人来说，这名字就像是个联络的口令。然而任何人如不愿意，即可不是异端：只须将争论平分，并给予那些指责人为异端的人以一种敬意，不论这敬意是什么，是可理解的还是不可理解的，它都能使一个人像雪一样白，他于是便可让人称自己为正宗派。

我对你说的对于法国和德国是适用的：因为我听说在西班牙或是在葡萄牙，有一些苦行僧根本不听玩笑话，他们令人将一个人像草一样地烧掉。当人们落在这些人手中时，那总是手里拿着一些木头的小籽粒祷告上帝的人，那在自己身上带着两块系在两

① 原文用的是Rhamazan，为伊斯兰教的斋月，此处指基督教的斋期。

② 原注：意思是他立即就出卖赦免。过去在罗马的宫廷里，人们以平均二十九利弗尔五苏的价格购买赦罪符，凭着它，人就可以没有任何不安地发伪誓了。

根带子上的麻布的人，还有那曾经去过人们称为加利西亚的一个省中的人，便是幸福的[①]。没有这些，一个可怜的家伙可是要遭到许多麻烦。当他像一个异教徒一样地发誓说自己是正宗派，人们完全能够不同意他的身份，并将他像异端者一样地烧死：尽管他给了他的敬意，还是没有用。没有任何的分辨！不等人们想到要听他说话，他就已经成了灰。

另一些审判官认为一个被告是清白的；这一些则假设他总是有罪的：在疑难之中，他们的规则是从严厉的方面下决定；显然是因为他们认为人都是坏的。而另一方面，他们对人类又抱有那样的好感，他们从来也不认为他们会说谎：因为他们接受一些死敌，过着不良生活的妇女，和那些操持不光彩职业的人的证词。在他们的判决书中，他们对那些被穿上了一件硫磺衬衣的人有一点小小的恭维，对他们说自己非常不愿意看到他们如此糟糕的穿着，自己是温和的，自己仇恨流血，并为了惩罚他们而感到绝望。可是，为了安慰自己，他们为了自己的利益而剥夺这些不幸的人的所有家产。

被众先知的子孙们居住的这块土地是幸福的！这些可怕的景象在这里是从未听说过的。众天使带来那里的神圣的宗教只用它自己的真理来保护自己：它根本不需要这些暴力的方法来维持自己。

一七一二年，夏尔瓦尔月的第四日，自巴黎。

---

① 一八二六年全集本注：我们知道，西班牙人认为自己有义务在一生中要到加利西亚省的贡波斯泰拉的圣地亚哥朝圣一次，一如穆斯林一生中要到麦加朝觐一次一样。

第三十信

黎加致同一人

寄往士麦那

巴黎的居民具有一种达到荒诞程度的好奇心。当我到来时，我被注视着，仿佛我是被从天上派遣来的：老人、男人、女人、孩子，所有的人都想看我。如果我出门，所有的人都到了窗口；如果我在杜伊勒利，我就看到在我周围立即形成一个圈：女人们形成一道围绕着我的有着成千种颜色的彩虹；如果我去看表演，我首先就会发现有成百只观剧用的望远镜对着我的脸：总之从没有任何一个人像我一样被人看得那样多。有时候，我听到一些几乎从来也没有走出他们的卧室的人相互说："应该承认他看上去很像波斯人。"我微笑了。多么奇妙的事！我到处都能看到我的画像，我看到我自己被复制在所有的店铺里，在所有的壁炉上，人们是这样生怕看不够我。

如此多的荣耀不会不令人感到负担：我不认为自己是个如此稀奇、如此罕见的人，虽然我对自己很有好感，我却从来也没有想象我竟会扰乱一个我在那里根本不被认识的大城市的安宁。这使我决定脱去波斯的衣服而穿上一套欧洲式样的衣服，以看看在我的面貌上是不是还留有什么奇异的东西。这一尝试使我认识到我真正的价值：脱去了所有外来的装饰后，我发现自己被更加公正地欣赏。我有理由怨恨我的裁缝，他使得我在顷刻之间失去了公众的注视与尊重：因为我突然进入一种可怕的虚无之中。有时候我在一个聚会中待了一个小时，人们也不看我也不使我有机会开口。但是假如有人告诉聚会的人说我是个波斯人，我立即就听到在我周围的低语声：“啊！啊！先生是波斯人？这是一件很不寻常的事！人们怎么会是波斯人呢？”

一七一二年，夏尔瓦尔月的第六日，自巴黎。

第三十一信

莱迪致于斯贝克

寄往巴黎

我现在在威尼斯，我亲爱的于斯贝克。人们可以在看遍了世界的所有城市之后，在到达威尼斯时还会感到惊讶：看到一个城市、许多塔和许多清真寺从水下出来，在一处只应当有鱼的地方发现一群不可计数的人民，人们总是要惊讶的。

但是这个不信教的城市缺少这个世界上最为珍贵的财富，也就是说淡水；根本不可能在此完成一次法定的净礼。它为我们神圣的先知所憎恶，他从上天的高处，从来只是带着愤怒看着它。

如果不是如此，我亲爱的于斯贝克，我会非常高兴地生活在我的心灵每天成长起来的一个城市里。我学习商业的奥秘，君主们的兴趣，他们的统治的形式；我甚至不忽略欧洲的迷信；我在医学上，物理学上，天文学上用功；我研究艺术；我终于走出了在我出生的那个国家里遮蔽我双眼的云雾。

一七一二年，夏尔瓦尔月的第十六日，自威尼斯。

第三十二信

黎加致***

前些天我去看了一所房屋，人们相当差地在那里养着大约三百个人①，我很快就看完了：因为教堂和建筑物不值得看。在这所房屋中的那些人是相当欢快的：他们中的许多人在玩纸牌或是我根本不知道的别的游戏。当我出来时，他们中的一个人也出来，当他听到我问到巴黎最远的那个区马莱的路时，“我去那里，”他对我说，“我可以带您去；请跟我走。”他神奇地带着我，使我摆脱所有的麻烦，使我巧妙地躲过驿车和大车。我们几乎要到了，这时我感到好奇。“我的好朋友，”我对他说，“难道我不能知道您是谁吗？”“我是瞎子，先生，”他回答我道。“怎么！”我对他说，“您是瞎子！为什么您不请求刚才与您一同玩牌的那个好人领着我们？”“他也是瞎子，”他回答我道，“我们三百个瞎子在您刚才遇到我的那幢房屋里已经有四百年了。可是我要离开您了：这就是您问的路；我将要进到人群中去；我到这所教堂里去，我向您保证，在那里，我更使别人难受，而别人并不使我难受。”

一七一二年，夏尔瓦尔月的第十七日，自巴黎。

---

① 这是圣路易于一二五四年为盲人们所设立的收容院，最初容纳三百个病人，故被称为三百人院。

第三十三信

于斯贝克致莱迪

寄往威尼斯

酒在巴黎由于人们对之征收的税而非常昂贵，好像人们想要在这里让人实施神圣的《古兰经》的法令，《古兰经》是禁止饮酒的。

当我想到这种饮料的致命作用时，我就忍不住视之为自然所给予人类的最最可怕的礼物。如果有什么东西损害了我们的君王的生命与名声，这就是他们的不节制：这是他们的不公正与他们的残暴的最为有毒的根源。

我将使人们感到羞耻地说：法律禁止我们的君主使用酒，而他们过度地喝它，这种过度使他们丧失了人性本身；相反，基督教的君主们是被许可使用酒的，而人们也没有注意到这使他们犯了什么过错。人类的精神就是矛盾本身：在放肆的奢侈中，人们带着愤怒反抗规章，而本是为使我们变得更加公正而立的法律，常常只是有助于使我们变得更加有罪。

可是，当我不同意使用这种令人失去理智的饮料时，我并不谴责那些使理智快乐的饮料。就像对付那些最危险的疾病一样注意找寻方法以对付悲哀，这是东方人的智慧。当一个欧洲人遇到什么不幸时，他不需要任何的办法，只需读一位人们称为赛内加[①]

① 卢基乌斯·阿奈乌斯·赛内加（前4—65），罗马政治家、作家、哲学家，曾任尼禄的老师，公元六十五年，尼禄指责他参与皮索的阴谋，逼令他自杀。著有悲剧《美狄亚》、《特洛亚妇女》、《阿伽门农》、《疯狂的赫拉克勒斯》，哲学论文《论宽容》、《论恩惠》、《论智者的坚毅》、《论灵魂的安宁》、《论天意》等，及科学著作《自然研究》等。

的哲学家的书；可是比他们更为明智，在这方面是更好哲学家的亚洲人，则是喝些能使人快乐，并迷惑其对痛苦的回忆的东西。

没有任何东西，比从恶的必然性，从补救方法的无用，从命运的不可变更，从天意的号令，以及从人类状况的不幸中得出的安慰，更加令人悲痛了。想要以人们生来即是不幸的这种想法来减轻一种苦难，这是开玩笑。应该将心灵从它的思虑中解救出来并且将人作为有感觉的来对待，而不是将他视为有理智的来对待。

与肉体联合在一起的心灵，不断地受到肉体的残害。如果血液的活动太慢，如果精神还没有足够地被净化，如果它们不是有着足够的量，我们就落入痛苦与悲惨之中。但是，如果我们使用了一些能够改变我们身体的这种安排的饮料，我们的灵魂就变得能够接受一些使之欢快的影响，可以说，看到它的机体重新获得其活动与其生命，它就感到一种由衷的快乐。

一七一三年，齐尔卡代月的第二十五日，自巴黎。

第三十四信

黎加致伊本

寄往士麦那

波斯的妇女比法国的妇女更美；但是法国的妇女更漂亮。根本不爱前者，并且和后者在一起根本不快乐，这是困难的：前者更加温情更加谦逊；而后者更加欢快更加活泼。

使血在波斯变得如此之美的，是妇女们在那里过的规律的生活：她们既不玩耍亦不夜里不睡；她们根本不饮酒，并且几乎从不置身于露天中。应当承认，后宫对于健康比对于快乐更为适宜：这是一种丝毫不刺激人的单调的生活；所有的一切在那里都令人感到从属与义务；就是快乐在那里也是庄重的，而喜悦则是严肃的；人们几乎从来只是作为权威与从属的标志而感受到它们。

就是男人们在波斯也不像法国男人那样欢快：人们根本看不到他们有我在这里所有的职业、所有的阶层的人中发现的那种精神的自由与满意的神情。

在土耳其则更糟，在那里人们甚至能发现一些家庭，从父亲到儿子，自这个王国建立以来就没有人笑过。

亚洲人的这种严肃原因在于他们之间交流的少：他们只在由于仪式而被迫在一起时才相互见面。友谊，这种心灵的美好联系，它在这里造成了生活的甜蜜，对于他们而言几乎是不被知晓的。他们躲进他们自己的家中，他们在那里总是发现一个群体在等待着他们；于是乎，每个家庭可以说都是孤立的。

一天我与这个国家的一个男人谈论这个问题，他对我说："你们的风俗中最令我感到惊讶的，是你们不得不与一些奴隶生活在一起，他们的心灵与精神总是让人感觉到他们地位的卑贱。这些可耻的人在你们身上削弱了人们从自然那里得来的美德的感觉，自从他们在你们幼小时纠缠住你们起，他们就毁灭了它们。因为，最终，请您放弃偏见。这样一个可怜的人，他将他的荣耀放在为他人看管妻妾之上，并为了人类中最丑恶的这种职业而骄傲，人们能从他所给予的教育中指望什么；即使由于他的忠诚（这是他唯一的道德）他也是可鄙视的，因为他是被欲望、嫉妒和失望推到这一步的；他急切地要向两个性别复仇，他是他们的靶子，他愿意被最强大的一方残暴对待，只要他能够使最弱的一方伤心就行；他通过从他的缺陷、他的丑陋和他的畸形中得出他的地位的所有的光亮而被人重视，这仅仅是因为他不配被人重视；终于，由于被永久地贴在他被安排在的门上，比起关门的铰链和锁还要坚硬，他便以在这一下贱的地位中的五十年生活为骄傲，而在这下贱的地位上，他虽然肩负着他主人的嫉妒，但他履行完他的所有卑下了吗？”

一七一三年，齐拉热月[①]的第十四日，自巴黎。

第三十五信

于斯贝克致其堂兄道里斯光辉的隐修院苦行僧热姆希德

你怎样想基督徒，高贵的苦行僧？你相信在最后审判之日他们将会和不忠诚的土耳其人一样，土耳其人将作为犹太人的驴子，引着他们大步地走向地狱？我当然知道他们根本不会去到众先知所住的地方，伟大的阿里根本不是为他们而来的。可是，由于他们没有足够幸运地在他们的国家里发现一些清真寺，你认为他们就应受永恒的惩罚，上帝就因为他们没有实践一种他并没有使他们知道的宗教而惩罚他们吗？我可以告诉你：我经常观察这些基督徒；我曾经向他们提问想看看他们是不是对所有人中最美丽的伟大的阿里有所了解；我发现他们从来没有听说过他。

他们根本不像我们神圣的先知们命令从剑锋上走过的那些不忠诚的人，因为那些人拒绝相信上天的奇迹；他们更像在神圣的光明来照亮我们伟大的先知的面容之前，生活在偶像崇拜的黑暗之中的那些不幸的人。

再说，如果人们就近审察他们的宗教，人们会在那里发现某

① 希吉拉历一年中的第十二个月。

种如同我们的教义的种籽的东西。我常常赞叹天意的秘密，它似乎是要通过这来为他们的总皈依作准备。我听人谈到他们的博士们的一部名为《胜利的多偶制》[①]的书，在这部书中，被证明，多偶制是被命令给基督徒的。他们的洗礼是我们的净礼的复制物，基督徒们只是错在他们赋予这第一次净礼的功用上，他们认为它已足够了而不必再要其它的了。他们的教士和他们的司铎和我们一样每天祷告七次。他们希望享有一个天堂，在那里他们将通过肉体的复活而感受到成千种的快乐。他们像我们一样有一些规定的斋戒、苦行，他们希望靠着这些来感动上天的慈悲。他们给予好的天使们以崇拜而反对那些坏的天使。他们对于上帝通过他的仆人们而操作的奇迹有一种神圣的信任。他们像我们一样，承认他们的才智的不足及他们对一个在上帝身边的中介者的需要。我在到处都看到穆罕默德的教义，尽管我在那里根本找不到穆罕默德。不论人们怎样做，真理总会挣脱出来并刺穿包围着它的黑暗。有朝一日，永恒的上帝在大地上将只看到一些真正的信教者：消磨一切的时间，也将错误本身摧毁；所有的人都将惊奇地看到自己是在同一面旗帜之下；所有的一切乃至法律，都将消磨尽；神圣的样本将被从大地上带走而去到天上的档案馆。

一七一三年，齐拉热月的第二十日，自巴黎。

① 拉丁文名 *Polygamia triumphatrix*，台奥菲吕斯·阿勒太于斯（Theophilus Aletheus）著，一六八二年出版。

第三十六信

于斯贝克致莱迪

寄往威尼斯

咖啡在巴黎很流行：有许多公共的房屋，在那里人们散发咖啡。在某些这种房屋里，人们说一些新闻；在另一些房屋里，人们玩象棋。在一所房屋里，人们这样提供咖啡，竟使饮它的人变得有才智：至少，所有从那里出来的人中，没有一个不相信他比进去时多了四倍的才智。

但是这些才子使我感到惊讶的是，他们不使自己对于他们的祖国有用，而是将他们的才智用在一些幼稚的事物上。例如，当我到巴黎时，我发现他们热衷于一场人们所能想象的最微不足道的争论：问题是一位希腊老诗人的名誉，自两千年来，人们不知道他的祖国，也不知道他死亡的时间。双方都承认他是个优秀的诗人；问题在于应当赋予他更多的还是更少的价值。每一派都想定出价来；可是，在这些名誉的争论者中，有一些比另一些更加重要。于是就有了争吵！争吵很激烈：因为每一方的人都真诚地相互说了一些非常粗俗的骂人话，开了些非常尖刻的玩笑，以致我对争论的方式感到的惊奇，不亚于对争论的主题感到的惊奇。我对自己说："如果有人冒失到去到希腊诗人的这样一个捍卫者面前攻击某个正直的公民的名誉，他一定会遭到不亚于此的反驳，我相信对于死者名誉的这种敏感的热情在捍卫生者的名誉时将会强烈地燃烧！""可是，"我又说，"不管怎么说，上帝保佑，使我永远不要招致这位诗人的批评者的不友善，他在坟墓中居住了两千年都不能使他免于一个如此无情的仇恨！他们现在向空中猛击。可是，如果他们的怒火由于敌人就在面前而被激发时，事情又将如何？”

我刚向你说到的这些人用一种通俗的语言争论，应当将他们区别于另一种争论者，他们使用一种野蛮的语言，这种语言似乎给争斗者们的愤怒和顽固增加了某种东西。有一些区，人们在那里看到又黑又密的一大群这种人；他们靠着分辨来养活自己；他们以晦涩的推论和错误的结论为生。这种原本会令人饿死的职业，仍然有所产出：人们曾见到一整个民族，被从它的国家中驱赶出来，渡海来定居在法国，它只带来一种可怕的用于争论的才能以应付生活的必需[①]。再见。

一七一三年，齐拉热月的最后一天，自巴黎。

第三十七信

于斯贝克致伊本

寄往士麦那

法国的国王年纪老了。在我们的历史上，我们还没有一位君主统治如此长久的先例。人们说他有着很高水平的使人服从于他的才能：他以同样的天才统治着他的家庭、他的宫廷、他的国家。人们常听他说，在世界上所有的统治中，土耳其人的和我们尊贵的苏丹的统治最为他喜爱，他非常重视东方的

① 原注：大批爱尔兰教士在这时期流亡到法国。

政治！[①]

我研究了他的性格，我在其中发现了一些我不可能解决的矛盾。例如：他有一位只有十八岁的大臣[②]，和一位八十岁的情妇[③]；他爱他的宗教，而他不能容忍那些说必须严格遵守它的人；尽管他逃避城市的喧闹，尽管他与人甚少交往，他却每天从早到晚只忙于使人说到他；他喜爱战利品和胜利，但他又害怕看到一位好的将军领导着他的军队，就好像他害怕他领导着一支敌人的军队。我相信，从来只在他一人身上发生这样的事，既充实着一个君主都不能指望的富有，同时又为一种任何一个个人所不能忍受的贫困所苦。

他爱向为他服务的人施惠；但他酬报宠臣的勤恳或者不如说是懒惰，和酬报他的军官们的辛苦战斗同样慷慨。他经常宁要一个为他脱衣服的人，或者是一个在餐桌上为他端盘子的人，而不要一个为他取得一些城市或者为他赢得一些战役的人。他认为君主的伟大不应当在恩惠的分配之中受到拘束，于是，从不审视他赐予财富的人是不是有才德的人，他相信他的选择自会使之变得有才德：所以人们曾见他将一笔小钱给了一个逃走了两里路的人，而将一个美丽的领地给了另一个逃走了四里路的人。

他是光辉的，尤其是在他的房屋方面：在他的宫殿的花园里，有很多他的雕像，比一个大城市中的居民还要多。他的卫队也是

---

① 一八二六年全集本注：一些廷臣在仅有十五岁的路易十四面前谈到苏丹们的绝对权力，说他能够随意处置臣民的财产与生命，路易十四赞叹道："这才叫当国王！……"当时在场的埃斯特雷元帅被这一表白所震惊，说道："可是，陛下，在我年轻时，就有两三个这种皇帝被勒死了。"

② 原注：指德·巴尔布齐厄侯爵，他生于一六六八年，当时已不止十八岁。

③ 原注：指德·曼特农夫人，生于一六三五年，当时已近八十岁。

强大的，不愧是所有王位在其面前都被倾覆的君主的卫队。他的军队人数同样众多；他的物力，同样巨大；而他的财力，是同样不可竭尽的。

一七一三年，马哈拉姆月的第七日，自巴黎。

第三十八信

黎加致伊本

寄往士麦那

在男人们中，要想知道剥夺妇女的自由比让她们有自由是不是更为有益，这是个大问题；我觉得有很多赞同的和反对的理由。如果欧洲人说，使人们爱着的人变得不幸，是不宽厚的行为，我们亚洲人回答说男人放弃自然赋予他们的对于妇女的统治权，这是卑下。如果人们对他们说，一大群被禁闭着的妇女是令人苦恼的，他们回答说十个服从的妇女比一个不服从的妇女更少令人烦恼。假如他们反过来说，欧洲人与一些不忠诚于他们的妇女在一起是不会幸福的，人们回答说，他们如此引为骄傲的这种忠诚丝毫不能阻止总是随着满足了的情感而生的厌烦；他们说我们的妇女太从属于我们；说一种如此平静的拥有使我们既不希求任何东西也不害怕任何东西；说少许一点的风骚是盐，它刺激人并防止腐败。也许一个比我还要聪明的人也难于做出决定：因为，如果亚洲人找寻用以平息他们的不安的方法，做得很好的话，欧洲人没有任何不安，做得也很好。

“不管怎么说，”他们说，“当我们作为丈夫是不幸的时，我们总能找到办法使自己作为情人而得到补偿。要想使一个男人能够由于妻子的不忠而悲伤，必须是这个世界上只有三个人；如果有四个人的话，他们总能得到解决。”

要知道自然的法律是不是使妇女从属于男人，这是另一个问题。“不，”一天一个非常优雅的哲学家对我说，“自然从来没有制订这样一条法律。我们对于她们的统治是一种真正的暴政；她们让我们拥有它只是因为她们比我们更加温和，因而也更有人道和理性。如果我们是有理性的话，这些长处本来会给予她们以优势，但它们恰恰使她们失去了优势，因为我们根本不是有理性的。

然而，如果确实我们对于妇女只有一种暴政的权力，同样她们也对于我们有一种天生的统治：美的统治，任何事物都不能对抗它。我们的统治并不在所有的国度里；而美的统治是天下普遍的。为什么我们要有一种特权？是因为我们更加强大吗？但这是一种真正的不公正。我们使用一切方法以打败她们的勇敢；如果教育是相等的话，力量也将会是相等的。如果您在教育没有削弱的那些才能方面考验她们，我们将看到我们是不是那么强大。”

虽然这与我们的风俗相背，但应该承认：在那些最文明的民族中，妇女对于她们的丈夫总是有着主权。它由于伊西斯[①]而在埃及人中被确立，由于赛米拉米斯[②]而在巴比伦人中被确立。人们在谈到罗马人时说，他们向所有的民族发号施令，但他们服从他们的妻子。我根本不说那些索罗马特人，他们真正是处在这一性别的奴役之中：他们太野蛮了，所以他们的例子不能被举出来。

我亲爱的伊本，你看到，我已经获得了这个国家的喜好，在这里人们爱提出一些不寻常的见解并将一切都引入悖论之中。先知已经解决了这个问题并规定每个性别的权力：“妻子，”他说，“应

① 古代埃及人所奉的女神，主司医药、婚姻和小麦种植。

② 亚述和巴比伦传说中的女王，据说巴比伦城即为她所建造。

当给予她们的丈夫以荣耀；她们的丈夫应当给予她们以荣耀：但是他们在她们之上更有一级优势。”

一七一三年，第二个热马迪月的第二十六日，自巴黎。

第三十九信

哈吉[①]伊毕致皈依伊斯兰教的犹太人本·约叙埃

寄往士麦那

本·约叙埃，我觉得总是有许多光辉的征兆准备着一些不寻常人的出生，仿佛是自然在遭受一种阵痛，全能的上天不能不努力而生产。

没有任何事物比穆罕默德的出生更加奇异了。上帝根据自己的天意，从一开始就已决定将这个伟大的先知派给人类以锁住撒旦，他于是在亚当之前两千年制造了一道光明，这道光明由一个选民到另一个选民，由穆罕默德的一位先人到另一位先人，终于到了他这里，以确证他是列位家长的后裔。

也正是为了这同一位先知，上帝不希望任何孩童在女人尚未停止不洁净，男人未受割礼前孕育。

他来到世界上时已受过割礼，喜悦从出生之时起就出现在他的脸上。大地震动了三次，好像是她自己生了孩子；所有的偶像都匍匐在地；国王们的宝座都被掀翻。吕西菲尔[②]被抛到了大海的

① 伊斯兰教对朝觐过麦加的穆斯林的一种荣耀称号，常冠于履行过朝觐仪式者的姓名前，作为一种头衔。

② 这是魔鬼的众多名称之一。

深处，在游泳了四十天之后他才逃出了深渊，逃到卡贝斯山上，他从那里以一种可怕的声音呼唤着众天使。

这一夜，上帝在男人与女人之间放置了一条界限，他们任何一方都不得越过。魔术师和招魂师的法术都没有了效力。人们听到一个上天的声音，在说着这些话：“我将我忠诚的朋友派到了世上。”

根据阿拉伯史家伊斯本·阿本的证词，成群的鸟、乌云、风和所有的天使都为了养育这个孩子而集中起来，并且互相争先。鸟群在它们的喳喳叫声中说，如果它们养育他，他会更为舒适，因为它们能够更为容易地收集不同地方的许多种果实。风低声说道：“这荣耀更应当属于我们，因为我们能够从所有地方为他带来最令人欣喜的芳香。”“不，不，”乌云说，“不，他应当托付给我们关照，因为我们将每时每刻让他知道水的新鲜。”最后愤怒的天使说，“那我们还能做什么呢？”但是一个上天的声音被听到了，它结束了所有的争论：“他丝毫不应当被从人类的手中夺走，因为将要给他喂乳的那双乳房，将要触摸他的那双手，他将要居住的那房屋，他将要休息于其上的那张床，都是幸福的。”

在这众多光辉的证词之后，我亲爱的约叙埃，要想不相信他的神圣的法律，那必须要有一颗铁做的心。上天为了准许他的神圣的使命，如果不颠倒自然并使他欲说服的人类本身都死亡，还能再做什么呢？

一七一三年，莱热卜月的第二十日，自巴黎。

第四十信

于斯贝克致伊本

寄往士麦那

当一个伟大的人死了，人们聚集在一所清真寺里，人们念诵他的悼文，这是一篇赞颂他的讲话，依据这篇讲话，人们将会很难公正地决定死者的品行。

我真希望废除丧葬的盛大仪式：应当在人们出生时为他们哭，而不是在他们死时。人们在一个垂死者的最后时刻安排出现的那些仪式和所有这些丧葬用品，甚至他的家人的眼泪与他的朋友的痛苦，除了向他夸大他将要造成的损失之外，还有什么用？

我们是如此盲目，我们不知道我们什么时候应当悲痛或者应当欢喜：我们几乎从来只有虚假的悲哀或虚假的欢乐。

当我看到每年都要愚蠢地将自己放置在一架天平上让人像称牛一样地称量自己的莫卧儿时，当我看到这些人民由于这位君主变得更加粗俗，也就是说更加不能够统治而欢喜时：伊本，我怜悯人类的荒诞。

一七一三年，莱热卜月的第二十日，自巴黎。

第四十一信

首席黑阉奴致于斯贝克

你的一个黑阉奴，伊斯马埃尔，刚刚死了，慷慨的主人，我不得不代替他。由于阉奴现在极其昂贵，我曾想用一个你在乡间的黑奴；但是我至今也没有能够使他愿意人们将他献给这一职责。由于我认为这最终是他的好处，前些天我便想对他用一些强力，因此，与你的花园总管意见一致后，我命令人们不顾他的反对，使他能够为你尽那些最令你欢心的服务，能够像我一样生活在他现在甚至都不敢看的这些可怕地方。可是他大叫起来，好像人们要剥他的皮，竟挣脱我们的手，逃过这致命的一刀。我刚得知他要给你写信，以请求你的恩典，他坚持说我想出这个主意只是出于一种难以满足的报复欲望，因为他曾经对我说过一些尖刻的玩笑话。然而我凭着十万位先知向你发誓，我只是为了使对你的服务更好才做的，这是我唯一珍视的东西，除此之外我什么也不关心。我匍匐在你的脚下。

一七一三年，马哈拉姆月的第七日，自法特梅的后宫。

第四十二信

法兰致他的崇高的主人于斯贝克

崇高的主人，如果你在这里，我就会全身披满白纸出现在你面前，而即使如此，也不足以写完所有人中最恶毒的人，你的首席黑阉奴，在你走后对于我的侮辱。

他认为我就他处境的不幸作过一些嘲讽，在此借口下，他在我头上施加了一种难以穷尽的报复：他激起你的残酷的花园总管反对我，后者自你走后，逼迫我做一些无法胜任的工作，在这些工作中，虽然我一刻也没有丧失为你服务的热诚，但我一千次地想到了放弃生命。有多少次我对自己说：“我有一个充满仁慈的主人，而我是这大地上最不幸的一个奴隶！”

我向你承认，崇高的主人，我并不认为自己命定要遭受更大的不幸；但是这个卑鄙的阉奴想要增加他的恶毒。数天前，靠着他自己的权力，他安排我去看管你的神圣的妻子们，也就是说让我遭受在我来说比死亡还要残酷一千倍的刑罚。那些生来即不幸而从他们残酷的父母那里接受这种处理的人，也许能够因为他们从来不知道其它的处境而感到安慰；可是人们要使我自人性上坠落下来，要剥夺我的人性，即使我能够不因这种野蛮行径而死，我也会因悲痛而死。

至高无上的主人，我极其恭顺地拥抱你的双脚。请使我感受到这种如此受人敬重的美德的影响，而不要被人说，由于你的命令，大地上又多了一个不幸的人。

一七一三年，马哈拉姆月的第七日，自法特梅的花园。

第四十三信

于斯贝克致法兰

寄往法特梅的花园

在您的心中接受喜悦吧，认出这些神圣的文字。使阉奴总管和我的花园的总管亲吻它们。我禁止他们做任何违背您意愿的事。叫他们去买我所缺少的阉奴。要好像我一直都在您眼前一样尽您的职责，因为您要知道，我的恩惠越大，如果您辜负了它，您也就将被越重地惩罚。

一七一三年，莱热卜月的第二十五日，自巴黎。

第四十四信

于斯贝克致莱迪

寄往威尼斯

在法国有三种等级：教会，剑，长袍。每一个等级都极端蔑视其它两个等级：例如，一个人，人们本应由于他是愚蠢的而蔑视他，现在常常只因为是个穿长袍的人而被认为是愚蠢的。

就是最卑贱的工匠，也没有人不争吵他们所选择的职业的优越：每个人都比从事别的行业的人高等，这与他对自己行业的优越性的认识成正比。

所有的人或多或少全都像埃里温省的那位妇女，她从我们的一位君主那里接受了一点恩惠，便在她给予他的那些祝福之中，一千次地希望上天使他成为埃里温的总督。

我在一本游记中读到，有一艘法国船停泊在几内亚的海岸，船上的一些海员想要到陆地上买一些羊。人们将他们引到国王那里，他正在一棵树下为他的臣民做裁判。他骄傲地坐在他的王位上，也就是说在一块木头上，仿佛他是坐在伟大的莫卧儿的王位上；他有三四个拿着木枪的卫士；一顶华盖形的阳伞为他挡住太阳的灼热；他和王后即他的妻子的所有装饰就是他们的黑皮肤和一些指环。这位既可怜而更虚荣的君主问这些外国人，人们在法国是不是非常多地说到他。他认为他的名字应当被从地球的一极传到另一极；与人们所说的这位使整个大地缄默的征服者[①]不同，他相信他应当使全宇宙说话。

当鞑靼的可汗用完餐时，一个传令官便喊道，全世界的君主们如果高兴的话，可以去用餐了。而这个只饮牛奶，没有房屋，靠抢劫为生的野蛮人，却视全世界所有的国王为他的奴隶，并且每天有规律地辱骂他们两次。

一七一三年，莱热卜月的第二十八日，自巴黎。

① 指马其顿的亚历山大。

第四十五信

黎加致于斯贝克

寄往 ***

昨天早上，当我正在床上时，我听到有人猛烈地敲我的门，门被一个人猛地打开或者说冲开，我与这个人曾有一点交往，他看上去无比激动。

他的衣着非常简朴，他歪戴着的假发根本就没有被梳理过，他也没有时间让人缝补他的黑上装，为了这一天，他放弃了他一贯用以掩饰其衣着破旧的那些聪明的谨慎。

“起来，”他对我说，“我今天一整天都需要您，我要买成千件物品，如果是和您在一起我会很轻松的。首先我们要去圣奥诺雷大街与一位公证人说话，他受托出卖一片价值五十万利弗尔的土地；我希望他让我有优先权。在到这里来的路上，我在圣日尔曼小镇停了一刻，我以两千埃居租了一座旅店，我希望今天办好协议。”

我刚一穿好衣服，或者不如说是差不多穿好，这个人就急忙使我下了楼。“我们从买一辆大车开始，然后置办装备。”他说。果然，我们不光买了一辆马车，还在不到一小时内买了十万法郎的物品。所有这一切都办得很快，因为我的同伴根本不还价，从来不数钱；他也不移动。我对这一切感到疑惑，当我观察这人时，我发觉在他身上有一种奇特的富有与贫穷的复杂性，以致我不知道相信什么。但是我最终打破了沉默，将他拉到一旁，我对他说：“先生，谁支付所有这些？”“我，”他说，“到我的房间里来：

我将给您看一些连最伟大的君主都嫉妒的巨大的财富，但它们不会被您嫉妒，因为您将永远与我分享它们。”我跟着他。我们爬上了他的六层楼，然后，靠着一架梯子，我们攀上了第七层，这是一个四面透风的小房间，在那里面只有二三十个装满各种液体的陶盆。“我一大早起床来，”他对我说，“我首先做了我二十五年来都做的事，即去看我的工作。我看到伟大的日子来到了，它必将使我比全世界所有的人都富有。您看到这种朱红色的液体了吗？它现在有着哲学家们要求的使金属转化的所有的性能。我从中提取出了您看到的这种小颗粒，它们就颜色而言是真正的金子，虽然它们在重量上有些不完美。尼古拉·福拉梅尔[①]发现了，而莱蒙·吕勒[②]和成千上万的其他人一直在寻找的这个秘密，直接来到我身上。今天我发现自己是个幸福的炼金术大师。愿上天许可我只为它的荣耀而使用他流传给我的如此多的财富！”

我为愤怒所激动，出来，下楼，或者不如说是我顺着这梯子冲下去，让这个如此富有的人留在他的旅馆里。

再见，我亲爱的于斯贝克。我将在明天去看你，如果你愿意，我们将一同回到巴黎。

一七一三年，莱热卜月的最后一日，自巴黎。

---

① 尼古拉·福拉梅尔（Nicolas Flamel，1330—1418），为巴黎大学宣誓作家，由于慷慨施舍而被传说当成炼金术士。

② 莱蒙·吕勒（Raymond Lulle，1235—1315），加泰罗尼亚作家及炼金术士，其*Ars magna*（《伟大的艺术》）一书为经院哲学中最奇异的著作之一。

第四十六信

于斯贝克致莱迪

寄往威尼斯

我看到这里有些人不停地讨论宗教，可是他们好像同时在攻击那最不遵守它的人。

他们不仅不是更好的基督徒，甚至都不是更好的公民，正是这点触动了我：因为，不论人们生活在何种宗教之中，对于法律的遵守，对于人类的爱，对于父母的虔敬，总是宗教的首要的行为。

事实上，一个有信仰的人的首要目的难道不应当是取悦于确立了他所从事的宗教的天意？然而，达到这一目的的最正确的方法无疑是遵守社会的法规和人道的义务：因为，不论人们生活在何种宗教之中，从他设想有一种宗教开始，人们就必须认为上帝爱众人，因为他建立一种宗教以使他们幸福；如果他爱众人，人们肯定能通过也爱众人，也就是说，通过向众人尽仁慈与人道的所有义务，并且绝不冒犯众人生活于其下的那些法律，而使他高兴。

由此，人们一定能比遵守这样或那样的仪式而更加肯定地使上帝高兴：因为仪式就它们自身而言根本没有一个仁慈的度，它们只是由于带着敬重并且设想上帝命令它们如此才是好的。但这是一个应当大讨论的题目，人们会很容易在这个问题上弄错：因为必须在两千种宗教的仪式中选择一种宗教的那些仪式。

一个人每天向上帝作这样的祷告："主啊，在人们关于您而不断进行的争论中我什么也不明白。我想要根据您的意愿来侍奉您；

可是我所征询的每个人都希望我按照他的意愿来侍奉您，当我想要向您作我的祷告时，我不知道我该用何种语言向您说话。我也不知道我该使自己处于何种姿势：一个人说我应当站着向您祷告；另一个人要我坐着；还有一个人要求我的身体压在我的双膝上。这还不是全部的：有些人认为我应当每天早晨用冷水洗澡；另一些人坚持说，如果我不让人从我身上割一小片肉，您就会愤怒地看着我。有一天我在沙漠旅店里吃一只兔子，有三个在那里的人使我恐惧：他们三人都对我肯定地说我严重地冒犯了您。一个人[①]说，因为这是只不洁的动物；另一个人[②]说它是被窒息死的；最后那个人[③]说，因为它不是一条鱼。一个婆罗门经过那里，我请他来做裁判，他对我说：'他们都错了：因为显然您自己没有亲手杀死这只动物。''恰恰相反，'我对他说。'啊！您犯下了一件可恶的行为，上帝永远不会原谅您，'他以一种严厉的声音对我说，'您怎么知道您父亲的灵魂不会进入到这个动物的体内？'主啊，所有这些事，将我抛入一种难以理解的困惑之中：我每摆动一下头都要被威胁说是冒犯了您，然而我想要使您高兴并为此而用上我从您那里得来的生命。我不知道我是不是错了，可是我相信达到这一目的的最好办法是在您使我出生的这个社会中做一个好公民，在您给予我的这个家庭中作为一个好父亲生活着。"

一七一三年，夏邦月的第八日，自巴黎。

---

① 原注：这是个犹太人。

② 原注：这是个土耳其人。

③ 原注：这是个亚美尼亚人。

第四十七信

萨嫱致于斯贝克

寄往巴黎

我有一个重大的消息要告诉你：我与赛丽丝和好了。在我们两人之间分裂的后宫，又重新联合了。在这个和平统治着的地方只缺少你。来吧，我亲爱的于斯贝克，到这里来使爱情获胜。

我为赛丽丝举行了一次盛大的宴会，你的母亲、你的妻子们和你的主要的几位妾都被邀请了，你的婶婶们和你的好几位堂姊妹也来到这里，她们是骑马而来的，以她们的面纱和衣服像乌云一样将自己遮蔽住。

次日我们出发到乡间去，我们希望在那里会更加自由。我们登上我们的骆驼，每四个人置身于一个包厢里。由于我们的出发决定是突然做出的，我们没有时间派人到周围去宣布库鲁克。但是，总是机敏的首席黑阉奴采取了另一种谨慎措施：他将防止我们被人看见的帷幕外面加了一块厚厚的帘子，使我们绝对不会被任何人看见。

当我们到达我们必须渡过的那条河时，按照习惯，我们每个人都被装在一口箱子里让人将自己抬到船上：因为人们告诉我们说河里满是人。一个好奇的人，过于靠近了我们被关着的地方，遭受了致命的一击，这一击永远夺去了他白日的光明；另一个被人发现赤裸着身子在河里洗澡的人也遭到同样的命运；你的忠诚的阉奴们将这两个不幸的人献祭给了你的荣誉和我们的荣誉。

但是请听我们的奇遇的余下部分。当我们正在河的中央时，起了一阵猛烈的风，一片那样可怕的乌云遮蔽了天空，我们的水手们开始绝望了。我们为这一危险所惊吓，几乎全都昏了过去。我记得我听到我们的阉奴们的说话和争吵，一些人说应当将危险通告我们并使我们从我们的牢狱里出来；但是他们的首领一直坚持说他宁可死也不能让他的主人荣誉受损，他要将一柄匕首刺入那敢于提出这种大胆建议的人的胸膛。我的一个奴隶，完全失去了控制，衣服散乱地跑向我，想要救我；可是一个黑阉奴突然将她抓住，使她回到她自那里来的地方。就在这时我昏了过去，只是在危险过了之后才醒过来。

对于女人们来说，旅行是多么的麻烦！男人们只会面对威胁他们生命的那些危险，而我们在每时每刻都处在失去我们的生命或我们的道德的恐惧之中。再见，我亲爱的于斯贝克。我永远爱你。

一七一三年，拉马桑月的第二日，自法特梅的后宫。

第四十八信

于斯贝克致莱迪

寄往威尼斯

那些喜爱求知的人从来也不懒惰：虽然我不负担任何重要的事务，我却处在一种持续的忙碌之中。我将我的生活用于观察；我在晚上写下我在白天注意到、看到和听到的东西。一切都令我感兴趣，一切都令我惊讶：我就像一个孩子，尚且稚嫩的器官为那些最微小的事物强烈地打动。

你也许不相信：我们在所有的聚会和团体中受到热情的欢迎；

我相信这在很大程度上归因于黎加的活泼性格与天生的欢乐，这使得他研究所有的人，而他也同样为人们研究。我们的外国的面貌不再使任何人惊讶，我们甚至感觉到人们在发现我们有着一些礼貌时所感到的惊奇：法国人没有想象我们的环境能造出人类来。但是，应当承认，他们应该让人们指出他们的错误。

我在巴黎附近乡间的一位有地位的人家中度过了数天，他很高兴在他的家中有聚会。他有一位非常可爱的妻子，她除了有一种巨大的谦逊，还有一种欢快，而禁闭生活总是剥夺了我们波斯的妇女这种欢快。

由于我是个外国人，我除了仔细观察那些不停地来到这里的人，没有更好的事可做，他们总是向我表现出一些新奇的东西。我首先注意到一个人，我喜欢他的简朴；我与他接近，他也与我接近；于是我们便总是在一起。

一天，在一个大的聚会中，我们单独谈着话，任大家的谈话自己进行着。“您也许觉得，”我对他说，“在我身上好奇多于礼貌，可是我请求您同意我向您提几个问题：因为我厌倦了对什么都不了解和与一些我不能分辨的人生活在一起。我的思想两天来一直在劳动：这些人中没有一个不给予我两百次的折磨，我就是一千年也猜不出他们来：他们对于我来说，比我们伟大的君主的妻子们还要更加不可见。”“您只管说，”他对我说，“我将就您希望的一切告诉您，因为我相信您是个谨慎的人，您不会辜负我的信任。”

“这人是谁，”我对他说，“他向我们那样多地谈到他款待大人物们的宴席，他与你们的公爵们是那样熟悉，他那样经常地与大臣们说话，而人们对我说这些人是很难接近的。这一定是个有身份的人，可是他的外表又是那样的卑下，与有身份的人几乎不相称，再说，我发现他毫无教养。我是个外国人，但我觉得通常有一种对于所有的民族都共通的礼貌，我在他身上根本看不到这个。是不是你们的有身份的人要比别的人少受教育？”“这个人，”他笑着回答我说，“是一个农夫。他在财富上比别人高出多少，他在出身上就比所有的人低多少。如果他能够下决心永远不在自己家中用餐的话，他可以拥有巴黎最好的餐桌。正如您所见，他非常傲慢无礼，可是他在掌控他的厨子上是很出色的。再说他也不是知恩不报的人，因为您已听到他今天一整天都在赞扬他的厨子。”

“还有这个穿黑衣的大胖子，”我对他说，“这位太太让他坐在自己身边，他怎么会面容如此欢快、脸上发光地穿着一身丧服？人们一与他说话，他便优雅地笑着，他的装饰虽然比你们的妻子们的装饰要朴素，然而整理得更加好。”他回答我说，“这是一个讲道者，更糟的是，一个告解神父。正如您看见的，他比丈夫们知道得更多。他知道女人们的弱点，她们也知道他有自己的弱点。”“怎么？”我说，“他一直在说一些他称为恩惠的东西。”“并不总是，”他回答我道，“在一个漂亮女人的耳边，他更加乐于讲述他的没落。他在公共场合大发雷霆，但在私下里，他像一头小羊一样地温顺。”“我觉得，”我说，“人们非常重视他，人们对他很是尊重。”“怎么！但愿人们看得起他？这是一个到处都被需要的人；他制造隐退生活中的快乐：小小的建议、勤奋的关心、商定好的相约。他比上流社会的人更好地遣散头疼，他是优秀的。”

“可是，如果我不妨碍您的话，请告诉我那个正对我们的穿得那样糟糕的人是谁，他有时做一些鬼脸并且有着一种与他人不同的语言，他并没有说话的才智，却要说话以显得有才智？”他回答我说，“这是一个诗人，人类中的怪物。这种人说他们生来就是如此。这是真的，而且他们还要一生都是如此，也就是说，是所有人中最为可笑的那些。因此人们丝毫也不放过他们：人们慷慨大方地将蔑视洒向他们。饥饿使这一位来到这个家中，他受到男女主人的良好接待，他们的善意和礼貌对于任何人都毫无衰减。他过去在他们结婚时，写过给他们的祝婚诗。这是他一生中作的最好的：因为人们发现这件婚姻与他预言的一样幸福。”

“您也许不相信，”他又说道，“因为你们生为东方人怀有偏见：在我们中间有一些幸福的婚姻，有一些妇女，她们的道德是一位严肃的卫士。我们正谈的这些人在他们之间享受着一种不被扰乱的和平；他们被所有的人爱和尊重。只有一件事：这就是他们天生的善良使他们在自己家中接受各种人，这使得他们有时有坏的集会。这并不是说我不赞成他们应当和与自己同样的人生活在一起，人们所说的属于那种良好聚会的人往往只是那些其邪恶更加精细的人，也许这就像那些毒药，最为精致的也就是最为危险的。”

“那么这个老人，”我对他低声说，“他为什么有着如此痛苦的表情？我一开始以为他是个外国人：他不仅穿的与众不同，还批评在法国发生的所有的事，并且不赞成你们的政府。”“这是个老兵，”他对我说，“他以他长时期的战功而使自己为他的听者所记住。他不能忍受法国打了某些胜仗而他自己当时并不在场，或者人们吹嘘一次攻城而他当时没有攀上壕沟。他自认为对于我们的历史是如此的不可缺少，臆想当自己生命结束时，它也将结束：他视他受到的一些创伤为王权的解体，哲学家们说人们只能享受现在，过去什么也不是，与他们不同，他恰恰只享受着过去，只存在于他进行的那些战斗中：他在已经流逝的时代里呼吸，就像英雄们应该生活在他们之后活着的人中间一样。”“可是为什么，”我说，“他离开了军队？”“他根本没有离开它，”他回答我道，“而是军队离开了他：人们将他安排在一个小位置上，在那里他将能够在他的余生讲述他的经历，可是他永远不会有大出息：荣耀的路已经对他关闭了。”“为什么？”我对他说。“在法国我们有一句格言，”他回答我道，“就是永远不能提拔那些已经在低级的职务上耗尽了忍耐的下级军官。我们认为他们的心灵在细务中变得狭窄，由于习惯于小的事务，而变得不胜任大的事务。我们相信一个人在三十岁时还没有一个将军的那些才能，他也就不再会有了；一个人如果没有这种能够一下子显示一块数里大的战场的各个不同地形的眼光，这种精神的表现使人们在胜利中利用其优势，在失利时利用其帮助，他也就永远得不到这些才能。这就是为什么我们将一些光辉的位置给予那些上天不仅分给一颗心，且分给一分英雄天才的伟大而出色的人，而将一些低下的职位给予那些才智也低下的人。在这样的人中就有那些在一场晦暗的战争中变老的人：他们至多只能成功地做他们整个一生都做的事，根本不应当在他们正在衰老时才开始委任他们。”

过了片刻，好奇心又抓住了我，于是我对他说：“我保证不再向您提问题，如果您愿意容忍这个问题的话。这个有一些头发、不多的才智和如此多的无礼的高大的年轻人是谁？为什么他比别人都要大声地说话，并且自以为被所有的人喜爱？”“这是一个专交好运的人，”他回答我道。正说着这些话，一些人进来，另一些人出去；人们起来；有人来与我的这位绅士说话，于是我还是和先前一样地无所知。可是，过了一刻，我不知道是什么机会，这个年轻人出现在我的身旁，并且向我说着话：“天气不错。先生，您愿意到花圃里走一走吗？”我以尽可能的礼貌回答他说我可以，于是我们一同出去。“我来乡下，”他说，“向这家的女主人献殷勤，我和她处得不坏。在这个世界上确有某些妇女，她的心情不好。可是怎么办？我看见巴黎最漂亮的那些妇女；但是我并不将自己与任何一个牢牢拴在一起，我使她们对我颇加防范：因为，我们私下说说，我什么也不是。”“显然，先生，”我对他说，“您有某种职责或职务妨碍了您更加殷勤地在她们身边。”“不，先生，我除了使一个丈夫愤怒或者使一个父亲绝望之外，什么职务也没有；我喜欢使一个自以为掌握着我的女人惊慌，使她害怕失去我。我们这些年轻人，如此分配着整个巴黎，并使它关心我们的微小的行动。”“根据我的理解，”我对他说，“您比最勇敢的战士造成的影响还要更大，您比一个庄严的长官还要受人重视。如果您在波斯，您就不会享受所有这些优点了：您将变得更加适宜于看管我们的夫人们而不是取悦于她们。”怒火升上了我的脸，我相信，只要我一说话，我就忍不住要粗暴地对待他。

你对这个国家怎么说？在这样一个国家里，人们容忍这类人，人们让一个从事这种职业的人活着？在这里不忠诚、背叛、诱拐、背信弃义和不公正引起尊重？在这里人们尊敬一个人，因为他从父亲那里夺走女儿，从丈夫那里夺走妻子，破坏最美好、最神圣的结合？阿里的子孙们多么幸福啊，他们保卫着他们的家庭免受耻辱和引诱！白天的光亮也不能比燃烧在我们的妻子们心中的火更加纯洁；我们的女儿们只要一想到那将要使她们失去令她们与天使和无形的大能天神相像的美德的日子，就要发抖。我亲爱的出生地，太阳向那里投下它最初的光亮，你根本没有被这些可怕的罪恶所玷污，这些罪恶使这颗星[①]一出现在黑暗的西方就躲藏起来！

一七一三年，拉马桑月的第五日，自巴黎。

① 指太阳。

第四十九信

黎加致于斯贝克

寄往 ***

有一天我正在我的房间里，看见一个穿着奇异的苦行僧进来了：他的胡子一直垂到腰间；他光着双脚；他的衣服是灰色、粗糙的，在有些地方是尖的。这一切在我看来是非常地奇特，以致我的第一个念头就是派人找一个画家来为他画一幅肖像。

他首先对我讲了大量的客套话。在这些客套话中，他告诉我他是个有道德的人，是最优秀的遣使会士。“人们告诉我，”他又说道，“先生，您很快就将回到波斯的宫廷里，您将在那里占据一个显要的位置；我来请求您的保护，请求您从国王那里为我们弄到一所靠近加斯班的小房子，以供两三个教士之用。”“我的父亲[①]，”我对他说，“您真想要去波斯？”“我，先生！”他对我说，“我永远也不会这样做。我在这里是外省人，即使如此我也不愿以我的条件与全世界的遣使会士相交换。”“哎！那您到底要求我什么？”“是想要，”他回答我道，“如果我们有了这个招待处，我们的意大利的神父就可以将两三位他们的教士派到那里。”“显然，”我对他说，“您认识这些教士？”“不，先生，我不认识他们。”“见鬼！那他们去波斯与您有什么关系？让两个遣使会士去呼吸加斯班的空气，这可真是个美好的计划；这对于欧洲和亚洲都是非常有用的；有必要引起君主们对此的兴趣。这就是被称为

① 俗人对教士，或教士之中辈分低者对辈分高者的称呼。

美好的殖民地的东西！去吧！您和您的同类根本不适于被迁居，你们最好是在你们被生下来的这些地方继续爬行。”

一七一三年，拉马桑月的第十五日，自巴黎。

第五十信

黎加致***

我看见一些人，在他们身上美德是如此的自然，以致它根本不使自己被感觉到：他们毫不勉强地尽心于他们的义务，就像本能一样地迎向它。他们远不是以他们的言谈突出他们的罕见的品德，而是觉得这些品德还根本没有到达他们身上。这是我爱的人。而不是那些有道德的人，他们似乎由于自己是有道德的而感惊讶，他们视一件好的行为如一件奇迹，觉得应该讲述这奇迹使别人惊奇。

如果对于上天给予了一些伟大才能的人来说，谦虚是一种不可少的美德，对于这些胆敢表露出一种令最伟大的人们感到羞耻的骄傲的虫子，人们能说什么呢？

我在各处都看到一些不停地谈论自己的人：他们的谈话是一面镜子，总是照出他们的放肆无礼的面目。他们会对您说他们遇到的最小的事，他们希望他们对此所抱的兴趣会使之在您的眼中变得巨大；他们做了一切，看到了一切，说了一切，想了一切；他们是举世的典范，是无穷无尽的比较的对象，是永不枯竭的榜样的源泉。哦！当赞美向它所出发的地方反照时，它是多么的枯燥无味！

几天前一个这种类型的人以他，以他的优点，以他的才智在两个小时中使我们大受其苦。然而，正如世界上没有永恒的运动一样，他停止了说话；谈话终于回到我们这里，于是我们开始说话。

一个看上去相当痛苦的人开始抱怨谈话中充斥的厌烦。“什么！总是一些吹嘘自己的蠢货，他们将一切都引向自己？”“您说的对，”我们的那位说话者突然又说道，“只应该像我这样做：我从来不赞扬自己；我有财产，出身高贵；我大手大脚地花钱；我的朋友们说我有些才智。但我从来也不说这些。如果我有某些好的品质，那么我在其中最为重视的，就是我的谦逊。”

我真佩服这个放肆的家伙，当他高声说话时我在低声说：“那有着足够的虚荣心从不谈论自己的优点的人，生怕听他说话的那些人，并且根本不让自己的优点受他人的骄傲侵害的人，真是幸福啊！”

一七一三年，拉马桑月的第二十日，自巴黎。

第五十一信

波斯派驻莫斯科维亚使节纳尔古姆致于斯贝克

寄往巴黎

人们自伊斯法罕写信给我说你已经离开了波斯，说你目前正在巴黎。为什么我必须从别人那里而不是从你本人那里得到你的消息？

众国王之国王的命令使我自五年来一直留在这个国家里，我在这里已经完成了许多重要的任务。

你知道沙皇是唯一的一位其利益与波斯的利益相混和的基督教君主，因为他和我们一样，也是土耳其人的敌人。

他的帝国比我们的帝国还要更加巨大：因为人们计算，从莫斯科到他的国家最朝向中国那方向的最远要塞也有一千里。

他是他的臣民的生命和财产的绝对主人，他们都是奴隶，只有四个家族例外。众先知的代理官，众国王之王，他以天空为台阶，也没有以他的权力做出更加可怕的举动。

看到莫斯科维亚可怕的气候，人们永远也不会相信被从这里放逐出去是一种苦刑；然而，当一个大人物失势了，人们将他流放到西伯利亚。

与我们的先知的法律禁止我们饮酒一样，这位君主的法律也禁止莫斯科人饮酒。

他们有着一种与波斯人完全不同的接待客人的方法。当一个外人进了家，丈夫就向他介绍自己的妻子，外人就亲吻她，而这被视为对于丈夫的礼貌。

尽管父亲们在他们的女儿的婚约中通常要求丈夫不得鞭打她们，然而人们无法相信莫斯科妇女是多么地喜爱被打。如果丈夫不狠狠地打她们，她们便不能认为自己拥有丈夫的心。丈夫的一种相反的行为，就是一个不可原谅的无动于衷的标志。这里是她们中的一位最近写给她母亲的信：

我亲爱的母亲，

我是这世界上最不幸的女人！我为了使自己被丈夫爱，任何事都做了，可我从来也没有成功。昨天，我在家中堆积了成千件事。我出门去了，我在外面待了一整天。我相信，当我回家时，他会狠狠地打我，可是他一句话也没有对我说。我的姐姐就受到完全不同的对待：她的丈夫每天都打她。她只要一看任何男人，他就会突然地痛打她。他们就是这样非常相爱，他们生活在这个世界上最完美的和谐之中。

就是这使她如此骄傲。但是我不会让她有理由长时间地蔑视我。我已决定要不惜一切地使我的丈夫爱我；我将使他非常愤怒，他一定会给我一些友谊的表示。人们再也不会说我没有被打，说我生活在家中而没有人想到我。他对我最轻微地弹一下手指，我也要尽全力大叫，以使别人猜想一切都进行得很好。我相信，如果有哪位邻居来帮忙，我会勒死他。我请求您，亲爱的母亲，好好地向我的丈夫指出他在以一种不应有的方式对待我。我的父亲，他是个那样正派的人，过去就不是这样做，我记得当我还是个小女孩时，他好像有时就极为爱您。

我拥抱您，亲爱的母亲。

莫斯科人根本不能走出他们的帝国，哪怕只是为了旅行。由于被国家的法律与其它的民族相隔绝，他们就这样保持着他们古老的习惯，因为他们不相信还可能有其它的习惯，所以也就更加依恋地保持它们。

可是现在统治着的这位君主[①]想要改变一切：他已经在胡子的问题上与他们有了一些大争论；神职人员和修道士们为了他们的无知也没有少斗争。

他热心于使艺术繁荣起来，不忽略任何东西，以将直到此时都被人遗忘并且几乎只为自己知道的他的民族的光荣带到欧洲和亚洲。

他不平静且持续不断地在他的广大的国家中到处游荡，到处都留下他的天生的威严的标记。

他离开他的国家，好像它不能留住他，而到欧洲去找寻别的

① 即彼得大帝。

省和新的王国。

我拥抱你，我亲爱的于斯贝克。我请求你给我你的消息。

一七一三年，夏尔瓦尔月的第二日，自莫斯科。

第五十二信

黎加致于斯贝克

寄往 ***

有一天，我在一个聚会中玩得相当好。在那里有各种年龄的女人：一个八十岁的，一个六十岁的，一个四十岁的，这四十岁的还有一个二十至二十二岁的外甥女。一种本能使我走近这最后一位，她在我耳边说："您对我的姨妈怎么说，她在她那样的年纪，还想要有一些情人，还想要显得漂亮？""她错了，"我对她说，"这是一种只适合于您的想法。"过了一刻，我在她的姨妈的身旁，她对我说："您对这个女人怎么说，她至少有六十岁了，她今天用了一个多小时来梳妆？""这是浪费时间，"我对她说，"必须要有了您的美貌然后才去想这事。"我走向这位六十岁的不幸的女人，一边在心中怜悯她。这时她对着我的耳朵说："还能有更加可笑的事吗？您看这个女人，她有八十岁了，还戴着一些红色的带子；她想变得年轻，她成功了：因为这接近一个童年了。""啊！好上帝，"我在心中对自己说，"我们永远只能感觉他人的可笑吗？"紧接着我又说，"也许这是一个幸福，我们在他人的弱点中得到自己的安慰。"然而，我还正在使自己开心，于是我说："我们已经登得相当高了，现在我们往下降，就从这处在顶峰的老女人开始。""夫人，我刚刚与她说话的那位夫人与您，你们是如此相像，就好像你们是两个姐妹，我相信你们差不多是同样年纪。”“真的，先生，”她对我说，“当我们中的一个死了，另一个就会感到巨大的恐惧：我相信在她与我之间不会有两天的差距。”当我稳住这位衰老的女人时，我走向那位六十岁的女人。“夫人，您必须为我打的一个赌做出决断：我打赌说这位太太与您，”我向她指示那位四十岁的女人，“是同年的。”“正是，”她说，“我相信在她与我之间不会有六个月的差距。”好，我成功了；继续下去。我再往下降，我走向那位四十岁的女人。“夫人，请您告诉我，您称坐在另一张桌上的那位小姐为外甥女仅仅是为了开玩笑？您和她一样年轻；她的脸上甚至有些衰老的东西，而您确实没有，而这种表现在您的面容上的有生气的颜色……”“等等，”她对我说：“我是她的姨妈；可是她的母亲至少比我大二十五岁，因为我们不是同母所生；我听我已故的姐姐说，她的女儿和我在同一年出生。”“我早就说了，夫人，我刚才感到惊讶并没有错。”

我亲爱的于斯贝克，那些由于可爱之处的丧失而自感前程结束的女人，想要退回到青年时。哎！她们怎么可能不努力去骗别人？她们尽她们的全力欺骗她们自己，并且躲避所有想法中最为令人悲痛的想法。

一七一三年，夏尔瓦尔月的第三日，自巴黎。

第五十三信

赛丽丝致于斯贝克

寄往巴黎

从来也没有哪种感情比白阉奴科斯鲁对我的奴隶塞丽德的感情更

加强烈更加热切：他以那样的疯狂请求她与他结婚，使我不能拒绝他。再说，既然她的母亲都不反对，而且塞丽德自己也显得对这一虚假婚姻的想法和人们呈现给她的虚幻的影子感到满意，为什么我要反对呢？

她要这个不幸的人有什么用，他除了能够有一个丈夫的嫉妒之外什么也没有；他从他的冷淡中走出来只是为了要进入一种无用的绝望；他将总是唤起自己对他的处境的回忆，而使她想起他所不是的东西；他由于总是准备着献出自己却永远也没有献出自己，将不断地欺骗自己、欺骗她，并使她每时每刻都擦拭着他的处境的不幸。

什么！总是处在臆想和空想之中！只是为了想象而生活着！发现自己总是在一些快乐的旁边，而永远也不处在快乐之中！在一个不幸的男人的怀抱里憔悴下去，只是回答着他的悔恨而不是回答着他的叹息。

对于一个这样只是为了看守而从来不是为了拥有而造出的人，人们什么样的蔑视不可以有？我找寻爱情，而我看不到它。

我自由地与你说话，因为你爱我的天真，比起我的同伴们的伪装的羞怯，你更加喜爱我的自由的性情和对于快乐的敏感。

我曾经听你说过一千次，阉奴们与妻子享受着一种我们所不知的情欲的快乐；自然自己补偿它的损失；它有办法弥补他们的状况的不利之处；尽管人们能够不再是个男人，但不会不再是有感觉的；在这种情况下，人们就像是处在一种第三感觉之中，在这感觉中，人们其实只要改变快乐就行。

如果是这样，我就会觉得塞丽德并不需要怜悯：和一些不太不幸的人生活在一起总是一件大事。

请就此事给予我你的命令，让我知道你是不是希望婚礼在后宫之中完成。再见。

一七一三年，夏尔瓦尔月的第五日，自伊斯法罕的后宫。

第五十四信

黎加致于斯贝克

寄往 ***

今天上午我在我的寝室里，正如你所知，这间寝室只由一道很薄并且还在多处地方被戳破的隔板与旁边的房间相分离。因此人们能够听到隔壁房间里说的任何话。一个在大步踱着的人对另一个人说："我不知道这是怎么回事，可是一切都在与我作对：已经有三天了，我还没有说出任何把自己感到荣耀的话，我发现自己混杂在所有的谈话中间，而人们对我连最微小的注意都没有，人们向我说话还不到两次。我准备了一些机智的话想要提高我的言论；人们从来也不愿让我使它们说出来。我有一个非常漂亮的故事要说。可是，我越是接近它，人们越是躲避它，好像人们是故意这样做的。我有一些好的词语，它们四天来在我的头脑中变老了，而我还根本没有稍稍用上它们。如果这情况继续下去，我相信我最终会成为一个傻瓜：这似乎是我的星辰的作用，我不能逃避。昨天，我本希望与三四个肯定不会胜过我的老女人一起大出风头，我必须说出世界上最漂亮的一些话来：我用了一刻多钟的时间起草我的谈话；可是她们根本不接住下面的话，她们就像命运女神一样割断了我的所有言语的线。你要我告诉你吗？要维持才子的名声，代价太高了。我不知道你是怎样做到这一步的。""我有一个想法，"另一个人说，"我们协力工作以给予自己才智；让我们为此而联合起来。每天，我们相互商定应当谈些什么，我们互相帮助，这样一来，如果有人来在我们的思路中打断我们，我们就自己来引导他，如果他不愿意高高兴兴地来，我们就强迫他。我们就商定一些应当赞同的地方，一些应当微笑的地方，另一些应当仰面放声大笑的地方。你将看到我们将给所有的谈话定了基调，人们将会钦佩我们才智的敏捷和我们的对答的得体。我们以一些头部的相互暗号来互相保护。你今天出了风头；明天你将跟在我后面。我与你一起进入一户人家，我在向人介绍你时大叫：'我必须告诉你们刚才在路上遇到一个人时，先生给予他的一个非常有趣的回答。'然后我转向你：'他当时根本没有想到；他太感惊讶了。'我朗诵一些我的诗，于是你说：'他写它们时，我就在场；那是在一次晚餐时，他一刻也没有构思。'你和我，我们还要经常相互嘲笑，于是人们会说：'看看他们怎样相互攻击，怎样相互抵抗！他们相互不放过。看看他是怎样脱身的。真精彩！这是怎样的才智表现啊！这才是一场真正的战斗。'但是人们不会说我们在前一夜操练过。必须要买一些书，这是供那些没有才智而想要装得有才智的人使用而编集的华美言语集：一切取决于有没有典范。我希望不到六个月，我们就能够使一场一小时的谈话完全充满华美言语。可是，要注意一点：这就是维持它们的得体。说一句好话是不够的：必须将它公布出来；必须到处散布它、播撒它。如果不这样，那就前功尽弃；我向你承认，没有什么比看到人们说出的一句漂亮话在一个听他话的蠢货的耳朵里死亡更为令人痛心的了。确实经常要有一种补偿，我们也要说一些将会不为人知的蠢话；这是在这种情况下唯一能够安慰我们的东西了。亲爱的，这，就是我们应当采取的决定。做我告诉你的，我保证你不到六个月就在学院有一个位子。这是为了告诉你辛苦不会是长久的：因为到了那时你就可以放弃你的艺术；那时你会不论自己有没有才智都是个有才智的人。人们将注意到，在法国，一个人从一进入社交界起，他首先就拿起人们称为身体的才智[①]的东西。你也将这样做，我只怕你会因为赞誉太多而感到麻烦。”

一七一四年，齐尔卡代月的第六日，自巴黎。

第五十五信

黎加致伊本

寄往士麦那

在欧洲人中，婚姻的第一刻钟就排除了所有的困难：女人们的最终的爱情表示总是与婚姻的祝福在同一天；女人们在这里根本不像我们波斯的女人那样做，后者有时整整几个月坚守阵地；没有什么东西是这样整体的：如果她们什么也不失去，这是因为她们没有任何可失去的东西；可是人们总是知道她们溃败的时刻，并且不必查看星辰，人们就能够预言他们的孩子出生的准确时间，这是一件令人羞耻的事！

法国人几乎从来不谈起他们的妻子；这是因为他们害怕在一些比他们自己更加了解她们的人面前谈到她们。

在他们中有一些任何人都不安慰的非常不幸的人：这是那些嫉妒的丈夫；有一些所有的人都恨的人：这是那些嫉妒的丈夫；有一些所有的人都蔑视的人：这还是那些嫉妒的丈夫。

因此没有哪个国家像法国一样，这样的人是如此的少。他们的安宁不是建立在他们对他们的妻子所拥有的信任上；而恰恰是

① 指人的外表的风趣、机智。

建立在他们所拥有的坏想法上。亚洲女人的所有的明智的谨慎，遮蔽她们的面纱，她们被拘禁于其中的监狱，阉奴们的警戒，在他们看来是一些更加适于练习这一性别的技巧而不是使之疲惫的办法。在这里，丈夫们心甘情愿地接受他们的遭遇，而视不忠诚为一颗不可避免的星辰的影响。一个想要单独一人拥有他的妻子的丈夫将被视为一个扰乱公共欢乐的人，视为一个想要排除他人而独自享受太阳光明的疯子。

在这里，一个爱他妻子的丈夫是一个没有足够的优点使自己被另一个女人爱的人；一个滥用法律的必要性以弥补他所缺乏的可爱之处的人；一个利用自己的所有优势以损害整个社会的人；一个把仅是在契约上给予他的东西据为己有，尽他的能力以破坏一项使男女两性都得到幸福的不成文的协定的人。一个漂亮妻子的丈夫的头衔，在亚洲被以那样的小心藏起来，在这里则被毫无不安地举着：人们感到自己能够处处都得到消遣。一个君主通过得到另一个要塞而补偿自己失去的一个要塞。在土耳其人夺走我们的巴格达时，我们不是从莫卧儿那里得到了坎大哈要塞[①] 吗?

通常，一个容忍其妻子不贞的丈夫根本不被指责；恰恰相反，人们赞扬他的谨慎：只有特殊的情况使人蒙羞。

这并不是说就没有一些有道德的妇女，人们可以说她们是杰出的：我的驾车人总是使我注意她们。但是她们全都是那样的丑陋，以致必须做一个圣人才能不仇恨美德。

在我就这个国家的风俗告诉了你这些之后，你很容易地想象得出法国人几乎是不以坚贞为骄傲的。他们认为，向一个女人发誓说永远爱她，就像坚信一个人能够永远健康、永远幸福一样的可笑。当他们向一个女人许诺他们永远爱她时，他们猜想，她也

① 在今阿富汗，由亚历山大于公元前三百二十六年始建。

会向他们许诺将永远美丽，于是，如果她不能信守诺言，他们就不再认为自己受他们的诺言约束。

一七一四年，齐尔卡代月的第七日，自巴黎。

第五十六信

于斯贝克致伊本

寄往士麦那

赌博在欧洲非常盛行，赌徒是一种职业。只有这一种称号代替了出身、财富和诚实：它将所有具有这一称号的人都不加审查地置于正派人的行列，尽管无人不知在如此判断的同时，它常常是错误的；可是人们已经安于不可纠正。

妇女们在此方面尤其热衷。其实她们在年轻时几乎不投身于此只是为了照顾一种更为珍贵的感情；而随着她们变老，她们对于赌博的感情似乎变得年轻了，而这一感情填充了其它感情的所有空缺。

她们想要使她们的丈夫破产，为了达到这一目的，她们有适用于所有年龄的办法，从最稚嫩的青年时代一直到最衰朽的老年：衣装和车马使混乱开头；卖弄风情使之增大；赌博使之最终完成。

我经常看到九个或十个妇女，或者不如说九个或十个世纪[①]，排在一张桌子的周围；我看见她们处在希望之中，处在害怕之中，处在欣喜之中，尤其是处在疯狂之中。你会说她们永远也不会有平静的时候，你会说生命就要在她们绝望之前离开她们；你会怀

① 这是说这些女人年龄都很大，每人都有近百岁。

疑，她们付给钱的那些人是不是她们的债主或者受遗赠者。

似乎是我们神圣的先知特别注意使我们抑制一切能够扰乱我们理智的东西：他禁止我们饮酒，因为它使理智被埋葬起来；他以一条明确的训令，禁止我们从事任何偶然性的赌博；而当他不能夺去情感的根源时，他便使之减弱。爱情在我们中间，不带有任何的混乱和狂热；这是一种正在衰弱的感情，它使我们的灵魂处于宁静之中：妻子人数的众多将我们从她们的统治下解救出来；它缓和我们情欲的猛烈。

一七一四年，齐拉热月的第十八日，自巴黎。

第五十七信

于斯贝克致莱迪

寄往威尼斯

生活放荡的人们在这里维持着巨大的一群娼妓，而虔信者们则是维持着无数的苦行僧。这些苦行僧发三个誓愿：服从的誓愿，贫穷的誓愿和贞洁的誓愿。人们说第一个是所有三个中被遵守得最好的；至于第二个，我向你保证，根本就不被遵守；我让你自己去判断这第三个。

可是，不论这些苦行僧多么富有，他们从来也不放弃贫穷的身份；比起他们，我们光荣的苏丹倒是更加愿意放弃他的那些光辉和崇高的称号。他们是对的：因为这些贫穷的称号使他们不贫穷。

医生和这些苦行僧中的那些被称为告解神父的人在这里总是一些或者太受尊重，或者太受轻视的人；然而人们说继承人与医生相处得比与告解神父相处得好[①]。

我有一天在一所这种苦行僧的修道院里，他们中的一个由于有着一头白发而受尊敬，他非常诚恳地接待我。他让我看整个的修道院。我们进入花园之中开始交谈。“我的父亲，”我对他说，“你们在修会里做什么事？”“先生，”他以一种对我的问题表示非常满意的神情回答我说，“我是决疑者。”“决疑者，”我又说，“自从我到法国以来，我还没有听人说过这一职务。”“什么！您不知道什么是一个决疑者？那好，听着：我将就此给您一个概念，它不会让您再有任何想要知道的了。有两种罪恶：一种是该死的大罪，它们彻底关上了天堂的门；还有就是可宽恕的轻罪，它们确实是冒犯了上帝，但是没有使他愤怒到剥夺我们的真福的程度。而我们所有的艺术就在于明白区分这两种罪恶：因为，除了某些放荡之徒外，所有的基督徒都想要升入天堂；可是几乎没有一个人不是想要以尽可能低廉的代价进入天堂。当人们认识到那些该死的大罪，人们就努力不犯它们，于是人们就做他的事。有一些人并不希求一种如此伟大的完美，正由于他们没有丝毫的野心，他们也就不在乎自己是不是得到最高的那些位置。因此他们以他们所能的最简便的方式进入天堂；只要他们能在天堂里，这就足够了：他们的目的只是做得不多也不少。这是一些抢劫天堂而不是得到天堂的人，他们向上帝说：‘主啊，我努力满足了条件；您不能不履行您的许诺：由于我做的并不比您命令的更多，我也免了您给予我比您许诺我的更多的东西。’于是我们就是一些不可缺少的人，先生。但这还不是全部；您就要看到另一样东西。行为并不制造罪恶，而是犯这行为的人的认识制造了它：做了一件坏事的人，当他能够相信这并不是一件坏事时，他便能够良心上

① 这是说医生动辄将人治死，使继承人受惠。

安宁了，由于有无数多的模棱两可的行为，一个决疑者靠着宣布它们为良好的行为，能够给予它们一种它们所没有的良好的度；而且，只要他能够让人相信它们没有恶意，他就使它们彻底没有了恶意。我在这里告诉您我一直操持到老的一个职业的秘密；我让您看到其精髓：有一种能够给予一切事物的措辞，甚至能够给予那些显得最不能接受这些措辞的事物。”“我的父亲，”我对他说，“这很好；可是你们怎样与上天和解呢？如果梭非[①]的宫廷里有一个人为了自己而做出您违背您的上帝才做出的事，将他的各种命令加以区分，教他的臣民在何种情况下应当执行它们，而在另外某种情况下应当冒犯它们，他会立即使这人被处以尖桩刑。”我向我的这位苦行僧行了礼后，不等他答话便离开了他。

一七一四年，马哈拉姆月的第二十三日，自巴黎。

第五十八信

黎加致莱迪

寄往威尼斯

亲爱的莱迪，在巴黎，有很多的职业。在那里一个好行善的人，只为一点点钱，便来向您提供制造金子的秘密。

另一个人向您许诺使您与天上的精灵在一起睡觉，只要您能够三十年不见女人就行。

您还可以发现一些预言者，他们极为能干，可以告诉您您的

① 根据一七九六年出版的《法语－意大利语词典》（弗朗索瓦·达尔贝尔第·维勒讷夫神父编纂），这是西方人对波斯国王的称呼。

一生，只要他们在此之前与您的仆人谈一刻钟话就行。

一些精明的女人将处女的贞操制成一朵每天败谢又重开的花，并且第一百次被摘取比第一次还要更为痛苦。

还有另一些女人，她们以她们技艺的力量来修补时光造成的所有损害，能够在一张脸上重新建立一种摇摇欲坠的美丽，甚至能将一个处在老年的巅峰上的女人唤下来，以使她重新下降到最稚嫩的青年。

所有这些人都在一座城市中生活着或者谋求着生活，这城市是发明之母。

市民们的收入在这里根本不稳定：它们只在于精神和技艺；每个人都有他自己的技艺，他尽其所能使之变得高贵。

谁若想要数清所有那些追求某个清真寺收入的从事法律的人，他就能够马上数清大海中的沙子和我们国王的奴隶。

有无数的语言教师，艺术教师和科学教师，在教他们所不懂的东西，这种才能是非常了不起的：因为想要教授懂得的东西并不需要很多的才智；而要教自己所不知道的东西则极为需要才智。

人们在这里只能突然地死去；死亡不可能以别种方式实行它的统治：因为在所有的角落都有一些人，他们有一些万无一失的药方对付人们所能想象出的所有疾病。

所有的店铺都张着不可见的网，所有的购买者都到那里被捉住。但有时候人们很便宜地从那里出来：一个年轻的女商人整整一小时向一个男人献媚，为的是使他买一包牙签。

没有任何人从这个城市出来时不是比他进入时更加谨慎：靠着使别人知道自己的财富，人们学会保管这财富；这是外地人在这个充满魔法的城市里的唯一的便利。

一七一四年，萨法尔月的第十日，自巴黎。

第五十九信

黎加致于斯贝克

寄往 ***

前些天我在一所房屋里，那里聚着一群各种各样的人：我发现谈话被两个老女人控制着，她们整整一上午都在徒劳地竭力使自己年轻。“必须承认，”她们之一说道，“今天的男人与我们年轻时看到的男人很不一样：那时他们有礼貌，优雅，讨人欢喜。可是，现在，我发现他们有一种不可忍受的野蛮。”“一切都变了，”这时一个看上去为风湿病所苦的男人说道，“时代再也不是四十年前的那样了：那时所有的人都身体健康；人们行走；人们欢快；人们只想要笑和跳舞。现在，所有的人都处在一种不可忍受的悲哀之中。”过了片刻，谈话转到了政治方面。“见鬼！”一个老先生说道，“国家不再被统治着了：你们给我找一个像戈尔贝尔先生[①]那样的大臣出来。我过去与这个戈尔贝尔先生很熟悉：他是我的一个朋友；他总是使人支付我的费用比给任何人都早。在财政上多么美好的秩序啊！所有的人都很轻松。可是今天我破产了。”“先生，”这时一个教士说，“您在这里谈到我们战无不胜的国王的那个最为神奇的年代。难道有什么事比他为摧毁异端所做的事情[②]更加伟大吗？”“那么您认为废除决斗就毫无意义了吗？”另一个一直到此什么也没有说的男人以一种满意的神情说道。“这见解是明智

---

① 让·巴蒂斯特·戈尔贝尔，生于一六一九年，卒于一六八三年，法国政治家。

② 指一六八五年废除南特敕令。

的，”有人在我的耳旁对我说，“这人非常喜欢这法令，他非常好地遵守它，以致六个月前他宁可接受一百记棍棒也不肯违犯这法令。”

于斯贝克，我觉得，我们从来只是通过我们就我们自己所作的一种秘密的自省来判断事物的。我不奇怪黑人将他们的魔鬼描绘得有着一种耀眼的白色，而将他们的神描绘得像煤炭一样黑；某些民族的维纳斯有着一对垂到大腿上的乳房；并且最终所有的偶像崇拜者都使他们的众神表现出一副人的面目，并使众神有着他们的所有喜好。人们曾经非常好地说过，如果三角形造出一个上帝，它们会使他有着三个侧面。

我亲爱的于斯贝克，当我看见一些在一粒原子上，也就是说地球上——它只是宇宙的一个点——爬行的人，直接冒充天意的原型，我真不知道如何将如此的荒谬与如此的渺小协调在一起。

一七一四年，萨法尔的第十四日，自巴黎。

第六十信

于斯贝克致伊本

寄往士麦那

你问我在法国有没有犹太人？要知道，任何地方只要有钱，就有犹太人。你问我他们在这里做什么？恰恰就是他们在波斯做的：没有什么比一个欧洲的犹太人更像一个亚洲的犹太人了。

和在我们中间一样，他们在基督徒中间也使一种近于疯狂的对于他们宗教的不可战胜的坚信表现出来。

犹太教是一株老树干，它长出了两个覆盖全世界的分枝：我要说的是伊斯兰教和基督教；或者不如说这是一个母亲生出的两个女儿，她们使她浑身遍布创伤：因为，在宗教方面，最接近的宗教也就是最大的敌对宗教。然而，不论她从她们那里得到了如何坏的对待，她还是因将她们生到世上而感到光荣；她利用她们二者以拥抱整个世界，而同时在另一方面，她的可敬的老年又拥抱着所有时代。

犹太人于是视自己为所有神圣性的源泉和所有宗教的起源。相反，他们视我们为改变了教法的异端派，或者不如说是一些叛逆的犹太人。

如果改变是不知不觉地发生的，他们认为自己会被容易地引诱；可是，由于它是突然地并以一种强烈的方式发生的，由于他们能够标明每个宗教诞生的日子和时刻，他们便因发现在我们中有一些年岁而愤怒并坚定地守着一种世界都不比之更早的宗教。

在欧洲，他们从来也没有过一种平静如同他们今天所享有的平静一样。人们开始在基督教徒中摆脱这种使他们振奋的排他性的精神。人们发现自己在西班牙将他们驱逐出去，在法国使一些信仰与君主的信仰略有差异的基督徒疲惫是做错了。人们注意到，为宗教发展而有的热情与人们对于宗教本身所应有的热爱是不同的，为了爱它和遵守它并不需要恨和迫害那些不遵守它的人。

但愿我们穆斯林也像基督徒一样明智地想这一问题；但愿人们能够一劳永逸地在阿里与阿布贝克尔[①]之间造成和平，而将判断

① 穆罕默德的岳父，为四大正统哈里发（另三位为奥马尔、奥斯曼、阿里）之第一位。所谓阿里与阿布贝克尔之间的不和平，系指穆斯林什叶派与逊尼派之间的矛盾，逊尼派认为四大哈里发及其后继的各哈里发皆为穆罕默德的合法继承者，什叶派则否认前三位哈里发和后继各哈里发，只承认阿里及其后裔十二伊玛目为穆罕默德的真正的继承者。

这两位神圣先知的优点的事让安拉去操心。我希望人们以一些崇高尊敬的行为，而不是以一些无益的偏爱来为他们增光；希望人们努力去博得他们的恩惠，不论安拉规定他们处在何种位置，不论是在他的右边还是在他的宝座的台阶之下。

一七一四年，萨法尔月的第十八日，自巴黎。

第六十一信

于斯贝克致莱迪

寄往威尼斯

前些天我进到一座人们称为圣母院的著名教堂之中。正当我在欣赏这辉煌的建筑物时，我有机会与一个也像我一样为好奇心吸引来的教士交谈。谈话最后落到了他的职业的安宁上。

“绝大多数的人，”他说，“都羡慕我们的行业的幸福，他们是有道理的。然而，它有它的令人不快之处。我们根本不是与上流社会完全隔绝的，我们在成千的机会中被召唤到其中；在那里，我们必须维持一种非常困难的角色。

“上流社会的人们是令人惊奇的：他们不能容忍我们的赞同，也不能容忍我们的批评；如果我们想要纠正他们，他们便认为我们可笑，而如果我们同意他们，他们又视我们为低于我们的特性的人。没有什么比想到人们竟使那些不信教者愤怒要更加令人羞耻的了。我们于是被迫采取一种模棱两可的处事方式并且蒙骗那些放荡不羁的人，不是通过一种肯定的性格，而是通过我们接受他们谈话时所用的方法使他们所处的不肯定。需要有很多才智才能做到这一步：这种中立的处境是很困难的。那些上流社会的人，他们什么都试，他们将自己投入他们的所有的冲动之中，他们根据情况的发展而推动它们或是放弃它们，因此他们非常成功。

“这还不是全部：人们那样吹嘘的这种如此幸福、如此平静的职业，我们并不在上流社会中保留着它。一旦我们出现在那里，人们便使我们争论。例如，人们使我们尝试证明一个不信上帝的人的祈祷的有益，一个整整一生都否定灵魂不灭性的人的持斋的必要性：这工作是辛苦的，而欢笑者并不是为我们而笑。还有，某种将别人引向我们的想法的欲望不停地折磨着我们，并且可以说是与我们的职业紧紧联系在一起。这与人们看到的欧洲人为了人种的益处而要努力使非洲人的脸变白一样的可笑。我们为了使人们接受一些根本不重要的宗教观点而扰乱国家，折磨我们自己，我们就像那个征服中国的人，他由于想强迫他的臣民们剪去头发和指甲而将他们推向一场全面的暴乱。

“我们为了使我们所负责的那些人完成我们的神圣宗教的义务而具有的热情本身常常是危险的，它必须要伴随以极大的谨慎。一个名叫狄奥多西[①]的皇帝杀死了一个城市的所有居民，甚至妇女和儿童；然后他想要进入一所教堂，一个名叫安布罗修[②]的主教命人对他关上大门，就像对待一个杀人犯和一个亵渎神圣者那样；那么，在这件事上，他做了一个勇敢的行为。这个皇帝随后进行了这样一桩罪行所要求的悔过之后，被许可进入教堂，要去置身

① 即罗马皇帝弗拉维乌斯·狄奥多西乌斯（Flavius Theodosius，346—395）。他于390年下令屠杀了起义的泰萨罗尼克（在希腊）城中的七千居民，后在圣安布罗修的迫使下作了公开的悔过。

② 即圣安布罗修（约生于330到340年间，卒于397年），拉丁文名奥莱里乌斯·安布罗西乌斯（Aurelius Ambrosius），于374年被任命为米兰主教。

于众教士之中；这同一个主教使他从他们中间出来；那么，在这件事上，他是做了一个狂信的行为，以致人们确实应该怀疑他的热诚。这个君主在众教士之中有还是没有一个位置，对于宗教或是对于国家又有什么要紧呢？”

一七一四年，第一个莱比亚卜月的第一日，自巴黎。

第六十二信

赛丽斯致于斯贝克

寄往巴黎

你的女儿有七岁了，我认为是使她进入到后宫的内房的时候了，不必等她到了十岁再将她托付给那些黑阉奴。使一个年轻女子失去童年的自由并在羞耻心所居住的那些神圣的围墙之中给她一个神圣的教育，人们不会做得过早。

因为我不同意这些母亲的作法——她们只是在她们就要给女儿一个丈夫时，才将她们关闭起来；她们是强迫她们进入后宫而不是将她们奉献于后宫，粗暴地使她们接受一种生活方式，这种生活方式本该启发她们。难道必须从理智的强力中指望一切，而不能从习惯的温和中指望任何东西吗？

人们向我们说起自然使我们所处的从属地位，这是徒劳的；使我们感觉到它，这是不够的：应当使我们实践它，以使它在情感开始产生并鼓励我们独立的这个危险时候支持着我们。

如果我们只是被义务束缚在你们身上，我们有时可能会忘记这义务。如果我们只是被喜好所牵着，也许一种更强的喜好就会使它变弱。但是，当法律将我们给予一个男人时，它使我们离开其他所有的男人，并使我们与他们相隔如此之远，仿佛我们是在十万里之外。

对于男人们献殷勤的自然，不仅仅只限于给予他们欲求：它还希望我们自己也有，希望我们是他们的幸福的有生命的工具；它将我们置于情感的火之中，以使他们生活得平静；如果他们走出了他们的冷漠，它就指令我们使他们回到其中，而从不使我们自己能够感受我们使他们所处的这种幸福的境地。

可是，于斯贝克，不要以为你的处境就要比我的处境更加幸福：我在这里享受着你所不知道的成千种快乐；我的想象不断地工作着以使我认识到它们的价值；我活过了，而你只是在凋谢。

就在你将我拘禁着的这所监狱里，我都要比你自由。你越是用心使人看守我，我越是感受到你的不平静；你的怀疑、你的嫉妒、你的痛苦，全都是你从属的标志。

继续吧，亲爱的于斯贝克：让人整夜整日地监视着我；就是对于那些日常的谨慎也不要相信；在肯定你的幸福时，增大我的幸福；要知道，除了你的无动于衷，我什么也不害怕。

一七一四年，第一个莱比亚卜月的第二日，自伊斯法罕的后宫。

第六十三信

黎加致于斯贝克

寄往 ***

我以为你想要在乡间度过你的一生。起初，我失去你只不过两三天，而现在有十五天我没有见到你。你一定是正在一个可爱的人家，你在那里找到一群与你相投的人，你在那里完全自在地谈论着：要想使你忘掉整个宇宙不必再有更多的东西了。

至于我，我差不多还是过着你曾经看见我过的那种生活：我与所有的人交往，并且努力认识他们。我的心灵不知不觉地失去了所有尚存的亚洲的东西，而无力地屈服于欧洲的习俗。看到在一个人家有五六个女人和五六个男人在一起，我不再感到惊讶，而且我认为这不是难以想象的。

我可以说：我只是在来到这里以后才认识了女人；我在一个月里知道的比我在一所后宫中三十年学到的还要多。

在我们国家里，所有的性格都是一致的，因为它们是被迫的：人们根本看不到本来面目的人，而是别人迫使他们表现出来的样子。在这种心灵与思想的奴役之中，人们只听到说害怕——它只有一种语言，而听不到本性——它是如此不同地表达着自己，并且表现为如此多的形式。

在我们中间被如此实践且如此必不可少的这种掩饰的艺术，在这里是陌生的：一切都说出来，一切都被看到，一切都被听；心就像脸一样地展露出来；在风俗中，在道德中，甚至在罪恶中，人们都总能感觉到某种真诚的东西。

要想取悦于妇女，必须有一种才能，它与那种使她们更加快乐的才能是不同的：它由一种在精神中的闲谈组成，这种闲谈以似乎每时每刻向她们许诺人们只能在一些太长久的时间之后才拥有的东西而使她们高兴。

这种就自然而言是为梳妆而做的闲谈，似乎已经形成了这个民族的普遍性格：人们在议会上闲谈；人们在带领一支军队时闲谈；人们与一位大使闲谈。职业只是因为人们在其中放置的严肃越多，才越可笑：一个医生，如果他的衣装不怎么晦气，并且如果他一边闲谈着一边杀死病人，他就不再是可笑的。

一七一四年，第一个莱比亚卜月的第十日，自巴黎。

第六十四信

黑阉奴总管致于斯贝克

寄往巴黎

伟大的主人，我处在一种无法向你表达的困难之中：后宫正处于一种可怕的无秩序和混乱之中；你的妻子们中间到处是战争；你的阉奴都被分配了；人们只听到抱怨，只听到私下议论，只听到指责；我的劝解被蔑视：在这个放肆无忌的时候，我在后宫中只有一个虚幻的头衔。

你的妻子中没有一个人不认为自己由于出身、美貌、富有、才智、你的爱而比其他人优秀，没有一个人不突出这些条件中的几个以拥有所有的优越；我每时每刻都在失去这种长时间的耐心，靠着这种耐心，我曾经不幸地使她们所有的人都不满：我的谨慎，甚至我的讨好，这是在我所占据的位置中如此罕见和如此陌生的品德，都已经无用了。

伟大的主人，你愿意我向你揭示所有这些混乱的原因吗？它完全是在你的心中，在你对于她们所具有的温情的敬重之中。如果你不束住我的手；如果你让我有惩罚的方法，而不是有劝说的方法；如果你不使自己为她们的诉苦和泪水所感动，而是将她们打发到我面前来哭泣，因为我是永远不被感动的，我将使她们很快习惯于她们应当负起的重轭，并且我将使她们专横和独立的心情疲惫。

我十五岁时就从我的祖国——非洲的腹地——被抢了出来，原先被卖给一个有着二十多个妻妾的主人。他根据我的严肃而沉默的神情认定我对于后宫是合适的，便命令人们最终使我变得适合这项工作，使人为我做了一种在初时是痛苦的，而在后来对我来说则是幸福的手术，因为它使我接近了我的主人们的耳朵和信任。我进入了这个后宫，它对于我是一个新的世界。那位首席阉奴，是我这一生见到的最严厉的人，他以一种绝对的统治权管理着那里。人们在那里听不到分裂和争吵：一种深深的安静统治着所有地方；从一年的一头到另一头，所有的妇人都在同一个时刻睡下，在同一个时刻醒来；她们一个一个轮流进入洗澡池；看见我们对她们做的最小的信号，她们就从那里出来；其余的时间，她们几乎总是被关闭在她们的房间里。他有一条规矩——要使她们处在一种极大的整洁之中，他为此而有着令人无法描述的关心：最微小的拒绝服从也会被毫无仁慈地处罚。"我是奴隶，"他说，"但我只是那作为你们的主人和我的主人的人的奴隶，我在使用他给予我的对付你们的权力：是他在惩罚你们，而不是我，我只是借出我的手而已。"女人们不被召唤永远也不能进入我主人的房间。她们欣喜地接受这一恩惠而看到自己被剥夺了这恩惠时也毫不抱怨。总之，是那个平静的后宫中的最末的一名黑阉奴的我，比在你的后宫中还要一千倍地受到尊重，而在这里我指挥着所有的黑阉奴。

这位首席阉奴刚一发现我的天才，便将眼光转向我；他向我的主人说到我，认为我能够根据他的意见而工作并继而处于他当时所充任的位置。他根本不因我非常年轻而惊讶：他相信我的注意力将能代替经验。我还要告诉你吗？我在他的信任中取得了如此多的进步，他将他看管了如此长久的那些可怕地方的钥匙放在我手中，而不再有为难。就是在这个大师的手下，我学会了关于指挥的艰难艺术，培养自己合于一个坚定的统治的准则。我在他的领导下研究女人的心灵；他教我利用她们的弱点并且根本不为她们的高傲所惊。他经常高兴地看着我将她们一直引到最服从的地步；然后他使她们不知不觉地回来，并且希望我在某些时候委屈自己。然而应该在这样一些时刻来看他，这时他发现她们完全面临绝望，处在请求与抱怨之中：他毫不动摇地对抗着她们的眼泪，并为这样一种胜利而感到欣喜。他以一种满意的神情说："这才是应当如何管制女人。她们的人数并不使我为难：我同样能够带领我们伟大的国王的所有妻妾。一个男人，如果他的忠诚的阉奴们没有先行屈服了她们的精神，他怎能指望俘获她们的心呢？"

他不仅有着坚定还有着洞察力：他清楚地看到她们的思想和她们的掩饰；她们装扮出的动作、她们虚假的表情，不能向他掩盖任何东西；他知道她们所有最为隐蔽的行动和所有最为秘密的言语；他利用一些人以了解另一些人，并且他乐于对最微小的泄密给予奖赏。由于她们只在被通知到后才可接近她们的丈夫，这位阉奴将他愿意召唤的人召唤到主人那里，将他的主人的目光转向他所希望的人身上；这个区别就是某些被透露的秘密的报酬。他使他的主人相信他将这种选择让给他，乃是属于良好的秩序，以便给予他自己一个更大的权力。伟大的主人，人们就是这样在我认为是波斯最为合理的后宫中进行统治的。

请让我的手自由；允许我使人服从我。八天的时间就能够将秩序重新放在一片混乱的中心。这是你的光荣所要求的，你的安全所需要的。

一七一四年，第一个莱比亚卜月的第九日，自伊斯法罕你的后宫。

第六十五信

于斯贝克致他的妻子们

寄往伊斯法罕的后宫

我得知后宫正处在混乱之中，那里充满着争吵与内部的分裂。我在动身时嘱咐你们的是什么，难道不是和平与和睦吗？你们当时答应了我的。难道这是为了骗我？

如果我想要听从阉奴总管给予我的那些建议，如果我想要使用我的权力以使你们如我的劝告所要求的那样生活，恰恰是你们被欺骗了。

在我尝试了所有其它的办法之前，我不想使用这些严厉的办法。请为了你们自己，做你们不愿意为了我而做的一切。

阉奴总管很有理由要抱怨：他说你们对他没有丝毫的尊重。你们怎么能够将这种表现与你们地位的谦卑相一致呢？在我不在家的时间里，你们的道德难道不是被托付给了他？道德是一种神圣的财富，而他就是它的保管者。但是你们对他表现出的这些蔑视使人看到，那些负责使你们生活在荣誉的法律中的人，对于你们成了重负。

我请求你们改变行为，以使我能够再一次地拒绝人们向我提出的不利于你们的自由与安宁的建议。

因为我更愿意使你们忘记我是你们的主人，以仅仅使你们想起我是你们的丈夫。

一七一四年，夏邦月的第五日，自巴黎。

第六十六信

黎加致***

人们在这里非常爱好学问；可是我不知道人们是不是就很聪明。像哲学家一样怀疑一切的人像神学家一样不敢否定任何东西。这个矛盾的人总是对他自己满意，只要人们承认一些长处就行了。

绝大多数法国人的狂热，是要有才智，而那些想要有才智的人的狂热，则是制造书。

然而没有什么事物像这样更难以想象了：自然似乎是已经明智地安排好，人的愚蠢是短暂的，而书籍使它们永远被人牢记。一个蠢货本应该满足于使与他一同生活过的人厌烦：他还想要折磨将来的人类；他希望他的愚蠢战胜遗忘，而他本可以像享有坟墓一样地享受遗忘；他希望后代被告知他曾经活过，希望他们永远知道他是个蠢货。

在所有的作者中，再没有比抄袭者更加令我鄙视的了，他们到各处找寻别人著作的碎片，将它们镶在他们自己的著作中，就像一些草皮被镶在花园中一样。他们并不比那些印刷工人更加高明，后者将铅字排列起来，这些被组合在一起的铅字形成一本书，他们在这书中只不过是提供了手。我希望人们尊重那些原作，那些片段构成原作的圣地，它们居住在其中，我觉得将这些片段摘取出来，使它们面对一种它们根本不应该面对的鄙视，这是一种渎圣的行为。

如果一个人没有任何新东西要说，他为什么不闭嘴？难道人们需要这种重复的职业吗？“可是我想要给您一种新的秩序。”“您是个灵巧的人：您来我的书房中，将放在上面的书放到下面，将放在下面的书放到上面。这可是个杰作！”

***，我就这一话题给你写信，因为我被自己刚刚放下的一本书激怒，它如此巨大，仿佛包容了整个宇宙的知识；但是它使我头疼，竟什么也没有告诉我。再见。

一七一四年，夏邦月的第八日，自巴黎。

第六十七信

伊本致于斯贝克

寄往巴黎

有三艘船到达这里却没有给我带来你的消息。你病了吗？或者是你乐于使我不安？

如果在一个你不被任何事物束缚的国家里你都不爱我，那么在波斯国中，在你的家庭中，这又会怎样？可是也许我弄错了：你是这样可爱，能够在到处都找到朋友；心系所有国家的公民；一个被很好地造出的心灵怎么能禁止自己形成一些友情来往？我向你承认：我尊重旧有的友谊；但我也不是不乐意到处结成新的友谊。

不论我在哪个国家，我都像我应当在那里生活一辈子那样地生活着：我对于有道德的人有着同样的热心，对于不幸的人有着同样的同情或者不如说是同样的爱，对于那些丝毫没有被财富弄瞎眼睛的人有着同样的尊重。这是我的性格，于斯贝克：任何地方，只要我发现有人，我就为自己选择一些朋友。

这里有一个拜火教徒，我相信，用你的话来说，他在我心中有着首要的地位：他是正直的灵魂本身。一些特殊的原因迫使他隐居在这个城市里，他在这里与他所爱的妻子靠着诚实经商的收入平静地生活着。他的一生都记录着众多高尚的行为，尽管他寻求不为人知的生活，在他的心中却有着比在最伟大的君主心中还要多的英雄品质。

我成千次地向他说到你；我给他看了你的所有信；我注意到这使他高兴；并且我已经看到你有了一个你不认识的朋友。

在这里你将发现他的主要的经历：虽然他写出它们有着一些顾虑，但他为了我的友谊而不能拒绝这样做，现在我将它们托付给你的友谊。

阿菲里东与阿斯达尔代的故事

我出生在拜火教徒们中间，属于一个也许是世界上最古老的宗教。我是那样地不幸，爱情在我懂事之前就来到我身上：我还不到六岁就只有与我的姐姐在一起才能生活了；我的眼睛总是紧紧地盯着她，当她离开我一刻，回来时她便发现它们沐浴在泪水之中；每一个日子增大我的年龄都不及增大我的爱情要多。我的父亲为这样一种强烈的感情所震惊，本应当按照由冈比西斯[①]开端的拜火教徒的古老的习惯，希望我们结婚在一起；可是我们生活在穆斯林的统治之下，对于他们的恐惧阻止了我们民族的人想到这个神圣的结合，我们的宗教与其说是许可这样，不如说是命令这样，这是已经被自然所形成的结合的最质朴的画像。

① 希罗多德《历史》第三卷第三十一章，波斯国王冈比西斯爱上了自己的妹妹，便娶为妻子。

我的父亲看到顺从我的情感和他的情感将会是危险的，决定熄灭一个他以为是刚刚生起的火焰，其实它已经处在最旺盛的阶段了；他借口要进行一次旅行，将我带着一起走，将我的姐姐留给他的一位女亲属照看：我的母亲已在两年前去世了。我不必告诉您这场分别是何等的绝望：我拥抱我的泪流满面的姐姐；然而我没有落泪：悲痛已经使我变得好像没有感觉了。我们到了特夫利斯[①]，我的父亲将我的教育委托给我们的一位亲戚后，就离开我而回到了家。

一些时间之后，我得知，靠着他的一个朋友的担保，他使我的姐姐进入了国王的后宫，在那里她侍候一位苏丹娜[②]。如果人们告诉我说她死了，我也不会更加震惊：不仅是我再也无望重新见到她，她的进入后宫已经使她变成了穆斯林，根据这个宗教的成见，她再也不能看着我而不感到恐惧。可是我在特夫利斯再也生活不下去了，我对自己和对生命都厌倦了，我回到伊斯法罕。我的最初的那些话对我父亲来说就是尖刻的：我指责他将女儿放在一处人们只能改变宗教才可进入的地方，我对他说："您给您的家庭召来了上帝和照耀着您的太阳的愤怒；您做的比玷污了元素还要过分，因为您玷污了您女儿的灵魂，它并不比元素更不洁净：我将因悲痛和爱情而死；但愿我的死是上帝让您感到的唯一的痛苦！"说完这些话，我走出来，在两年中，我的日子都用在去看后宫的墙和察看我姐姐可能在的地方，每天都成千次地冒着被在这些可怕的地方巡逻的阉奴们杀死的危险。

终于，我的父亲死了，我姐姐所侍奉的苏丹娜看到她一天天变得更加美丽而嫉妒她，将她嫁给了一个极想要得到她的阉奴。通过这一方式，我姐姐离开了后宫并与她的阉奴丈夫住在伊斯法

---

① 这应该就是现在的第比利斯。

② sultane，即苏丹（sultan）的妻子。

罕的一所房屋里。

我有三个多月没有能够与她说话：那个阉奴是所有男人中最嫉妒的人，总是以各种借口回绝我。最终，我进入到他的后房之中，他让我隔着一道百叶窗与她说话。由于她被衣装和面纱裹着，再锐利的眼睛也发现不了她，因此我只能根据她说话的声音认出她来。当我看到自己与她是如此地近又是如此地遥远时，我是怎样地激动啊！我克制住自己：我被监视着。至于她，我觉得她洒下了一些泪水。她的丈夫想要向我作些恶意的道歉；但我就像对待最下等的奴隶一样对待他。当他看到我用一种他所不懂的语言向我姐姐说话时，他感到非常的不舒服：这是古老的波斯语，是我们的宗教语言。“什么！我的姐姐，”我对她说，“您真的放弃了您祖先的宗教？我知道在进入后宫时，您已经立誓入了伊斯兰教。可是，告诉我，您的心也如您的口一样，能够同意放弃一种许可我爱您的宗教吗？您为了谁而放弃它，这种对于我们来说应当是那样珍贵的宗教？是为了一个仍旧被他带着的镣铐所摧败的卑贱的人；他即使是个男人，也是所有男人中最下贱的一个！”“我的兄弟，”她说，“您说的这个人是我的丈夫；尽管在您看来他是卑下的，我仍应当尊重他；否则我也将是所有女人中最下贱的一个，如果……”“啊！我的姐姐，”我对她说，“您是拜火教徒；他既不是您的丈夫也不能是您的丈夫。如果您像您的祖先一样忠诚，您只应当将他视为一个怪物。”“唉，”她说，“这种宗教在我看来是多么地远！我刚一知道它的那些教条，就应该忘掉它们。您看到我向您说话用的这种语言对我已经不再熟悉，我极为困难地表达自己。但是要知道我们童年时代的回忆总是使我高兴；要知道从那时候起，我就只有虚假的快乐；要知道没有一天我没有想到您；要知道您在我的婚姻中起着很大的作用，比您所认为的要大的多；要知道我决心这样做只是由于希望能再见到您。可是这已经使我付出了这样大的代价的一天，还将使我付出更多的代价！我看到您完全失去了控制；我的丈夫因为愤怒和嫉妒而发抖。我不能再见您了；我无疑是这一生最后一次与您说话。如果真是如此，我的兄弟，我的生命也不会长久了。”说着这些话，她激动起来，由于看到自己已经不再能够继续说话，她离开了我这个所有的人中最伤心的人。

三四天后，我请求见我的姐姐。那个野蛮的阉奴本想阻止我，可是，除了这类丈夫对于他们的妻子没有与别的丈夫同样的权威，他还拼命地爱我的姐姐，不能拒绝她任何事。我又在那同一个地方在那些同样的帷幕之下见到了她，她被两个奴隶陪伴着。这使我又求助于我们的独特的语言：“我的姐姐，”我对她说，“为什么我不能够不使自己处在一种可怕的处境中而看见您？将您禁闭着的这些高墙，这些锁和栅栏，这些监督着您的可恶的看守，都使我愤怒。您怎么失去了您的祖先所享受的那种甜蜜的自由？您的母亲，她是那样贞洁，她作为道德的保证而给予她的丈夫的，也只是她的道德本身。他们两人在一种相互的信任中幸福地生活着，对于他们来说，他们的品德的质朴是一种比起您在这所华丽的房屋中似乎享有的虚假的荣耀还要珍贵一千倍的财富。在失去您的宗教的同时，您也失去了您的自由、您的幸福和这种给您的性别以荣誉的可贵的平等。可是更加坏的，就是您不是一个妻子（因为您不能够是），而是一个被摧毁了人性的奴隶的奴隶。”“啊！我的兄弟，”她说，“请尊重我的丈夫，尊重我所拥抱的这种宗教。根据这种宗教，我不可能听您说话和与您说话而不是有罪的。”“什么！我的姐姐，”我非常激动地对她说，“您相信这种宗教是真的吗？”“啊！”她说，“即使它不是真的，这对我也是有益的！我为它做出了一个太大的牺牲，以致我不能不相信它；再说，如果我的怀疑……”说到这句话时，她沉默了。“是的，您的怀疑，我的姐姐，不论它们是怎样的，都是根基非常牢固的。您对一个使您在这个世界上不幸并且也不留给您对另一个世界任何希望的宗教能指望什么？请想想我们的宗教乃是世界上最为古老的宗教；它一直在波斯盛行着，并且除这个帝国外再无别的源头，而这个帝国的开端则是根本不为人知的；只是机会将伊斯兰教引了进来；这种教派在这里确立，不是借助劝说而是借助征服。如果我们本国的君主过去不是弱小的，您将看到这些古代的马古斯[①]的信仰仍然在统治着。请设想您处在那些遥远的世纪里；所有的一切都会向您说到拜火教，而没有任何东西说到伊斯兰教，在那个时代的几千年后，伊斯兰教还只是处在它的童年。”“可是，”她说，“即使我们的宗教比你们的宗教更加新，它至少更加纯洁，因为它只崇敬安拉；而你们还崇敬太阳、星辰、火，甚至元素。”“我看到，我的姐姐，您在穆斯林中间学会了诽谤我们神圣的宗教。我们既不崇敬星辰也不崇敬元素，我们的祖先也从没有崇敬过它们：他们从来没有为它们立过庙堂；他们从来也没有向它们贡献过牺牲；他们只是给予它们一种宗教的崇敬，然而这是内心的，就如对待神的工作和迹象那样。可是，我的姐姐，以照耀着我们的上帝的名义，请接受我带来的这本教义书，这是我们的立法者琐罗亚斯德的书；请不带偏见地读它；请在您的心中接受它的光芒，它将在您阅读时照亮着您；请想想您的祖先，他们曾经那样长久地在神圣的巴尔克城里崇敬太阳，还有，最后，请想到我，我不希求安宁、幸福、生命，只希求您的改变。”我万分激动地离开她，让她独自决定我这一生所能有的最重大的事。

两天后我回到那里，我不对她说任何话。我静静地等待着对我的生或者我的死的判决。她对我说：“我的兄弟，您被爱着，并

---

① 波斯的拜火教的祭司。

且是被一个女拜火教徒爱着。我斗争了很久。可是，众神啊！爱情战胜了困难！我感到多么轻松！我不再害怕爱您太过分；我能够丝毫不限制我的爱情；即使过分也是合法的。啊！这与我的心境多么相合！可是您，已经能够打断我的心灵为自己锻造的锁链，什么时候您才能打断束住我的双手的锁链？从这一刻起，我将自己交给您。请让我通过您接受我的迅速看到这一礼物对于您是多么地贵重。我的兄弟，在我第一次能够拥抱您时，我相信我会死在您的怀里。”我永远也无法很好地表达出我听到这些话时感到的喜悦：我确实相信并且也看到，在顷刻之间，我是所有人中最幸福者；我看到我在二十五年的人生中所怀的愿望几乎已经实现；看到曾经使我的一生变得那样艰辛的所有痛苦都消失了。可是，当我稍稍习惯于一点这些甜美的想法时，我发现，尽管我已经克服了所有障碍中最大的障碍，我并不像刚才向自己描绘的那样接近我的幸福。我必须骗过她的看守们的警戒。我不敢向任何人告知我的生命的秘密。我只有我的姐姐；她也只有我。如果我的行动失败，我就有被处以桩刑的危险；可是我也看不到有比失败更加残酷的刑罚了。我们约定她将派人向我索要她父亲留给她的一架钟，而我将在里面放一把锉子，以锯断临街的一扇窗子的百叶窗和一根为下降而用的打了结的绳子；此后我不再去看她；但是每天夜里都到那窗下去等她能够实施她的计划。过了整整十五个夜晚，我看不到任何人，因为她没有找到适当的时候。终于，在第十六个夜晚，我听到一把锯子在工作。时不时地，工作被打断，在这些间隙，我的恐惧是无法形容的。在一个钟头的工作之后，我看到她在系绳子；她让自己坠下滑到了我的怀抱里。我再也意识不到危险，我在那里停留了许久没有离开；我将她带出了城，在城里我有一匹备好的马；我让她上了马背坐在我身后，以所能想象的最快速度离开了这个对我们可能是最危险的地方。我们在天亮之前到了一个拜火教徒的家中，他隐居在一个荒凉的地方，靠着他双手的劳动而艰苦地生活着；我们认为留在他家是不合适的，于是，听从他的建议，我们进入一片茂密的森林，我们置身于一株老橡树的洞中，一直到我们逃亡的传言消散。我们两人住在这个远离人世的处所，没有见证，互相不断地重复着说我们将永远相爱，以等待着某个拜火教的教士能够举行我们教义书中规定的婚姻仪式的机会。“我的姐姐，”我对她说，“这个结合是神圣的！自然已经将我们结合在一起；我们的神圣的法律会再将我们结合起来。”终于一个教士来平息了我们的爱情的焦虑。他在那个农民的家中举行了婚姻的所有仪式；他祝福我们，并一千次地祝愿我们有着古斯塔斯贝的健康和霍霍拉斯贝的圣洁。不久之后，我们就离开了波斯，在那里我们感到不安全，我们躲到格鲁吉亚。我们在那里生活了一年，每一天都更加地相爱；可是，由于我的钱快要用完了，我为了我的姐姐，而不是为了我自己而害怕贫穷，我离开她以去到我们的亲属们家里寻求帮助。从来没有比这更加动情的分手了。可是我的旅行对于我不仅是无用的，而且还是悲惨的；因为，我发现，一方面我们的所有财产都被没收了；另一方面，我的亲属们几乎都没有能力帮助我们，我只带回来仅仅够我返回的钱。可是我的绝望又是如何的啊！我再也看不见我的姐姐了。在我到达的几天之前，一些鞑靼人侵入了她所住的城市，由于他们觉得她美丽，他们便抓走她，将她卖给了一些正去往土耳其的犹太人，只留下了她在几个月前生下的一个女儿。我紧跟着这些犹太人，在离土耳其三里远的地方赶上了他们。我的请求、我的眼泪，都毫无用处：他们一直向我索要三十个金币，永远也不肯让一个钱。我向所有的人求助，又请求了土耳其教士和基督教教士们的保护，之后我求助于一位亚美尼亚的商人，我将我的女儿和我自己以三十五个金币的代价卖给他。我去到那些犹太人那里，我给了他们三十个金币，将另五个拿给我的姐姐，在此之前我一直都没有看见她。“您自由了，”我对她说，“我的姐姐，我能拥抱您了。这是我给您带来的五个金币。我很遗憾人们没有将我买得更贵。”“什么！”她说，“您卖了您自己？”“是的，”我对她说。“啊！不幸的人，您做了什么？难道我还没有足够不幸，您还要努力使我更加不幸？您的自由过去使我宽慰，而您的奴隶身份则要将我置于坟墓之中。啊！我的兄弟，您的爱情是多么残酷啊！我的女儿呢？我根本见不到她。”“我将她也卖了。”我对她说。我们两人痛哭不已，互相再也无力说任何话。最后我去找到我的主人，而我的姐姐也几乎紧跟着我就到了。她扑倒在他脚下。“我向您请求奴役，”她说，“就像别人向您请求自由一样。收下我：您可以将我卖得比我丈夫更贵。”就在这时发生了一场争执，它使我的主人眼中落下了泪。“不幸的人啊！”她说，“你怎能认为我会牺牲你的自由来接受我的自由？老爷，您看到两个不幸的人，如果您分开他们，他们将会死。我将自己交给您；付给我钱吧。也许这笔钱和我的服役有朝一日能够从您这里得到我不敢向您请求的东西。绝不要将我们分开，这对您有利：要知道我决定着他的生命。”那个亚美尼亚人是个和善的人，他为我们的不幸所感动：“你们两个人都忠诚、热心地侍候我吧，我向你们保证，一年后，我将给予你们自由。我看到你们两人都不应遭受你们所处的不幸。当你们自由之后，如果你们像你们应得的那样幸福，如果幸运眷顾你们，我肯定你们会弥补我所遭受的损失的。”我们两人一同拥抱他的双膝，跟着他一同旅行。我们两人在奴隶劳动中相互宽慰，每当我能够做落在我姐姐身上的工作时，我感到非常高兴。

这年的年末到了。我们的主人信守他的诺言，解放了我们。我们回到特夫利斯。在那里我找到我父亲的一个老朋友，他在这个城市里成功地行医。他借给我一些钱，靠着它我做了一些买卖。一些生意后来将我召唤来到士麦那，我在这里定居下来。我在这里生活已有六年，我在这里享受着世界上最可爱、最甜美的人际交往[①]：和睦主宰着我的家庭，我绝不愿意将我自己的处境与世界上所有国王的处境相交换。我已经非常幸运地又找到了那位亚美尼亚商人，我的一切全应感谢他，我给了他一些大的帮助。

一七一四年，第二个热马迪月的第二十七日，自士麦那。

第六十八信

黎加致于斯贝克

寄往 ***

前几天我到一个穿长袍的人[②]家中去用餐，他已经多次邀请我了。在说了许多事之后，我说："先生，我觉得您的职业是非常辛苦的。""并不像您想象的那样，"他回答道，"以我们做这职业的方式，这只是一种娱乐而已。""可是，什么！难道您的头脑中不是总装满着别人的事务？您不总是为一些根本没有趣味的事物忙碌着吗？""您说得对；这些事物根本不是有趣的：由于我们对此几乎不感兴趣，这本身也就使得这一职业不像您说的那样令人疲惫。"当我看到他以一种如此轻松的态度对待事物时，我便继续对他说："先生，我根本看不到您的事务所。""我相信是这样：因为我根本没有事务所。当我得到这一职位时，我需要钱来支付它；

① 即婚姻和家庭。

② 指法官。

我卖掉了我的全部书籍，那位将它们买下的书商，在无数卷书本中只将我的家庭流水账留给了我。这并不是说我惋惜它们：我们那些别的法官也并不以拥有一种虚妄的学问而骄傲。我们要所有这些法律书籍有什么用？几乎所有的案情都是假定的并且超出常规。”“可是，先生，”我对他说，“这是不是因为你们使它们超出常规？因为，不论怎么说，有些法律，如果根本没有实施，为什么在世界上所有的民族中会有这些法律？而如果人们不知道它们，人们又如何实行它们？”“如果您了解法院，”这位法官说，“您就不会像您现在这样说话了：我们有一些活的书，这就是那些律师；他们为我们工作并且负责教我们。”“难道他们有时候不也负责欺骗你们？”我回答他道，“你们最好还是躲避他们的圈套：他们有一些武器，他们用它来攻击你们的公正；你们应该也有保卫它的武器，不要穿着随便地去置身于和一群装备到牙齿的人的混斗之中。”

一七一四年，夏邦月的第十三日，自巴黎。

第六十九信

于斯贝克致莱迪

寄往威尼斯

你永远也不会想到，我变得比以往更是个形而上学者，但事实是如此，当你拭去了我的哲学的这种溢出物之后，你就会确信此事。

那些思考上帝的本质的最明智的哲学家说过上帝是一种至为

完美的存在；可是他们极端地滥用了这种思想：他们列举出了人类所能拥有和想象的所有不同的完美，将它们都施加在上帝这个概念上，而根本不想，这些品质常常是互相妨碍的，它们不可能存在于一个主体之中而不相互破坏。

西方的诗人们说有一个画家，想要画出美丽女神的画像。她集合了希腊最美丽的那些女子，从每一个人身上选取她最可爱之处，以之构成一个整体以与所有女神中最美的女神相似。如果一个人由此而下结论说她是金发和棕发的，她的眼睛是黑色和蓝色的，她是温柔和骄傲的，他就会显得可笑。

上帝经常缺少一种完美——这种完美有可能给予他一种巨大的不完美；但他从来只被他自己所限制：他自己是他的必要性。因此，尽管上帝是万能的，他却不能够违背他的许诺，不能欺骗人。通常，虽然无能并不在他的身上乃是在那些相关的事物之中，而这也正是他不能改变事物的本质的原因。

因此，也就没有任何理由，为我们的某些博士敢于否认上帝的无限的预见而惊讶，并在此基础上，因这种无限的预见与他的正义不相容而惊讶。

不论这种想法多么大胆，形而上学对此却极为赞同。根据它的原则，上帝不可能预见那些由自由因素决定的事物，因为没有发生的事根本不存在，因此也就不能被知道：因为，没有任何属性的无，是不能被察觉的。他们认为，上帝不能看出一种根本不存在的意愿，不能看到灵魂中的一件根本不存在于其中的事物：因为，直到这事物被决定之时，这种决定它的行动还根本不存在于灵魂之中。

灵魂是它的决定的制造者；但是在一些情况下，它那样犹豫不定，因而甚至不知道在哪方面做决定。通常它只是为了行使它的自由而如此做；因而上帝不能预先看到这种决定，既不能在灵魂的行动中看到它，也不能在客体对灵魂所做的行动中看到它。

上帝怎样能够预见到那些被自由的因素决定的事物呢？他只能以两种方式看到它们：通过推测，这是与无限的预见相矛盾的；或者是，他就像看到肯定无疑地紧跟着一个原因的必然结果一样看到它们，这一原因无论如何会造成这些结果，而这又是更加的矛盾：灵魂就假设而言是自由的，而在这种情况下，它就不会比一只台球更自由。当它为另一只球推挤时，它并不能自由地动。

然而，不要认为我想要限制上帝的知识。正如他按自己的意愿使被造物活动一样，他认识他想认识的一切。但是，虽然他能够看到一切，他并不总是利用这种便利：他通常将活动和不活动的便利让给被造物，以让它有立功和犯过错的便利；也就是在这时他放弃了对它产生作用及决定它的权力。但是，当他想要知道某件事时，他总是知道它，因为他只需愿意，它便如他看见一般地发生了，他只须按照他的意愿来决定那些被创造物。他正是这样，靠着通过自己的意志固定住灵魂的未来的决定，并剥夺他先前给予它们的行动与不行动的能力，而从众多仅仅是可能的事物中抽取出那应当发生的。

如果人们能够在一件高于所有比较的事物中使用比较：一个国王不知道他的使臣在一件重要事务中将做什么；如果他想要知道，他只需命令他以这样一种方式行事，他便能肯定事物将如他计划的那样发生。

似乎《古兰经》和犹太人的那些圣书都不断地声明反对绝对预见这一信条：上帝在这里处处显得想要知道灵魂的将来的决定，似乎这正是摩西教授给人们的第一个真理。

上帝将亚当放在地上的天堂里，条件是他根本不得吃某种果实。在一个能够知晓心灵将来的决定的存在身上，这是一个荒谬的告诫：最终一个这样的存在是不是能给他的恩惠增添一些条件，却又不使他的恩惠变得微不足道呢？这就像一个人知道了巴格达被攻克之后对另一个人说："如果巴格达没有被攻下，我给您一百个金币。"他在这里不是开了一个很坏的玩笑吗？

我亲爱的莱迪，为什么有这么多的哲学？上帝是那样的高，我们甚至连他的云都看不到。我们只在他的训条之中才很好地认识他。他是广大的、精神上的、无穷的。愿他的伟大将我们引回到我们的弱小。永远谦卑，也就是永远爱他。

一七一四年，夏邦月的最后一日，自巴黎。

第七十信

赛丽丝致于斯贝克

寄往巴黎

你所喜欢的索里曼为他刚刚遭受到的一个羞辱所绝望。一个名叫苏菲斯的轻率的青年，三个月来一直向他的女儿求婚；他根据那些在她童年时见过她的女人向他作的汇报和描绘，似乎对女孩的容貌满意；人们商定了嫁妆，一切都没有任何意外地办完了。昨天，在最初的仪式之后，女孩由她的阉奴陪伴着并依照习惯被从头遮蔽到脚，骑着马出了家门。可是，她刚一到她的未婚夫家的门前，他就让人对她关上门，他发誓说如果人们不增加嫁妆他就永远不接受她。双方的亲属都赶来以调解此事，在一番反对之后，索里曼同意给他的女婿一件小礼物。婚礼的仪式全都完成了，人们用了相当的强力将女孩带到了床上；可是，一小时之后，这个冒失的家伙愤怒地起来，在她的脸上割了好几处，坚持说她不是处女，将她送回给她的父亲。比起他从这一羞辱中受到的打击来说，人们不可能遭受更大的打击了。有许多人坚持说女孩是清白的。做父亲的面对这种羞辱，真是太不幸了。如果我的女儿受到了类似的对待，我相信我会悲痛而死的。再见。

一七一四年，第一个热马迪月[①]的第九日，自法特梅的后宫。

第七十一信

于斯贝克致赛丽丝

我同情索里曼，因为这种坏事是没有补救的，并且他的女婿只是利用了法律的自由。我觉得这个法律是非常残酷的，使一个家庭的荣誉如此遭受一个蠢货的任意行为的伤害。人们尽管说有一些确定的征象就可以认识到真实：这是一种古老的错误，今天在我们中间，人们已经认识到了；我们的医生就这些证据的不确定提出了一些不可战胜的理由。就是基督徒中，也没有人不视这些证据为可笑的，尽管它们是被他们的宗教书清楚地确立的，并且他们的古代的立法者使所有女子的清白与惩罚都取决于此。

我高兴地得知你就你女儿的教育而怀有的关心。安拉希望她的丈夫发现她像法蒂玛[②]一样的美丽与纯洁；希望她有十个阉奴看守着她；希望她是她命定所处的后宫的荣誉与装饰；希望她的头顶上只有金碧辉煌的屋顶，只在华丽的地毯上行走；并且，作为

① 希吉拉历一年中的第五个月。

② 穆罕默德之女，阿里之妻，什叶派穆斯林尊称她为圣母。

更大的祝愿，希望我的双眼能看到她处在所有的光荣之中。

一七一四年，夏尔瓦尔月的第五日，自巴黎。

第七十二信

黎加致于斯贝克

寄往 ***

前些天我在一个聚会之中，看到一个对自己非常满意的人。在一刻钟的时间里，他决定了三个道德问题、四个历史学难题和五个物理学的难点。我从来没有见过一个如此渊博的下决定者——他的才智从来也不会为那最小的疑问所中断。人们放下科学的话题，说起现时的新闻，他便在现时的新闻上做决定。我想作弄他，我便对自己说："我应当使自己处在我的优势上，我要躲进我的国家里。"我向他说到波斯。可是我刚对他说了四句话，他就以塔维尔尼埃先生[①]和夏尔丹先生[②]的权威为依据，揭露了我的两个错误。"啊！好上帝！"我对自己说，"这是个怎样的人啊？他马上就将比我还要清楚地认得伊斯法罕的街道！"我的决定很快就做出了：我不说话，我让他说，于是他继续下着决定。

一七一五年，齐尔卡代月的第八日，自巴黎。

① 让·巴蒂斯特·塔维尔尼埃（1605—1689），法国旅行家，著有《土耳其、波斯及印度游记六篇》。

② 让·夏尔丹（1643—1713），法国旅行家，著有《波斯及东印度游记》。

第七十三信

黎加致***

我听人们谈到一种法庭，人们称之为法兰西学院。在这世界上没有任何其它东西比它更加不被人尊重了：因为人们说它刚一做出决定，人民便破坏它的决定，并强加给它一些法律，而它不得不遵循。

一些时候以前，为了稳固住它的权威，它颁布了一部它的判决法典[①]。这个有着众多父亲的孩子刚一出生就几乎是个老人，不论他多么合法，一个早已出生的私生子[②]几乎在他出生时就掐死了他。

编写这部法典的人除了不停地闲谈之外，没有任何职责。颂扬似乎是自动地来置身于他们永无休止的废话之中，一旦他们被告知了其秘密，颂扬的狂热便来抓住他们，并且再不离开他们。

这个机构有四十个装满象征、隐喻和对比的头脑，这样多的嘴几乎只是通过感叹来说话，它的耳朵想要总是为韵律、和声所拍打。至于眼睛，无可置疑的是它好像更适于说话，而不适于看。它的双脚丝毫不稳固，因为作为它的祸患的时间每时每刻都摇晃着它并摧毁它制造的一切。人们曾经说它的双手是贪婪的。我不再告诉你有关它的任何话了，我将这事物让给比我更加认识它的人们去决定。

---

① 原注：指一六九四年出版的《学院辞典》第一版。

② 原注：指一六八八年出版的福尔蒂埃尔的《辞典》。

安托万·福尔蒂埃尔（1619—1688），法国作家，所著的《通用辞典》使之遭到法兰西学院的嫉妒，从而被拒绝成为学院成员。

***，这是人们在我们波斯根本看不到的一些怪诞事物。我们根本没有适合于这类独特而可笑的机构的心灵，我们总是在我们简单的习惯与我们朴实的方式中寻求本质。

一七一五年，齐拉热月的第二十七日，自巴黎。

第七十四信

于斯贝克致黎加

寄往 ***

几天前我认识的一个人对我说："我答应过您要带您到巴黎的那些上等人家庭，我现在带您去到一个大老爷家去，他这个王国德行最好的人之一。"

"这是什么意思，先生？他是不是比别人更加礼貌，更加可亲近？""不。"他对我说。"啊！我明白了：他每时每刻都使人感觉到他对于所有接近他的人的优越。如果是这样，我就不必去了。我将这高贵整个还给他，我进行谴责。"

可是必须去。于是我看见一个那样傲慢的矮小的人，他以那样多的高傲抓一小撮鼻烟，那样冷酷地擤鼻子，那样无动于衷地吐痰，他以一种对人那样轻蔑的方式爱抚他的狗，使我不得不连连佩服他："啊！好上帝！"我对自己说，"如果过去在波斯的宫廷里，我如此地表现，我就显得是个大蠢货！"黎加，如果我们对一些每天来到我们家中向我们表示好意的人给予成百的小小侮辱，我们肯定是有着一种很坏的本性。他们完全知道我们是在他们之上，而如果他们不知道，我们的善举也会每天都使他们知道这一点。由于不能做任何事使我们更受尊重，我们便做一切事使自己变得可爱：我们与最渺小的人相交流；在总是使人变得冷酷的尊荣之中，他们觉得我们是富于感情的；他们只看到我们的心在他们之上；我们屈尊以迎合他们的需要。但是，当必须在公共仪式中维持君主的尊严时；当必须使外国人尊重我们的国家时；最后，在那些危险的场合，当必须激励士兵时，我们便重新上升，比我们曾经降下的程度还要高出一百倍，我们把骄傲带回自己的脸上，而且人们有时觉得我们表现得相当好。

一七一五年，萨法尔月的第十日，自巴黎。

第七十五信

于斯贝克致莱迪

寄往威尼斯

我应该向你承认：我在基督徒中根本看不到在穆斯林中见到的那种对于他们宗教的强烈的诚信。在他们中间，从入教到相信，从相信到信仰，从信仰到实践，相距很远。宗教与其说是一种圣化的主题，倒不如说是一种所有的人都拥有的争论的主题。宫廷中的人们、军人们，甚至妇女们都起来责难那些教士，并要求教士证明他们已经决心不相信的事物。这并不是因为他们出于理智而做决定，要费心审查他们所拒绝的这种宗教的真伪：这是一群反叛者，他们还没有见到枷锁，就已感觉到它并摇撼它。因此他们在他们的不信教之中并不比在他们的信仰之中更为坚定；他们生活在将他们不停地从这一端推向另一端的涨潮与落潮之中。他们中的一个人有一天对我说："我每半年就相信灵魂的不灭；我的思想绝对地取决于我的体质；我根据我拥有的动物性的性情的多或少，我的胃消化的好或坏，我所呼吸的空气的纤细或粗劣，我所食用的肉的轻薄或结实，而是斯宾诺莎学说的信奉者、索济尼教义[①]信奉者、天主教徒、不信教者或狂热信教者。当医生靠近我的床时，告解神父发觉我对他有利。当我身体好时，我能够阻止宗教来使我伤心，但当我生病时，我又准许它来安慰我。当我在一个方面没有任何可希求的东西时，宗教便出现了并以它的许诺争取到我，我很愿意将自己交给它从而在希望的身边死去。"

基督教的君主们很早以前就解放了他们国家的所有奴隶，因为他们说，基督教使所有的人平等。这一件宗教的行为对于他们确实是非常有用的：他们从那些老爷的权力下收回了下层人民，由此而降低了那些老爷。他们随后又在一些国家中进行征服，在这些国家里他们看到拥有一些奴隶对他们是有益的，他们许可买卖奴隶，而忘了对于他们同样适用的这件宗教的原则。你想要我告诉你什么？在一个时代是真理，在另一个时代则是谬误。我们为什么不像基督徒那样做？我们拒绝在一些幸福环境中的容易的定居和征服[②]，因为那里的水不够纯洁，不能使我们按照神圣的《古兰经》的原则进行沐浴，我们真是太单纯了！

我感谢派遣了伟大的先知阿里的全能的安拉，因为我奉行着一种宗教，它使自己比所有的人类利益都更加受人喜爱，并且它就像它所自降临的天空一样纯洁。

一七一五年，萨法尔月的第十三日，自巴黎。

① 为意大利清教徒莱里奥·索济尼（Lelio Sozzini，1525—1562）所创立的反三位一体学说。

② 原注：穆斯林不想攻取威尼斯城，只因他们在那里根本找不到供他们行净礼的清水。

第七十六信

于斯贝克致他的朋友伊本

寄往士麦那

在欧洲，法律对于那些自杀的人是非常残暴的：可以说，人们使他们死第二次；他们被可耻地拖过街道；人们以羞耻记录着他们；人们籍没他们的财产。

伊本，我觉得，这种法律是非常不公正的。当我为痛苦、贫穷、歧视所沉重地压着时，为什么人们想要阻止我结束我的苦难，残酷地夺去我手中的一剂药呢？

为什么人们要我为一个我不再意欲从属的社会工作；要我违背自己的意愿，信守一个在没有我的情况下订立的条约？社会是建立在相互的利益上的。然而，当它对我来说变得沉重了时，谁阻止我放弃它？生命被给予我是作为一种恩惠；当它不再是恩惠时，我就能将它归还：因已经停止了；果也就应当停止。

当我从臣属中得不到丝毫的益处时，君主想要我是他的臣民吗？我的同胞们能够要求这种他们的利益与我的绝望的不平等的分配吗？与所有的施惠者不同的上帝，他愿意强迫我接受一些使我痛苦的恩惠吗？

当我生活在法律之下时，我被迫遵守法律。而当我不再在其间生活时，它们仍然能够约束我吗？

可是，人们会说，您扰乱了天意的秩序。上帝将您的灵魂与您的肉体联合在一起，而您使灵魂与之分离。您这是在与他的意愿作对，您反对他。

这话是想说什么？当我改变了物质的形态，当我使运动的最初的法律，也就是说创造和保存的法律制成为圆形的一个球变为方的时，我扰乱了天意的秩序？没有。无疑，我只是使用了给予我的权力，因此，在这个意义上，我可以任我的意扰乱整个自然，而人们不能说我对抗天意。

当我的灵魂与我的肉体分离时，宇宙中的秩序和安排就会少了吗？您相信这一新的组合定会不够完美，并且不从属普遍的法律？世界在这一组合中失去了什么东西，上帝的工作就不够伟大，甚至是不够无限吗？

您认为，我的肉体变成了一支麦穗、一条虫、一棵草后，就变成了自然的一种与它不相称的作品吗；而我的灵魂，摆脱了它原有的一切尘世的东西之后，就变得不够崇高了吗？

我亲爱的伊本，所有这些想法，除了源自我们的骄傲之外，并无任何别的根源：我们根本感觉不到我们的渺小，并且，不管人们怎样不愿意，我们都想嵌在宇宙之中在那里有着地位并是一个重要物体。我们想象一个像我们这样完美的存在的消灭会使整个自然退化。我们意识不到世界上多一个人或少一个人——我要说什么呢？——所有的人在一起，一万万个像我们这样的头脑，只不过是一个微小而纤细的原子。上帝只是由于他的认识的无限，才察觉到它。

一七一五年，萨法尔月的第十五日，自巴黎。

第七十七信

伊本致于斯贝克

寄往巴黎

我亲爱的于斯贝克，我觉得，对于一个真正的穆斯林来说，不幸更是威胁而不是惩罚。那些使我们补赎冒犯之罪的日子是非常珍贵的日子。恰恰是繁荣的时间应当被缩短。所有这些焦急有什么用，难道不是为了使人看到我们想要脱离那给予幸福的存在[①]而是幸福的，因为他是幸福本身。

如果一个存在是由两个存在组成，并且保持结合的必要性更加表现为对于创造者命令的服从，人们便能从中制成一部宗教法。如果这一保持结合的必要性是一种对于人的行为的较好的保证，人们便能从中制成一部民事法。

一七一五年，萨法尔月的最后一日，自威尼斯。

① 指上帝。

第七十八信

黎加致于斯贝克

寄往 ***

我寄给你一个在西班牙的法国人写到这里来的一封信的抄件，我相信你会很乐于读它。

“六个月来我走遍了西班牙和葡萄牙，我生活在这样一些人民中，他们蔑视所有的人，只给予法国人以荣耀，即恨他们。

“严肃是这两个民族的显著的特点，它主要以两种方式表现出来：眼镜和胡子[①]。

“眼镜有力地使人看到那戴着它的人极有学问并埋首于深沉的阅读，以致视力因此而被削弱，所有被眼镜装饰或者重压着的鼻子都能毫无疑问地被看作是一个学者的鼻子。

“至于胡子，它靠它自身并且不借助任何的推论而是可敬的，尽管人们有时不免为了对君主的效劳和国家的荣耀而从它得到一些巨大的益处，正如一个著名的葡萄牙将军[②]在印度让人很好地看到的那样：因为，他发觉自己需要钱，便割下他的一边的胡须，将它送给果阿[③]的居民们，以此为抵押向他们要两万比斯多尔；这笔钱先被借给了他，随后，他又体面地取回了他的胡须。

“人们容易理解，像这两个民族这样严肃而冷漠的民族是能

---

① 原文作 moustache，指上唇的胡子。

② 指让·德·卡斯特罗（1500—1548），曾任葡萄牙属印度总督。

③ 为当时葡萄牙属印度的首府。

够有骄傲的。他们也确实有骄傲。他们通常将这骄傲建立在两件很值得重视的事物上。那些生活在西班牙和葡萄牙大陆的人，当他们是自谓的老基督徒，也就是说他们不是宗教裁判所在最近几个世纪劝服信奉基督教的那些人的后代时，感到他们的心极度地升高。那些在印度的西班牙人和葡萄牙人，当他们考虑到他们有着作为如他们所说的白人的极大优点时，也并不少欢喜。在伟大的君主的后宫中，从来也没有一个苏丹娜对自己的美丽的骄傲能够比得上在墨西哥的一个城市里，坐在家门口，双手交叉着的那最老最丑陋的家伙为他的黄褐色的白皮肤感到的骄傲。这样一个重要的人，一个如此完美的被创造物，即使给他全世界所有的财富也不肯劳动，并且永远也不肯让一种低贱而机械的职业使他皮肤的荣耀和尊贵受到损害。

“要知道，当一个人在西班牙有某种长处，例如，当他能够在我刚才说到的那些优点之上再加上是一柄长剑的主人，并从其父亲那里学会了使一把音调不和谐的吉他大说粗话的技艺，他就不再工作。他的荣誉与他肢体的休息时间关系密切。那每天坐十个小时的人就比那个只坐五个小时的人正好多得一半的尊重，因为高贵就是在椅子上获得的。

“但是，尽管劳动的这些不可战胜的敌人炫耀一种哲学的宁静，他们在心中并没有这宁静，他们总是在恋爱着。他们是世界上第一批愿意在他们的情妇的窗下憔悴而死的人，所有没有因此而感冒的西班牙人都不会被视为殷勤文雅的人。

“他们首先是狂信，其次是嫉妒。他们不会使自己的妻子面对一个浑身像筛子一般被刀剑刺穿的士兵或者一个衰老的法官的引诱，但是他们会将她们与一个低垂着双眼的虔诚的初习修士或者一个抬起双眼的粗壮的方济各会士关在一起。

“他们许可他们的妻子袒露着胸脯出现在人前，但是他们不希望人们看她们的脚后跟，不希望人们碰她们的脚尖。

“人们到处都说爱情的艰苦是残酷的。对于西班牙人来说，它们更是如此：女人们治好他们的痛苦；但她们只是使痛苦转变，因此他们常常还留有对一种已经熄灭的情感的长久而令人不快的回忆。

“他们有一些小礼节，如果在法国，这些礼节就显得被放错了地方：例如，一个上尉从来也不会打他的士兵而不先请求士兵的许可，宗教裁判所使一个犹太人被烧死，从来也不会不先向他道歉。

“没有被烧死的那些西班牙人表现得对宗教裁判所那样的关心，以致如果使他们失去它会引起他们的不满。我只希望人们建立另外一个，不是对付异端分子，而是对付那些异端创始者。他们给一些小的修道实践赋予和七大圣事同样的功效，他们热爱他们崇拜的一切东西，他们是那样的虔诚，以致几乎不是基督徒。

“您可以在西班牙人中发现才智与良好见识；可是根本不要在他们的书中去找这些东西。您看看他们的一座图书馆：一边是小说，另一边是经院哲学。您会说人类理性的某个秘密敌人已经把它们中的各个门类分好，并将其全体集中好了。

“他们的书中唯一的一本好书，是那本使人们看到其它所有书的可笑之处的书[1]。

“他们在新世界进行了一些广大的发现，但是他们还没有认识他们自己的大陆；在他们的河流上有着至今还未被发现的桥，在他们的山区里有几个他们根本不知道的民族。

“他们说太阳在他们的国家里升起和降下；但是还应当说，太阳在进行它的行程时只遇到一些被毁的乡村和荒凉的地区。”

---

① 原注：指塞万提斯的《堂·吉诃德》。

于斯贝克，我不会不乐意看到一封被一个在法国旅行的西班牙人寄往马德里的信：我相信他会为他的民族好好地报仇。对于一个冷漠而好思想的人，这是一片多么广阔的领域！我想象他会这样开始他对巴黎的描述：

“在这里有一所房屋，人们将疯子置于其中。人们本该认为它是这个城市中最大的房屋了。不。治疗的方法对于疾病而言是很小的。无疑，在其邻居中被极端地贬低的法国人，将一些疯子关在一所房屋里以使人相信那些在房屋外面的人不是疯子。”

我在此离开我的西班牙人。

再见，我亲爱的于斯贝克。

一七一五年，萨法尔月的第十七日，自巴黎。

第七十九信

黑阉奴总管致于斯贝克

寄往巴黎

昨天，一些亚美尼亚人将他们想要出卖的一名年轻的切尔克斯女奴带来后宫。我让她进入内室里，我为她脱去衣服。我以一个裁判者的眼光审视她，我越审视她，就觉得她有越多的优美。一种处女的羞涩似乎想要使这些美避开我的目光；我看到了所有令她难于服从的东西：她因看到自己赤裸而满面通红，甚至是在我的面前——我已没有了那些能够使羞怯害怕的情感，在这一性别的支配下不为所动——我作为谦恭的代表者，在那些最自由的行为中，也只带着一些只能引起清白的目光。

一认定她适合于你，我便低下目光；我将一块红布投给她；我将一枚金的戒指套在她的手指上；我匍匐在她的脚下；我就如对你心中的王后一样崇拜她；我向那些亚美尼亚人付了钱；我使她避开了所有人的目光。幸福的于斯贝克！你拥有的美人比东方所有的宫殿藏的还要多。当你在返回时，发现全波斯最最迷人的这一切，看到尽管时光和占有在竭力地摧毁美，美却在你的后宫中再生，这对你是何等的喜悦！

一七一五年，第一个莱比亚卜月的第一日，自法特梅的后宫。

第八十信

于斯贝克致莱迪

寄往威尼斯

我亲爱的莱迪，自从我在欧洲之后，我看到了很多的政体：这是与在亚洲不同的，在那里，政治的法则到处都是相同的。

我常常在探究，最最符合理性的政体是怎样的。我觉得最完美的政体乃是那种以最少的代价达到目的的。因此，那以一种最适合于人们的倾向和爱好的方式领导着人们的就是最完美的。

如果，在一个温和的统治之中，人民就如在一个严厉的统治之中一样顺从，那么前者就是更可取的，因为它更加符合理性，而严厉则是一种外来的压力。

我亲爱的莱迪，要知道，在一个国家里，刑罚的残酷并不能使人们更加服从法律。在那些惩罚适度的国家里，人们害怕惩罚也和在惩罚残忍可怕的国家中一样。

不论统治是温和的还是残暴的，人们总是分等级地进行处罚：人们给一种或大或小的罪行施加或大或小的惩罚。想象力自动地屈从于人们所在的国家的风俗：八天的监禁或者一笔小数目的罚金对于一个在温和的国家中长大的欧洲人精神的打击，与失去一条手臂对于一个亚洲人的威胁同样大。他们都将某种等级的害怕与某种等级的惩罚紧紧联系在一起，每个人都以自己的方式分担它：绝望的耻辱使一个被处某种惩罚的法国人伤心，而这同样的惩罚并不能使一个土耳其人减少一刻钟的睡眠。

再说，我没有看到治安、正义和平等在土耳其、在波斯和在莫卧儿王朝比在荷兰共和国、威尼斯共和国，甚至比在英国被更好地维持；我没有看到人们在那里少犯罪恶，没有看到受着严峻的刑罚威胁的人们在那里就更加服从法律。

相反，我注意到，正是在这些国家内部有一种不公正和恼怒的根源。

我看到，甚至作为法律本身的君主，也比在别的任何地方更加不能作主。

我看到在这些严酷的时刻里，总是有一些动乱，在这些动乱中没有任何人是其首领，而且，强大的权威一旦被蔑视，任何人都不再剩有足够的权威以恢复权威；

对于免受惩罚的绝望本身也坚定了混乱并使之更大；

在这些国家里，根本不会形成小的造反，而在谣言与暴乱之间从来也没有任何间隙；

重大的事件在那里根本不需要被重大的原因准备；恰恰是，最小的事故引起一场巨大的革命，常常是，这革命既为那些进行它的人预料不到，亦为那些受其害者预料不到。

当土耳其人的皇帝奥斯曼被罢黜时，进行这一叛乱的任何人都没有想过要叛乱：他们只是作为求情者来请求人们就某些损害给予他们公正；偶尔从人群中发出一个人们从来也没有听到过的声音，穆斯塔法的名字被喊出来，于是穆斯塔法便突然成为皇帝。

一七一五年，第一个莱比亚卜月的第二日，自巴黎。

第八十一信

波斯派驻莫斯科维亚的使节纳尔古姆致于斯贝克

寄往巴黎

我亲爱的于斯贝克，在世界上所有民族中，没有任何一个民族在其光辉和在其征服的伟大方面超过鞑靼民族。这个民族是世界的真正的统治者：所有其它民族似乎都是为了效劳于它而生的；它既是一些帝国的建立者，又是摧毁者；在所有的时代，它都在大地上留下它的威力的一些见证；在所有的年岁里，它都是各民族的祸患。

鞑靼民族曾经两次征服了中国，他们现在还使中国臣服于他们[①]。

他们在组成莫卧儿帝国的那些广大的国土上统治着。

作为波斯的主人，他们坐在居鲁士和古斯塔斯贝的王位上。他们使莫斯科维亚顺从。在土耳其人的名义下，他们在欧洲、亚洲和非洲进行了一些广大的征服，他们在全世界的这三个部分统

① 此处的鞑靼民族包括了匈奴、蒙古和女真等游牧民族。两次征服指元朝和清朝，一七一五年正值清康熙五十四年。

治着。

并且，说起那些更加久远的年代，正是从他们中产生出倾覆罗马帝国的一些民族。

与成吉思汗的这些征服相比，亚历山大的那些征服又算什么？

这个战无不胜的民族只缺少历史家来颂扬它的奇迹般的历史。

有多少不朽的行为被埋葬在遗忘之中！有多少被他们建立的帝国，而我们并不知晓其起源！这个好战的民族，由于只关心它现在的光荣，自信能在任何时代取胜，根本没有想要以他们过去征服的回忆使自己在未来出名。

一七一五年，第一个莱比亚卜月的第四日，自莫斯科。

第八十二信

黎加致伊本

寄往士麦那

虽然法国人说话很多，在他们中却有一种人称夏尔特勒教士的沉默的苦行僧。人们说他们在进入修道院时割掉了自己的舌头，人们似乎非常希望所有别的苦行僧也这样切除自己身上所有那些他们的职业使之变得于他们无用的东西。

说起沉默的人，还有的人比这些人更加奇特，他们有着一种很不寻常的才能。这就是那些虽知说话却任何也不说的人，他们在两个小时的时间里使一场谈话变得高兴，人们却不能够识破他们，抄袭他们，也不能够记住他们说的一个字。

这种人为妇女们崇拜；但他们又不如另一些人那样受崇拜，这些人从自然那里得到了合适地，也就是说在每时每刻微笑的可爱才能，他们对她们说的任何话都给予一个令人欣喜的赞同作为恩惠。

而当他们能够在一切谈话中听出美妙并且在那些最普通的事情中发现成千的小小机智之点时，他们就极有才智了。

我认识另一些人，他们很乐于将那些毫无生气的东西引入一场谈话之中，并在谈话中使人说起他们的绣花边的衣服，他们的金黄色的假发，他们的鼻烟盒，他们的手杖和手套。必须在街上就开始以马车的声响和重重敲门的门环声使自己被别人听到：这一前言预告了谈话的余下部分，并且，如果开场词美好，它便能使接着而来的所有那些蠢话变得让人能够忍受，但这些蠢话幸好都到的太迟。

我向你保证，在我们国家里人们根本不重视的这些小才能，在这里对于那些有幸能拥有它们的人是非常有用的，并且一个有见识的人在它们面前几乎不引人注目。

一七一五年，第二个莱比亚卜月的第六日，自巴黎。

第八十三信

于斯贝克致莱迪

寄往威尼斯

亲爱的莱迪，如果有上帝，他必然应该是公正的：因为，如果他不是公正的，他便是所有存在中最坏最不完美者。

公正是一种相互契合的联系，它真实地存在于两个事物之间；不论审查这种联系的是何种存在，是上帝也好，是一个天使也好，或者甚至是一个人也好，这种联系总是一样的。

事实上人们并不总是看到这些联系；甚至经常是，他们在看到它们的同时却在远离它们，他们的利益永远是他们看得最清楚的东西。正义抬高声音；但在众多情感的嘈杂中，它很难使自己被人听到。

人能够做一些不正义的事，因为他们有做这些事的利益，并且他们将自己的满足看得优于别人的满足。他们总是通过一种自省来行事：没有人是毫无根据的坏人。一定有一种起决定作用的理由，而这理由总是一种利益的理由。

但是上帝不可能做任何不正义的事：自从人们假设他看见正义，他就必须遵循正义：因为，由于他什么也不需要，由于他使他自己满足了，他就可能是所有存在中最恶的一个，既然他能够不带有私利地行恶。

所以，如果没有上帝，我们也必须永远爱正义，也就是说尽我们的努力以近似于我们有着如此美好的概念的这个存在，而它，如果存在着，必然是正义的。即使我们能不受宗教的统治，我们也不能不受公正的统治。

莱迪，就是这使我想到正义是永恒的，根本不取决于人类的约定；而如果它取决于人类的约定，这将是个可怕的事实，即必须躲避自己。

我们为一些比我们更加强大的人包围着；他们能够以成千种不同的方式伤害我们；有四分之三的时间，他们能够不受惩罚地如此做。当我们知道在所有这些人的心中有一个内部的原则在为我们而斗争并使我们免受他们攻击时，我们会感到何等的安宁！

如果没有这，我们将会处在一种持续的恐惧之中：我们从人们面前经过，有如在狮子面前经过一样，我们将对我们的财产、我们的荣誉和我们的生命永远没有一刻放心。

所有这些想法促使我反对这些博士，他们将上帝描绘成一个残暴地使用其能力的存在；他们使他以一种我们自己由于害怕冒犯他都不愿意采取的行动方式来行动；他们将我们所有应受他惩罚的缺点都施加在他身上，并且在他们的矛盾的思想之中，他们将他表现得时而是个坏的存在，时而是个仇恨恶并惩罚恶的存在。

当一个人自我审查时，如果他发现他有一颗正义的心，他会感到何等的满足！不论他是个多么严肃的人，这种快乐都会使他狂喜：他看到自己的存在高于那些没有这颗正义的心的人，正如他看到自己高于虎和熊一样。是的，莱迪，如果我能坚定地永远不动摇地跟随着在我眼前的这个正义，我相信我将是所有人中最高尚者。

一七一五年，第一个热马迪月的第一日，自巴黎。

第八十四信

黎加致***

昨天我去了残废军人院。如果我是一个君主，我一定会像愿意赢得三个战役一样地愿意建造这样一幢建筑物：人们在那里到处都看到一个伟大君主的手。我相信这是大地上最为可敬的地方。

看到在同一个地方集中了所有这些为祖国做出了牺牲的人，这是何等的景象，他们只是为了保卫它而生活着，他们由于感到自己有同样的心，而不是同样的力量，为自己不能再一次为它牺牲而惋惜！

这些病弱的战士在这种退休生活中，就像面对着敌人一样地严守着一个纪律，在这种战斗的想象中寻求他们最后的满足，将他们的心分配给对于宗教的义务和对于军事艺术的义务，还有什么比看到这情景更为令人钦佩的！

我希望那些为祖国而死的人的名字被保存在庙堂里并被写在一些记录之中以作为荣耀和尊贵的源泉。

一七一五年，第一个热马迪月的第十五日，自巴黎。

第八十五信

于斯贝克致弥尔萨

寄往伊斯法罕

弥尔萨，你知道，夏－索里曼[①]的一些大臣曾经想出这样的计划，要迫使波斯的所有亚美尼亚人离开王国或者使他们成为伊斯兰教徒，他们认为只要我们的帝国在自己的胸怀中保留着这些不忠诚的人，它就将永远遭受污染。

如果在这一时刻，盲目的虔诚被听从，波斯的伟大也就完结了。

人们不知道事情是如何落空的。不论是那些提出建议的人，还是那些驳回建议的人，都不知道事情的后果；机会代替理智和政治将帝国从一个比打败了一场战争和失去两座城市所冒的还要大的危险之中拯救出来。

① 夏（cha，或写作 chah，schah）或译为沙赫，是波斯国王的称号。

人们当时想要通过驱逐亚美尼亚人，在一天之中使王国的所有商人和几乎所有手工艺者破产。我肯定伟大的夏－阿巴斯宁可让人砍掉自己的两条手臂也不愿意签署一道这样的命令，他一定清楚，由于将他的最有技巧的臣民们赶往莫卧儿和印度的其它的那些王国，他等于将自己国家的一半给了他们。

我们的狂热的伊斯兰教徒对于拜火教徒们所施加的迫害，使他们成群地进入印度，而使波斯失去了这个那样勤于耕作的民族，只有这个民族靠着它的劳动，才能够战胜我们的土地的贫瘠。

当时对于宗教虔诚还剩下第二件事要做：即摧毁工业，这样一来帝国便自行崩溃，而必然的结果就是，与它一同崩溃的，还有人们想要使之变得那样繁荣的这个宗教。

如果要不怀成见地推论，弥尔萨，我不知道在一个国家中有众多的宗教是不是更好。

人们注意到，生活在一些被宽容对待的宗教中的人通常要比那些生活在苛刻宗教中的人使自己对于祖国更加有用；因为，由于远离荣誉，只能以他们的富裕和财产突出自己，他们便倾向于以自己的劳动来获得财富并从事社会中那些最辛苦的职业。

再说，由于所有的宗教都包含着一些于社会有益的信条，它们被虔诚地信守是件好事。还有什么比宗教的众多更能激起这种虔诚?

这是一些相互间丝毫不原谅的竞争者。嫉妒一直落到个人的身上：每个人都保持着警惕，生怕做出一些事情，而使自己的教派蒙羞并使之遭受敌对教派毫不留情的蔑视与批评。

因此人们总是注意到被引进到一个国家中的新教派是改正旧的教派的所有弊端的最可靠的方法。

人们徒然说在自己的国家中容许众多的宗教对于君主并无益处。即使世界上所有的教派都来集中在这里，这也不会给他带来任何伤害，因为没有一个教派不是规定服从和劝人顺从的。

我承认历史中充满了宗教战争。可是，如果人们好好地注意：引起这些战争的根本不是宗教的众多，正是使那自认为是统治宗教的教派充满活力的不宽容精神；正是这种传布信仰的热忱，它被犹太人从埃及人那里取来，并像一种大众的传染疫病一样传给了伊斯兰教徒和基督徒；最后，正是这种其发展只能被视为人类理性的彻底堕落的昏乱的思想。

因为，最终，如果没有那种能使别人良心痛苦的不人道；如果没有从中产生任何成千倍孳长的恶果：肯定是疯子才会想要这样做。那想要使我改变宗教的人肯定只是因为他自己不愿意改变他的宗教才如此做的，即使有人想要强迫他：他竟觉得，我不做一件他自己哪怕是为了世界的帝国也不会做的事是奇怪的。

一七一五年，第一个热马迪月的第二十六日，自巴黎。

第八十六信

黎加致***

家庭在这里似乎是完全独立地自己管理自己。丈夫对于他的妻子，父亲对于他的孩子，主人对于他的奴仆，都只有一个权威的影子。司法置身于他们所有的纠纷之中，你要相信它总是不利于嫉妒的丈夫、悲伤的父亲和令人厌恶的主人。

前些天我去了一处进行司法裁判的地方。在到达之前，必须从无数年轻的女商贩的武器下走过，她们以一种迷惑人的声音喊着您。一开始，这种景象是令人愉快的；但当人们进入了那些大厅时，它就变得令人悲伤了，在那里人们只看到一些所穿的衣服比面容还要严肃的人。最后，人们进入到那个神圣的地方，在那里，家庭中所有的隐私都被揭露出来，在那里，最最隐秘的行动也被置于光天化日之下。

在那里，一个谦恭的女孩来承认一个被过于长久地保持的处女的贞洁折磨，她的斗争和她的痛苦的反抗；她对她的胜利并不感到骄傲，竟至总是以一种即将发生的失节来进行威胁，为了使她的父亲不再对她的需要无所知，她将它们展现给所有的人。

随后，一个受了羞辱的女人来展示她丈夫对她所施加的伤害，以作为离开他的理由。

另一个女人以一种同样的谦逊来说她厌倦了戴着妻子的头衔而不享有它：她来揭露隐藏在结婚那个夜晚的秘密；她希望人们把她交给那些最熟练的鉴定人审查，并以一道判决将她重新安放在贞操处女的所有权力之中。还有的女人甚至敢于向她们的丈夫挑战，公开地要求他们进行一次战斗，而证人的在场使这战斗变得非常困难：这验证对于坚持如此的那女人和那位屈从的丈夫都是同样有损名誉的。

无数被抢走或被诱拐的女儿使男人们变得比他们原先要坏得多。爱情使这法庭发生回响。人们在这里只听到说一些被激怒的母亲，一些被骗的女儿，一些不忠的情人和一些悲伤的丈夫。

根据在这里被遵循的法律，所有在婚姻持续之时出生的孩子都被认定属于丈夫。尽管要想不相信这点有很多好的理由：法律替他相信这点并免去了他的审查和犹豫。

在这个法庭中，人们以极高的声音说话，然而人们说，根据经验他们认识到，将声音收拢得最低要更好。这是相当自然的：因为在这里只有很少的正确思想，所有的人都承认有无穷的错误思想。

一七一五年，第二个热马迪月的第一日，自巴黎。

第八十七信

黎加致***

人们说人是群居性的动物。按此标准，我觉得一个法国人比一个别的人要更加是人；这是个杰出的人，因为他似乎只是为了群居而生的。

可是我注意到在他们中有一些人不仅喜好群居，而且他们本身就是一个世界性的群体。他们在所有的角落使自己的数量增大；他们在片刻之间使一座城市的四个区域布满人口。一百个这样的人比两千个市民充实的地方还要多；他们能够向外国人的眼睛修复瘟疫或饥荒造成的浩劫。人们在学校里问一个个体能不能在同一时刻存在于多个地方；他们就是哲学家们所讨论的这个问题的一个证据。

他们总是很匆忙，因为他们有着重要的事务，即向他们见到的所有人问他们去哪里，他们从哪里来。

人们永远也不能使他们忘记，每天去详细地造访公众是件合于礼貌的事，且不提他们在人们聚集的地方作的那些大体上的造访。可是，由于在这种聚会中路程被过于缩短了，它们在他们的礼节的规则中便什么也不算。

他们以门环的敲击使门疲劳，比起风和暴风雨还要厉害。如果人们去审视所有那些门卫的登记册，人们每天都能在那上面发现用瑞士字体[1] 写的、成千种方式残缺不全的他们的名字。他们在

① 过去在法国充当仆役的多为瑞士人，这里大概是说这些门卫的登记册字体难看，拼写错误多。

葬礼队伍中、在吊唁的问候中或是在婚姻的祝贺中度过他们的一生。每当国王向他的某个臣民赐以奖赏，他们都必花钱雇车以去向他表达他们的喜悦。最后，他们非常疲惫地回到家中休息，以能够在次日重新担起他们的艰苦的职责。

他们中的一个在前些天劳累而死，人们将这篇墓志铭安放在他的坟墓上："在这里休息着这个从来也没有休息过的人。他曾在五百三十场葬礼上散过步。他曾为两千六百八十个儿童的出生而喜悦。总是以不同的措辞表达他向朋友们的祝贺，费用已达两百六十万利弗尔①；他在马路上走的路，已达九千六百斯塔德②；他在乡间走的路，已达三万六千斯塔德。他的言谈是可爱的：他有一个由三百六十五个故事构成的宝库；此外，他自年轻时即拥有从古人书中摘取的一百一十八句格言，他在一些引人注目的场合使用它们。他终于在他六十岁时死去。我不说话了，旅行者。因为我怎么能够向你说完他所做的一切和他所看到的一切？"

一七一五年，第二个热马迪月的第三日，自巴黎。

① 两百六十万利弗尔（合十三万路易）不是个小数额，这可能是这个造访专家在向人祝贺时信口许的贺仪。

② 古希腊的长度单位，希腊人称斯塔狄翁（stadion），一斯塔德约合一百八十米。

第八十八信

于斯贝克致莱迪

寄往威尼斯

在巴黎，自由和平等处于统治地位。出身、道德，甚至不论多么光荣的战争的功劳都不能将一个人从他被混合的人群中救出来。对于地位的嫉妒在这里是从未听说的。人们说巴黎最优秀的人是那位其马车有着最好的马的人。

一个大老爷是一个能看见国王，有权利同大臣们说话，有着一些祖先、一些债务和一些花费的人。靠着这一切，如果他能够通过一种殷勤的表情或是一种虚假的对于各种快乐的热衷将他的懒惰掩盖起来，他便认为自己是所有人中最幸福的了。

在波斯，只有君主许可参与统治的人才是大人物。在这里，有一些靠着他们的出身而是大人物的人；但他们不受信任。国王们做事就像那些熟练的工人一样，工人们为了要从事其工作，总是使用那些最简单的机械。

恩惠是法国人的最大的上帝。大臣便是大祭司，他向这上帝奉献许多牺牲。在他周围的人根本不是穿着白衣：他们时而是献祭者，时而是被献祭者，将自己和全体人民一起献给他们的偶像。

一七一五年，第二个热马迪月的第九日，自巴黎。

第八十九信

于斯贝克致伊本

寄往士麦那

对于荣誉的欲望与所有动物都具有的对于自身生存所需的本能并无丝毫区别。当我们能够将我们的存在放在他人的回忆之中时，我们似乎增大了我们的存在：这是我们获得的一个新的生命，它对于我们来说，与我们自上天接受的这个生命同样珍贵。

然而，由于所有的人并不是平等地热衷于生命，因而他们也就不是平等地感受荣誉。其实这种崇高的情感一直就刻在他们的心中；但想象和教育以成千种方式使之改变。

这种人与人之间的区别，比民族与民族之间的区别还要强地使自己被人感觉到。

人们可以作为信条提出，在每个国家，荣誉的欲望与臣民的自由一同增长，亦与它一同减弱：荣誉永远也不是奴役的同伴。

一个有着良好见解的人有一天对我说：

“从许多方面来看，人们在法国比在波斯要更加自由；因此人们在这里更爱荣誉。这种幸福的想法使一个法国人带着快乐和兴趣做出了你们的苏丹只有靠不停地将酷刑和奖赏放在其臣民眼前才能从他们那里得到的东西。

“在我们中，君主也嫉妒他的最微小的臣民的荣誉。有许多值得尊敬的法庭来维持荣誉：这是民族的神圣的财富，也是唯一不属于君主的财富，因为他不可能不违背自己的利益而是它的主人。因此，如果一个臣民发现自己，或是通过某种偏爱，或是通过一个最小的蔑视的表示而在荣誉上被其君主伤害，他立即就离开他的宫廷、他的职业、他的义务而回到自己的家中。

“法国军队与你们的军队之间的区别是，一支因为是由奴隶组成，自然而然是怯懦的，只能以对惩罚的害怕来战胜对于死亡的害怕：这在心灵中导致一种新的恐惧，而使心灵麻木；而另一支带着喜悦面对攻击，以一种远远高于恐惧的满足来将恐惧驱散。

“然而荣耀、名誉和美德的圣殿似乎只建立在那些共和国中和那些人们在那里可以说出祖国这个词的国家里。在罗马，在雅典，在拉凯戴蒙①，只有荣誉本身来酬谢那些最杰出的效劳。一顶橡树枝的或桂树枝的冠，一尊雕像，一篇颂辞，就是对于一场胜仗或一座被夺取的城市的巨大奖赏。

“在那里，做了一件好事的人觉得自己已经被这件事本身足够地奖赏了。他看到他的一个同胞，就会因为自己是他的施惠者而感到快乐；他以他的同胞的人数来算计他的效劳的数量。每一个人都有能力为另一个人做好事；而为整个社会的幸福做出贡献，这就像是众神的行为。

“可是这种崇高的好胜心在你们波斯人心中难道不应当彻底熄灭？在你们那里，职务和尊严只是君主的任意想法的标志？在你们那里，名誉和美德如果不被君主的恩惠陪伴着，便被视为虚假的，它们与它一同生一同死。一个被公众认为得到君主恩惠的人从来也不能肯定自己在第二天不会失去荣耀；今天他是军队的将领，也许明天君主就要使他成为厨子，让他除了因为做出美味烤肉而得到赞扬之外，不再指望能得到别的赞扬。”

一七一五年，第二个热马迪月的第十五日，自巴黎。

① 即斯巴达。

第九十信

于斯贝克致同一人

寄往士麦那

由法兰西民族所拥有的这种普遍的对于荣誉的情感，在个人的精神中形成了某种东西，人们称为荣誉感。这正是每个职业的特性；但它最为突出地表现在军人身上，而这是最杰出的荣誉感。我难以使你感觉到这是什么：因为我们对此还根本没有确切的认识。

过去，法国人，尤其是贵族，除了这种荣誉感的法律之外，几乎不听从任何别的法律：这些法律规定了他们一生的行为表现，它们是那样的严厉，使得人们不能够，我不说是违犯它们，而是仅仅躲避它们中最小的条文，以不遭受一种比死亡更加残酷的痛苦。

当要解决纠纷时，它们几乎只规定了一种决定的办法，这就是决斗——它解决了所有的困难。但是这里的坏处是，判决常常是在别的人，而不是在与之有利害关系的人中间宣布。

一个人哪怕只被另一个人稍稍认识，他就必须进入到争执之中并且付出他的生命，就好像他自己是在愤怒之中一样。他总是为这样一种选择和一个如此令人欣喜的偏爱感到光荣；而一个人，也许不愿意付出四个比斯多尔以将另一个人和他的全家从绞架上救下来，却能毫无困难地为他冒一千次生命危险。

这种决定的方式是被相当错误地想象出来的，因为，并不能根据一个人比另一个人更加熟练或者更加强壮，就得出他有着更好的理由的结论。

因此国王们以非常严厉的惩罚禁止它；然而这是徒劳的：总是想要进行统治的荣誉在反抗，它不承认任何法律。

就这样，法国人处在一种非常可怕的境地：关于荣誉的那些法律迫使一个正派的人在受到伤害后为自己复仇；可是，另一方面，当他为自己复仇之后，司法的公正又以更加残酷的刑罚惩处他。如果人们听从荣誉的法律，人们便会死在断头台上；如果人们听从司法公正的法律，人们便会被永远从人群社会中驱逐出去。因而只有这个残酷的选择——或者是死，或者是不配活着。

一七一五年，第二个热马迪月的第十八日，自巴黎。

第九十一信

于斯贝克致吕斯当

寄往伊斯法罕

在这里出现一个人物，装扮成波斯的大使[①]，他狂妄地戏弄着这个世界的两个最伟大的国王[②]。他将我们的国王甚至都不会送给

---

① 当若侯爵（Marquis de Dangeau）的日记里记录了这一事件，当时人们认为，波斯某个行省的大臣因为一些商业上的事务派到西方的人，为了收账他假装是波斯国王派来的大使。而据摄政王之母伊丽莎白·夏尔洛特的书信集，有人认为，他是个葡萄牙的耶稣会士，为了恶意的玩笑冒充波斯大使。他诱拐了一名已婚女子，而该女子又是格朗赛神父的私生女。（据一八二六年全集本注）

② 指法国的国王和波斯的国王。

伊利梅特国王或者格鲁吉亚国王的一些礼物带给法国人的国王，而且他以他可耻的吝啬，玷污了这两个帝国的尊严。

他使自己在一个自认为是欧洲最有礼貌的民族面前变得可笑，他使人们在西方说众国王的国王只是统治着一些野蛮人。

他接受了一些他似乎想要使人拒绝给予他的荣誉，然而，仿佛法国的宫廷比他更加关心波斯的伟大，它使他带着尊严出现在一个民族面前，而他只是这个民族蔑视的对象。

根本不要对伊斯法罕说这个：饶了一个可怜的人的脑袋。我不希望我们的大臣们因为他们自己的不谨慎和他们所做的不当的选择而惩罚他。

一七一五年，第二个热马迪月的最后一日，自巴黎。

第九十二信

于斯贝克致莱迪

寄往威尼斯

这位统治了那样长久的国王已经不在了[①]。他在活着时使人们说了很多话；在他死时，全世界都不说话了。他在这最后的时刻还坚定和勇敢，显得只对命运让步。伟大的夏－阿巴斯在使整个大地充满了他的名字之后，也是这样死的。

不要认为这一重大事件在这里只是使人做出一些道德思考。每个人都想到他自己的事务，并且在这一转变中获取他的益处。

① 路易十四于一七一五年九月一日去世。

由于国王，也就是已故国王的曾孙只有五岁，一位亲王，也就是他的叔父[1]，被宣布为王国的摄政者。

已故的国王曾经订立一份遗嘱限制摄政者的权力。这位精明的亲王来到议会，在那里展示了他的出身的所有权利后，他使人们取消了这位国王的规定，这位国王想要比自己活得更久，似乎想在自己死后仍然进行统治。

议会就像那些废墟——人们将它们踩在脚下，但它们又总是使人回想起由于一些民族的古代宗教而著名的某个庙宇。议会除了进行判决外几乎什么事也不管，而如果没有什么意外的机会来给予它们力量和生命，它们的权威总是在衰弱下去。这些巨大的机构一直跟随着一些人类事务的命运：它们向摧毁一切的时间让步，向使一切都变弱的风俗的败坏让步，向打倒一切的至高权威让步。

然而，想要使自己让人民觉得可爱的摄政者，一开始表现得尊重这种公共自由的象征；并且，就仿佛他想要使神殿和偶像从大地上重新立起一样，他希望人们将它们视为王权的支柱和所有合法权威的基础。

一七一五年，莱热卜月的第四日，自巴黎。

---

① 奥尔良公爵菲利普三世（1674—1723），路易十四之弟奥尔良公爵菲利普二世之子，其实他应是路易十五的叔祖父。

第九十三信

于斯贝克致其兄弟——卡斯班修道院的苦行僧[1]

我在你面前贬损我自己，神圣的苦行僧，我匍匐在地；我视你的足迹犹如我的双眼的瞳仁。你的圣洁是那样的伟大，仿佛你有着我们神圣的先知的心；你的苦修使上天也感到震惊；天使们从光荣的巅峰注视着你，并且说："他怎么还在地上，既然他的灵魂已经与我们在一起并且在被云所支托着的王座周围飞行？"

我怎么能不尊重你呢？我，从我们的博士们那里得知，苦行僧们，哪怕是不忠诚的苦行僧们，也总是有一种神圣的品质，这使他们在真正的信教者眼里变得可敬。安拉在大地的所有角落为自己选择了一些比别的心灵更加纯洁的心灵，他将他们与不虔敬的世界分开，以使得他们的苦修和他们的热诚祷告止住他那即将落在那样多的反叛的人民身上的怒火。

基督徒们讲述他们最早的那些苦行僧的一些奇迹，他们成千地逃入泰巴伊德[2]的可怕的沙漠中，以保罗、安东尼和巴科姆为他们的首领[3]。如果他们说的是真的，他们的生活也像我们的最神圣

---

① 原文作 santon，为伊斯兰教的苦行僧。

② 古代埃及的三个部分之一，亦被称为上埃及。

③ 圣保罗，二四世纪时的隐修士，为躲避德基乌斯皇帝对基督徒的迫害，二十二岁即逃入上埃及的沙漠中，以泉水和棕树果为食，至四十三岁起，每天有一乌鸦衔半块面包来供给他。他在沙漠中隐修达九十年，活到一百一十二岁。圣安东尼（251—356），基督教东方修院生活的创立者之一。圣巴科姆（290—246）于三二零年在上埃及建立了基督教的第一所修道院。

的伊玛目们的生活一样充满奇迹。他们有时整整十年看不见一个人；但是他们日日夜夜与魔鬼居住在一起；他们为这些恶魔不断地折磨着：他们发现它们在床上，他们发现它们在桌上；永远没有躲避它们的地方。如果这一切是真的，可敬的苦行僧，那就应当承认，从来也没有人生活在比这更坏的群体之中了。

那些明智的基督徒将所有这些历史视为一种非常自然的寓言，它能帮助我们，使我们感受到人类处境的不幸。我们在沙漠中寻找一个平静的状态是徒劳的：诱惑总是跟随着我们；我们的被魔鬼所代表的情感，根本就没有离开我们；这些心中的魔鬼，这些精神的幻象，这些错误和梦想的虚妄的幻影，总是呈现在我们面前以引诱我们并且攻击着我们，一直到斋戒和苦行衣中，也就是说一直到我们的力量本身之中。

至于我，可敬的苦行僧，我知道安拉的使者已经将撒旦束缚住并将他赶入了深渊之中；他净化了曾经充满着撒旦权威的大地，并使之变得能够作为众天使和众先知的居住之处。

一七一五年，夏邦月的第九日，自巴黎。

第九十四信

于斯贝克致莱迪

寄往威尼斯

我从来没有听人在说到公法时，不是由仔细地研究群体的起源是什么开始，这在我看来是可笑的。如果人们不形成任何群体，如果他们相互分离和相互躲避，那么就应当询问其原因并探究他们为什么坚持相互分别。可是他们都是相互联系着出生的：一个儿子在他的父亲之后出生并且与他有关系：这就是群体和群体的原因。

公法在欧洲比在亚洲更加为人们所认识；但是人们可以说君主们的情感、人民的忍耐、作家们的奉承，已经破坏了它的所有原则。

这种法，如它今天这样，是一种科学，它教那些君主能够不妨害自己利益地将公正破坏到何种地步。莱迪，为了使他们的良心变硬，将不公正放进制度之中，做出一些不公正的规定，形成一些原则，并且从中得出一些结论，这是怎样的一种意图啊！

我们崇高的苏丹们的无限的权力，除了自身之外再无任何别的规定，也不比这种想要使不可屈服的正义屈服的卑鄙艺术制造出更少的魔鬼。

莱迪，人们会说，有两种完全不同的正义：一种规定着个人的事务，它在民事法中统治着；另一种规定着在民族与民族之间发生的纠纷，它在公法之中进行着强制——仿佛公法本身不是一种民事法，不是事实上属于一个特定的国家，而是属于全世界。

我将在另一封信中向你解释我在这方面的想法。

一七一六年，齐拉热月的第一日，自巴黎。

第九十五信

于斯贝克致同一人

法官们应该在公民与公民之间给予公正。每个民族自己又应当在它与另一民族之间给予公正。在公正的这第二种分配之中，人们除了在第一种分配中的那些准则之外，不能使用任何别的准则。

民族与民族之间，很少需要一个第三者来作判断，因为争执的理由几乎总是清晰的和便于决断的。两个民族的利益通常相差如此之远，为了找到公正，只应当爱公正；人们几乎不能在他自己的诉讼之中相互通告。

在个人之间发生的纠纷就不是同样的。由于他们都生活在社会之中，他们的利益是那样的混合与融合，纠纷有着各种不同的种类，因此由一个第三者来弄清两边的贪欲企图使之晦暗不明的事实，是必要的。

只有两类正义的战争：一类是为赶走进攻的敌人而进行的；第二类是为了帮助被攻击的同盟而进行的。

为了君主私人的争吵而进行战争，就没有任何的正义，除非罪行非常严重，值得君主或者犯了这罪行的人民去死。因此一个君主不能由于人们拒绝给予他一种本应属于他的荣誉，或者由于人们对于他的使节有某些不太适当的表现和别的类似的事，而进行战争；一个个人也不应当杀死那拒绝让他坐首席的人。其原因是，因为宣战应当是一件正义的行为，在这宣告之中惩罚必须总是与过错相符合，应当看看人们向之宣布战争的那人是不是该死：因为，向某个人进行战争，也就是想要处他以死刑。

在公法之中，最为严厉的正义的行为就是战争：因为它有毁灭社会的作用。

复仇是属于第二等的。这是所有的法庭都不能不遵守的一条法律，即根据罪行而量刑。

正义的第三个行为是剥夺一个君主所能从我们这里得到的利益，惩罚也总是与伤害相符合。

正义的第四个行为也应当是最常见的行为，乃是放弃与人们所抱怨的某个民族的联盟。这种惩罚与法庭为了将罪犯彻底清除出社会而定立的放逐之刑相适合。因此，一个君主，如果我们放弃了与他的联盟，他即被从我们的社会中清除出去，不再是构成社会的成员之一了。

对一个君主，人们不能做出比放弃与他的联盟一事更大的羞辱了，也不能给予他比与他缔结联盟更大的荣誉了。在人类中，没有什么比看到别人一直注意听他们的谈话，对于他们更加光荣甚至更加有用的了。

可是，为使联盟约束我们，它就必须是正义的：因此，为了压迫第三国而在两个国家之间订立的联盟就是非法的，人们可以破坏它而不犯罪。

与一个暴君结盟既无君主的荣誉亦无君主的尊严。人们说埃及的一个国王让人提醒萨摩斯国王他的残酷和他的暴虐，并督促他改正。由于他不这样做，他便派人对他说他放弃与他的友谊和与他的联盟。

征服自身根本不给予权力：当人民继续存在时，征服是和平和纠正错误的担保；如果人民被毁灭或者被驱散了，征服便是一件暴行的纪念物。

和平的协约在人类中是那样的神圣，仿佛它们是自然的声音，在要求着它的权利。当条件是两个民族都能保存自己时，协约便都是合法的；如果不这样，两个群体中那个被和平剥夺了其天生的自卫权利而必定灭亡的一方，就能在战争中找寻这天生的自卫权利。

因为，虽然在人类中间建立了强与弱的等级，自然还是经常通过绝望而使弱与强相平等。

亲爱的莱迪，这就是我所称的公法。这就是人的法律，或者不如说是理性的法律。

一七一六年，齐拉热月的第四日，自巴黎。

第九十六信

阉奴总管致于斯贝克

寄往巴黎

这里来了许多维萨普尔王国的黄种女人；我为你的兄弟马桑德朗总督买了一个，他在一个月前给我寄来他的崇高的命令和一百个托满[①]。

由于她们不使我感觉到惊讶，并且在我身上双眼根本不被心中的活动所扰乱，我更好地懂得女人。

我从来没有看见如此规则如此完善的美：她的明亮的双眼将生命显露在脸上，并且衬托出一种鲜明的颜色，它能够将那切尔克斯女人的妩媚一扫而尽。

伊斯法罕的一个商人的阉奴总管与我争夺她；可是她鄙夷地避开他的目光，似乎寻找我的目光，仿佛她想要对我说一个下贱的商人配不上她，她命定该有一个更为杰出的丈夫。

我向你承认，当我想到这位美人的妩媚之处时，我感到自己有一种暗暗的喜悦：我仿佛看见她进入到你兄弟的后宫之中；我高兴地预见到所有这些女人的震惊：一些人的剧烈的悲痛；另一些人的沉默的然而是更加悲痛的伤心；那些不再有任何希望的女人的恶毒的安慰；那些仍在希望的女人的被激怒的野心。

我将从王国的一端去到另一端使一个后宫完全改变面貌。我将去激起怎样的情感！我准备的是怎样的恐惧和痛苦！

---

① 波斯古代的金币，一托满值二十二到二十三法郎。

然而，在这内部的混乱之中，外部并不会不平静：巨大的变动将藏在心底；悲痛将被吞下，欣喜将被克制；服从不会不彻底，规矩不会不坚定；总是被克制住不得显露的温柔，将自绝望的深处产生。

我们注意到，我们面前的女人越多，她们给予我们的麻烦也就越少。一种更大的取悦于人的必要，更少的相互联合的可能，更多的服从的例子：所有这一切为她们形成一些锁链。一些人不断地注意另一些人的行动；她们似乎与我们一道努力使自己变得更加依赖；她们做着我们的一部分工作，当我们闭上眼睛时，她们为我们睁开眼睛。我说什么？她们不断地激怒她们的主人以反对她们的竞争者，而她们没有看到她们与被惩罚的那些女人又是多么的接近。

可是所有这一切，尊贵的主人，若没有主人的在场便什么也不是。我们靠着一个永远也不被完全传达的权威的虚幻影子能做什么呢？我们只是虚弱地代表你自己的一半：我们只能向她们表现出一种可恶的严厉。你，你以希望来使恐惧平和；当你抚慰时，你比在威胁时更加坚定。

回来吧，尊贵的主人，回到这些地方来给各处都带来你的统治的见证。来安慰那些绝望的情感；来夺去所有失误的借口；来平息正发着怨言的爱情，使义务本身变得可爱；最后，来减轻你的忠诚的阉奴们的一个每天都在加重的负担。

一七一六年，齐拉热月的第八日，自伊斯法罕的后宫。

第九十七信

于斯贝克致雅隆山的苦行僧哈森

哦你，智慧的苦行僧，你的好奇的精神在这众多的知识中发出光明，请听我将要对你说的话。

这里有一些哲学家，事实上他们还根本没有达到东方智慧的顶点：他们根本没有被升至光明的王座；他们既没有听到众天使的合唱所回响着的无法表达的言语，也没有感受到一种上天的震怒的可怕的爆发；但是，全凭自己，虽被剥夺了神圣的奇迹，他们在宁静之中，追随着人类理性的足迹。

你无法相信这个向导将他们一直引导到了什么地方。他们澄清了混沌并且以一种简单的力学解释了上天构造的秩序。自然的创造者给予物质以运动；并不需要更多的运动来制造出我们在世界中看到的这些变化无穷的结果。

那些普通的立法者向我们提出了多少法律以规定人类的社会；这是一些既受那些制定它们的人的精神变化影响，亦受那些遵守它们的人民的精神变化影响的法律！而这些人只对我们说一些普遍的、不变的、永恒的法律——它们毫无例外地，以一种秩序、一种规律和一种无穷的迅速，在无限广阔的空间被遵守。

神圣的人，你认为这些法律是什么呢？你也许想象由于体会到永恒的上帝的意图，你将为一些奥秘的高深所震惊；你预先放弃了去理解；你只建议自己去敬佩。

可是你很快就将改变想法：这些法律不以一种虚假的尊重使人目眩；它们的简单朴素使它们长时间被忽视，只是在很多的思考之后，人们才看到了其整个的丰富和整个的宽阔。

第一条就是，所有的物体，如果不遇到某个使之改变方向的障碍物，都倾向于画一条直线；第二条只是第一条的结果，就是所有围绕一个中心旋转的物体都倾向于远离这中心，因为，它离之越远，它画出的线条也就越接近于直线。

这，崇高的苦行僧，就是自然的关键；这是一些繁殖力强大的原则，人们从中得出永无止境的结果。

对于五六个真理的认识使得他们的哲学充满着奇迹，并使他们做出了几乎与人们向我们讲述的我们的神圣的先知们同样多的奇事和奇迹。

因为，最终，我确信没有任何一个我们的博士，当人们要他们在一架天平中称量围绕着大地的所有空气的重量，或者测量每年落在大地表面的所有水时，不感到为难。不要想了四次之多后，才能说声音在一小时内行进多少里，一道光线自太阳来到我们这里要使用多少时间；从这里到土星有多少个身长；一艘船应当根据怎样的曲线被削凿才能成为可能的最好的帆船。

也许，如果某个神圣的人以响亮而崇高的言语装饰了这些哲学家的工作；如果他在其中混合了一些大胆的象征和神秘的寓言：他一定会做出一件美好的作品，而这作品只会逊色于神圣的《古兰经》。

然而，如果必须告诉你我所想的，我几乎不能适应那种形象生动的风格。在我们的《古兰经》里有很多小小的东西，它们在我看来总是这样的，尽管它们已经为表述的力量与生命抬高了。那些受神灵启示而成的书似乎首先只是用人的语言表达出的神圣的意念。相反，在我们的《古兰经》中，人们常常发现上帝的语言和人类的意念，仿佛是上帝由于一种奇异的任性，在那里口授了他的话，而人提供了思想。

你也许会说我过于自由地谈论我们最为神圣的东西；你也许会认为这是人们在这个国家中所处的独立的结果。不，感谢上天，精神没有败坏心灵，只要我活着，阿里就是我的先知。

一七一六年，夏邦月的第十五日，自巴黎。

第九十八信

于斯贝克致伊本

寄往士麦那

世界上没有哪个国家像这个国家一样，幸运在这里是如此的易变。每十年就会发生一些重大的变动，它们将富人赶入贫穷之中，并以飞快的翅膀将穷人提升到富有的顶点。这一个人为他的贫穷所震惊；那一个人则是为他的富足所震惊。新的富人感叹天意的明智；而穷人则感叹命运之神的盲目的运数。

那些收税的人在财富之中游泳：在他们中，坦塔罗斯[①]并不多。但是他们是从最贫穷时开始这一职业的；当他们贫穷时，他们像污泥一样被人们蔑视；当他们富有时，人们相当地尊重他们；而他们也不放过一切以获取尊重。

他们现在处在一种非常可怕的处境之中。人们新近设立了一个分庭，人们称之为正义分庭，因为它将剥夺他们的全部财产。他们既不能转移亦不能隐瞒他们的财产：因为人们迫使他们精确

① 希腊神话中主神宙斯之子，因罪被罚永世站立在水中，水深及下颏，口渴欲饮则水退去，头上悬有果树枝，腹饥欲食则果树枝升高。这句话是说收税的人总能有所获。

地申报它们，否则即处死刑。人们便是这样使他们通过一条非常狭窄的通道：我要说的是在他们的生命与他们的金钱之间。最为幸运的是，有一位以其才智出名的大臣，赐给他们他的嘲笑并且取笑委员会的所有决议。人们并不是每天都能找到一些能够使人民发笑的大臣，因此人们一定非常喜欢这位这样做的大臣。

仆役的团体在法国比在任何别的地方都更加受尊重；这是一所培养大人物的学校：它充实着其它阶层的空缺。构成它的那些人取代不幸的大人物、破产的行政官员、在战争的怒火中被杀死的贵族；而当他们不能靠他们自己替代时，他们便通过他们的女儿们来振兴所有的大家庭，她们则像是一种粪肥，使干旱的山地肥沃。

伊本，我在天意分配财富的方式中发现她是非常奇妙的：如果她只将财富给予正派的人，人们便不能清楚地将它们区别于美德，人们就再也不能感觉到它们的所有虚无。可是，当人们审视那些拥有最多财富的是些什么人时，通过蔑视富人，人们便能最终蔑视财富。

一七一七年，马哈拉姆月的第二十六日，自巴黎。

第九十九信

黎加致莱迪

寄往威尼斯

我发现，法国人在时尚方面的任意是惊人的。他们已经忘了他们这个夏天是怎样穿着的；他们也不知道他们在这个冬天将会如何穿着。然而，特别是，人们无法相信一个丈夫为使他的妻子处在时尚之中，要花费多少钱。

我就他们的衣着与他们的装饰向你作一番准确的描述又有什么用？一种新的时尚将会摧毁我的所有工作，就像摧毁他们的工匠的所有工作一样，在你接到这封信之前，一切都已经变了。

一个离开巴黎到乡间度过六个月的女人，回来的时候已经陈旧得好像被遗忘了三十年一样。儿子认不出他母亲的画像，因为她被画时穿的衣服在他看来显得陌生；他认为这画上表现的是某个美洲女人，或者是画家想要表现他幻想中的某个女人。

有时候，头发的式样在不知不觉地升高，而一次革命又使它们突然下降。有一个时期，它们巨大的高度使一个女人的脸处在她自己的中间；在另一个时期，则是双脚占了这个位置：鞋跟形成一个底座，将双脚托在空中。谁能相信这个？建筑师们经常被迫升高、降低和加宽门，女人们的发式要求他们进行这一改变，他们的工艺的规则受着这些任性无常的奴役。人们有时在一张脸上看到大量的黑点，它们在第二天又全部消失[①]。过去，女人们有腰身和牙齿；今天，根本不谈这问题。在这个善变的民族中，不论那些恶意的玩笑怎么说，女儿们发现自己生来就与她们的母亲不同。

与时尚相同的还有些举止和生活方式：法国人根据他们的国王的年龄而改变着风俗。国王甚至可以做到使民族变得严肃，如果他这样做的话。君主将他性格的特点印在宫廷上，宫廷又印在城市中，城市又印在外省。君主的心灵是一个模具，它给予所有其它的心灵以外形。

一七一七年，萨法尔月的第八日，自巴黎。

① 这说的是假痣。

第一百信

黎加致同一人

我前些天对你说了法国人在他们的时尚方面的极度不坚定。然而不可理解的是他们在这方面又固执到何种程度：他们将一切都拉回到这点；他们判断发生在其它民族中的一切事物，用的就是这条规则：外国的一切在他们看来都是可笑的。我向你承认我几乎不能将这种对于他们的习惯的狂热与他们每天改变习惯的不坚定相协调。

当我对你说他们蔑视所有外国的东西时，我只是说那些琐屑之事：因为，在一些重大的事物上，他们似乎是对自己不信任到了贬低自己的地步。他们真诚地承认别的民族更加智慧，只要人们能承认他们穿得更好就行。只要法国的假发师能作为立法者决定外国的假发样式，他们就很愿意服从一个敌对国家的法律。对于他们来说，没有什么比看到他们的厨师的口味统治着从北到南，看到他们的理发师的技艺被带到欧洲所有的梳妆室更加美好了。

有着这些高贵的优势，良好的见解从别处来到他们这里，或者他们从他们的邻居处获取与政治管理和民事管理有关的一切，这对他们又有什么要紧？

谁能想象，一个欧洲最古老最强大的王国，十个多世纪以来，被一些并不是为它而制订的法律统治着？如果法国人曾被征服过，这就不难理解；但他们竟是征服者。

他们放弃了被他们最早的国王们在民族的普遍集会上订立的古老的法律；这里面奇怪的是，他们用以替代古老法律的罗马法，一部分是已成的，一部分是被与他们的立法者同时代的罗马皇帝们起草的。

并且，为使这种获得完整，所有的好见解都自别处来到他们这里，他们采纳了教皇们的所有宪章并且据此而制订出他们的一部分新法律：新式的奴役。

确实，在最近的一些时间里，人们以书面方式起草了一些城市和一些省的法规；但它们几乎全是取自罗马法。

被采纳的或者可以说是被本族化的法律的数量是如此之大，它使司法和法官都同样受苦。然而这些法律的书卷与这支由解释者、注释者、抄袭者组成的可怕军队相比则是微不足道的：这些人由于思想的缺乏准确而是何等的弱小，他们便由于他们数量的庞大而是何等的强大。

这还不是全部。这些外来的法律引入了一些俗套，其过分的发展则是人类理智的羞耻。一种形式，当它进入到法律学之中，或者当它被运用在医学之中，是不是变得更加有害；它在一个法学家的长袍下是不是比在一个医生的大帽子下做出更大的危害；以及在前一种职业中导致破产的人，是不是要比在第二种职业中杀害的人还多，这将会相当难以判断。

一七一七年，萨法尔月的第十二日，自巴黎。

第一百一信

于斯贝克致***

人们在这里总是谈论宪章。前些天我进到一户人家，在那里我首先看见一个脸色鲜红的胖子，他以一种强大的声音说："我已经发出了我的训谕；我绝不会回答你们说的任何话；可是，读这个训谕吧，你们将看到我已经解决了你们的所有疑问。我在做它时流了很多汗。"他一边将手放在额头上一边说："我需要我的所有准则，我必须要读很多拉丁作者的书籍。""我相信这点，"一个在那里的人说，"因为这是一件美好的作品，我敢保证那个经常来看您的耶稣会士绝不会做出一篇更好的。""那就读它，"他又说道，"您在一刻钟内在这些问题上获得的教益会比我一整天向您说的还多。"他就是这样避开了进入谈话，避开使他的博学受累。可是，当他看见自己被人紧逼，他不得不从他的防御工事中出来，他开始根据神学原理说许多蠢话，一个苦行僧反对着他，将这些蠢话非常可敬地还给他。当两个正在那里的人否定他的一条原则时，他首先说："这是确切的，我们这样认为了，而我们是不可能犯错误的裁判者。"于是我对他说："你们怎么是不可出错的裁判者？""您没有看到，"他回答道，"圣灵正照亮着我们？""这是幸福的，"我回答他们说，"因为，根据您今天一整天说话的方式，我承认您极为需要被照亮。"

一七一七年，第一个莱比亚卜月的第十八日，自巴黎。

第一百二信

于斯贝克致伊本

寄往士麦那

欧洲最强大的国家，是皇帝[①]的，包括法国、西班牙和英国国王的那些国家。意大利和德国的一个很大部分被分配在无穷多的小国家之中，这些小国家的君主，更恰当地说，乃是王权的殉道者。我们的光荣的苏丹们拥有的妇女都比某些这种君主拥有的臣民多。意大利的那些不是那么联合的君主更是可怜：他们的国家就像沙漠中旅行队的客栈一样开放着，他们被迫让那些第一个到来的人居住在那里；因而他们必须依附于某些强大的君主，向他们表示自己的恐惧而不是友谊。

欧洲绝大多数的政府是君主制的，或者不如说是被称为君主制的：因为我不知道是不是曾经真正有过这样的政府；至少这样的政府很难长时间地存在于其纯洁性之中。这是一种强暴的政权，它总是蜕变为专制政权或是共和国：权力永远也不能在人民与君主中间被平均地分配；平衡太难以维持。当权力在一方增大时，它肯定在另一方变小；但优势通常是在君主一边，因为他领导着军队。

因此欧洲的国王们的权力是非常大的，人们能够说他们有着他们想要的一切。可是他们根本不像我们的苏丹们那样广泛地行使权力：首先，因为他们根本不想触犯人民的风俗与宗教；其次，

---

① 指神圣罗马帝国的皇帝。

因为将权力行使得那样远不符合他们的利益。

没有任何事物比我们的君主们对于自己的臣民们行使的这种巨大权力更能使他们与其臣民的处境相接近；没有什么使他们更加屈服于恶运以及命运的任性无常。

他们那种仅仅根据一个最小的表示就使自己不喜欢的所有人都死去的习惯，破坏了应当存在于惩罚与过错之间的这种比例，而这比例正是国家的灵魂和统治权的调和；这种为基督教君主们犹豫地维持着的比例，使他们对于我们的苏丹有着一种无限的优势。

一个波斯人由于不谨慎或是由于厄运，给自己引来了君主的不宠信就肯定要死：最小的过错和最小的任性都使他处在这种必然性之中。可是，如果他想要攻击他的君主的生命，如果他想要将他的要塞交给敌人，他就能因此而避免失去生命。他在这后一种情形下冒的危险并不比在前一种情形下冒的更大。

因此，在最小的失宠之中，看到肯定的死亡而看不到任何更坏的结果，他自然会倾向于扰乱国家和阴谋背叛国王：这是他所剩的唯一的办法了。

而欧洲的大人物们就不是如此，失宠除了仁慈和恩惠之外，什么也不能从他们身上剥夺。他们离开宫廷，只想要享受一种平静的生活和他们的出身给予他们的那些利益。由于人们几乎只会因为危害王权的罪过才使他们灭亡，考虑到他们要失去的东西之多和他们能得到的东西之少，他们害怕落入这种大罪之中：这使得人们看到很少的造反和很少丧生于暴死的君主。

在我们的君主们拥有的这种无限的权威之中，如果他们不以那样多的谨慎以使自己的生命处在安全之中，他们便一天也不能活；而如果他们没有雇佣一群数量不可胜数的军队以对他们的另外那些臣民进行残暴统治，他们的统治一个月也存在不了。

只是在四五个世纪之前，法国的一位君主才违背那个时代的习惯采取了一些保卫，以使自己躲过亚洲的一个小君主派来使之灭亡的那些刺客：直到那时为止，国王们一直都平静地生活在他们的臣民之中，有如父亲生活在他们的儿女之中。

法国的国王们非但不能像我们的苏丹那样，以他们自己的行动夺去他们的某一个臣民的生命，相反，他们总是随身带着给予所有犯人的恩惠。一个人能够看到他的君主的尊贵的脸，已是足够幸福的了，因为他从此不再不配活着。这些君主就像太阳一样，将温暖和生命带到所有地方。

一七一七年，第二个莱比亚卜月的第八日，自巴黎。

第一百三信

于斯贝克致同一人

为了跟上我前一封信的思路，这里是几天前一个相当有见识的欧洲人对我说的话的大概：

“亚洲的君主们所能做的最坏的决定，就是如他们现在做的这样将自己隐藏起来。他们想要使自己变得更加可敬；可是他们使人尊重了王权，而不是国王，使臣民的精神依恋于某个王位，而不是依恋于某个人。

“这种正在统治着的不可见的权力对于人民而言总是一样的。尽管他仅仅知道其名字的十个国王被一个接一个地杀死了，他并没有感到有任何区别；这就好像他一直是被一些鬼神连续地统治着。

"如果杀害我们伟大的国王昂利四世的那个可恶的弑君者[①]将其打击施加在印度的一个国王——王玺和一笔似乎是为他而积聚的巨大财富的主人——身上，他就能平静地抓住这个帝国的缰绳，而不会有任何一个人想要索还他的国王、他的家庭和他的儿女们。

"人们感到惊讶的是，在东方的那些君主的统治中几乎从来没有变化。如果不是因为这统治是残暴的和恐怖的话，为什么会如此？

"变化只能被君主或是被人民做出。但在这一点，君主们并不想这样做，因为，在如此高的权力上，他们有着他们所能有的一切；如果他们改变了某些东西，这只会对他们有害。

"至于臣民，如果他们中的某个人造成一场革命，他不会将它实施于国家：那样做的话，他必须要突然抵销一种恐怖的并且总是唯一的权力；正如他没有办法一样，他也缺少时间；但是他只要去到这个权力的源头，这时他只需要一只手和短短的一瞬。

"杀人者登上了王位，而这时国王从那里走下来，跌倒并且将在他脚下死去。

"在欧洲，一个不满的人想到进行一些秘密的串通，投身于敌人之中，占据某个要塞，在臣民中煽起一些徒劳的谣言。在亚洲，一个不满的人，径直走向君主，惊吓他，敲打他，将他打倒；他将君主的一切，直至印象都清除掉：奴隶与主人，只在一刻之间；篡位者与合法统治者，也只是在一刻之间。

"只有一个头脑的国王真是不幸。他在这个头上集中他的所有权力似乎只是为了向第一个野心家指明他能够在何处找到全部的权力。"

一七一七年，第二个莱比亚卜月的第十七日，自巴黎。

---

① 法国国王昂利四世于一六一零年被一名叫拉瓦雅克的宗教狂刺杀。

第一百四信

于斯贝克致同一人

欧洲所有的人民并不是同等地服从于他们的君主：例如，英国人的不耐烦的性情几乎不让他们的国王有时间加重其权威；顺从与服从是他们最不引以为傲的美德。他们在这个问题上有一些非常奇特的说法。根据他们的说法，只有一根绳索能够将人们束缚住，这就是感恩的绳索：一个丈夫、一个妻子、一个父亲和一个儿子之间，只被他们相互抱有的爱或者被他们相互做出的善行束缚在一起；感恩的这些不同的动机乃是所有王国和所有群体的起源。

可是，如果一个君主，非但不努力使他的臣民生活幸福，却要使他们受苦，要毁灭他们，服从的基础也就停止了；没有任何东西束缚他们，没有任何东西使他们依附他；于是他们回到了他们天生的自由之中。他们坚持说，任何没有界限的权力都不能是合法的，因为它从来也不能有合法的起源。“因为，”他们说，“我们不能给予别人的权利，竟比我们自己拥有的权利还要多。而我们对于自己并没有一种无界限的权力：例如，我们不能夺去自己的生命。因此，”他们总结道，“任何一个人对于大地都没有这样的权力。”

依照他们的说法，危害王权的罪恶不是别的东西，乃是最弱的一方在不服从最强的一方时，对他犯下的罪行，不论他是以何种方法对他不服从。因此，英国的人民，在发现自己比他们的一个国王[1]更加强大时，便宣布一个君主向他的臣民进行战争，是危害王权的罪行。当他们说他们的《古兰经》中命令他们服从权力的信条并不难遵从时，他们是非常有道理的，因为他们不可能不遵守这信条；也因为人们并不是要求他们服从最有道德的，而是服从最为强大的。

英国人说，他们的一个国王，打了胜仗并俘获了与他争夺王位的那位亲王，想要指责他的不忠诚与他的背叛，那位不幸的亲王说："我们二人中哪一个是反叛者，这事只在一刻之前刚被决定。"

一个篡权者宣布所有没有像他一样压迫祖国的人都是反叛者，并且，由于认为他看不到有法官的地方就没有法律，他便使人们像崇拜上天的决定一样，崇拜偶然性与幸运的任性无常。

一七一七年，第二个莱比亚卜月的第二十日，自巴黎。

第一百五信

莱迪致于斯贝克

寄往巴黎

你在你的一封信中，对我说了许多在西方为人们致力的科学与艺术。你会将我看成一个野蛮人，可是我不知道人们从它们中获取的利益是不是能够弥补人们每天对它们做的不良使用给人类造成的危害。

---

① 指英王查理一世。

我听说仅仅炸弹的发明就剥夺了欧洲所有人民的自由。君主们由于不再将要塞的保卫交给那些在第一次爆炸时就会投降的市民，便有了维持一支巨大的正规军队的借口，此后，他们靠着它压迫他们的臣民。

你知道，自火药发明之后，再也没有不可攻克的要塞：也就是说，于斯贝克，在大地上再也没有躲避不正义与暴力的处所。

我总是担心人们最终会发现一种秘密，它能提供一种更加简便的途径以杀死人，毁灭整个的民族和整个的国家。

你读过历史学家们的著作；请注意：几乎所有的君主政体都只是建立在对于艺术的无知上，只是由于人们太专心于艺术而被毁灭。古代的波斯帝国可以给我们提供一个自己家的例证。

我在欧洲的时间不长；但我听到一些有见识的人谈到化学的破坏：似乎这是第四种灾难，它使人破产并且零星地，然而是持续不断地毁灭人类；而战争、瘟疫、饥饿，则是大量地，然而是间断地毁灭人类。

罗盘的发明和那样多的人民的发现，除了将他们的疾病而不是富有传播给我们外，对于我们有什么用？金和银，由于一种普遍的约定，而被确立来作为所有的商品的价格和它们的价值的保证，原因是这两种金属是稀少的并且不能用于任何别的用途。如果它们变得更加普通，并且为了表示一份食品的价值，我们有两三个表示价值的符号而不是一个，又有什么要紧呢？这只不过是更加不方便而已。

可是，从另一方面看，这种发明对于那些被发现的国家而言，是非常有害的。那些民族被整个毁灭，那些逃脱了死亡的人被迫遭受着残酷的奴役，对之加以叙述都会使穆斯林发抖。

穆罕默德的子孙的幸福的无知！我们神圣的先知如此珍视的可爱的质朴，你们总是使我回忆起古时候的天真和支配着我们最早的祖先们的那种心的宁静。

一七一七年，拉马桑月的第二日，自威尼斯。

第一百六信

于斯贝克致莱迪

寄往威尼斯

或者是你说的不是你想的，或者是你做的比想的更好。你为了求知而离开了你的祖国，而你蔑视所有的知识。你为了培养自己而来到一个人们致力于艺术的国家中，而你又认为它们是有害的。我要告诉你吗，莱迪？我比你自己还要同意你。

你很好地思考过艺术的丧失会将我们带入的那种野蛮而不幸的处境吗？并不需要想象：人们能够看到它。大地上还有一些民族，在他们中一个勉强被教育过的猴子就能体面地生活着：它在那里发现自己大体上接近于其它居民的能力；人们丝毫也不觉得它精神独特，性格怪异；它表现得与别人完全一样，甚至还能以它的殷勤亲善而使自己突出。

你说帝国的建立者们几乎全都不知晓艺术。我不否定你，一些野蛮的民族能够像汹涌的激流一样分布到整个大地上，并以他们凶残的武器覆盖住那些统治较好的王国。可是，请注意，他们学习了艺术，或是使被征服的人民从事了艺术；如果不是如此，他们的威力就会像雷霆和暴风雨的声音一样一闪而过。

你说，你害怕人们会发明某种比目前正在使用的方法更加残酷的毁灭方法。不。如果一个这样致命的发明刚刚被发现，它很快就会为人们的法律所禁止，并且众多国家会一致同意埋葬这个发现。以这样的途径进行征服，根本不合君主们的利益：他们必须找到一些臣民，而不是一些土地。

你为火药和炸弹的发明而痛心；你觉得奇怪的是不再有不可攻克的要塞，也就是说，你觉得战争在今天比在过去更加早地结束，是奇怪的。

在阅读历史时，你一定已经注意到，自从火药发明之后，战斗远不像以前那样血腥，因为几乎不再有混战了。

可是，如果发现某种特殊情况——在这情况之中，艺术是有危害的，人们就应为此而抛弃它吗？莱迪，如果我们神圣的先知从天上带来的这种宗教有朝一日使得背信弃义的基督徒们混乱，你认为它就是有害的吗？

你相信艺术使人民柔弱，因而是帝国衰落的原因。你说到古代波斯人的帝国的毁灭，这是他们柔弱的结果。然而这一例子远远不足以证明。因为，那样多次地战胜波斯人并且征服他们的希腊人，就以比他们无限多的关心致力于艺术。

当人们说艺术使人类女人化，人们至少并没有说那些专心于此的人。因为他们从来就没有过懒惰，而懒惰则是所有罪恶中，最能使勇敢精神软化的罪恶。

因而问题只在于那些享受艺术的人。可是，由于在一个统治良好的国家里，那些享受着一种艺术的便利的人都必须要从事另一种艺术，以免看到自己陷入一个可耻的贫困之中，因而，懒惰和柔弱是与艺术不相容的。

巴黎也许是世界上最耽于享乐的城市，人们在这里最讲究快乐；可是这也许是一个人们在这里过着最艰苦生活的城市。为了一个人美妙地生活，一百个其他的人就必须不懈地劳动。一个妇人突然想到她必须以某种装饰出现在一个聚会上；从这一刻起，五十个工匠就必须不再睡觉也不再有喝水和吃饭的时间：她命令，她被人们服从着，其速度远胜于对我们国王的服从，因为利益就是大地上最大的国王。

这种对于劳动的热情，这种使自己富有的激情，从一个阶层传到另一个阶层，由工匠至贵族。任何人都不愿意比他刚刚看到的仅仅低于自己的那个人贫穷。你们在巴黎看到，一个人有着足够自己生活到审判日的东西了，还不停地工作并且冒着缩短他生命的危险——他说是为了聚集生活所需的东西。

同样的精神感染了民族：人们在这里只看到工作和工业。哪里会有你那样谈论的女人化的人民呢？

莱迪，我设想在一个王国里，人们只容许土地耕作所绝对必需的那些艺术，它们确实是数量巨大的，而驱逐那些只为享乐和胡思乱想服务的艺术；我保证：这个国家将是这个世界所曾有的最不幸的国家之一。

当居民们有着足够的勇气，免除这样多属于他们需要的东西时，民族就会一天天地衰弱，国家将变得极为弱小，以致没有什么势力能够小到不能征服它。

我很乐意进行一番详尽的长篇论述以使你看到，那样一来，个人的收入将会几乎完全停止，并且君主的收入也将因此而几乎完全停止。在公民之间将几乎不再有财产的关系；人们将看到这种财富的流通和这种来自各种艺术的相互依赖的收入的发展结束了：每个人将只靠他的土地生活，并且只从那里获取仅仅足够他不会饿死的东西。然而，由于有时候这还不是一个国家的收入的二十分之一，因此居民的数量必须以相应的比例减少，因而将只剩下二十分之一。

请好好地注意工业的收入达到何种程度。一笔资金每年只为其主人生产其自身价值的二十分之一；可是，用一比斯多尔的颜料，一个画家能够画出一幅将为他挣来五十比斯多尔的画。人们也能同样地类比金银器商人，羊毛、丝绸制作工人，和所有手工艺者。

从所有这一切中，莱迪，人们必须得出结论，一个君主要想是强大的，他的臣民就必须生活在享受之中；他必须以与对生活必需品同样的关心，努力为他们谋求各种奢侈品。

一七一七年，夏尔瓦尔月的第十四日，自巴黎。

第一百七信

黎加致伊本

寄往士麦那

我看到了年轻的国王。他的生命对于他的臣民是非常珍贵的。而由于他的死亡所可能造成的巨大动乱，他的生命对于整个欧洲也是同样珍贵的。可是国王就像众神一样，当他们活着时，人们必须认为他们是不死的。他的面容是尊贵的，但也是可爱的；一种美好的教育似乎与一种幸福的天性相合作，已经预示着一位伟大的君主。

人们说，在西方的君主们经历了他们的情妇与他们的告解神父这两大考验之前，人们永远也不能认识他们的性格。人们很快就将看到这两者都在努力抓住他的精神，并且为此将要发生一些大的战斗：因为，在一个年轻的君主之下，这两种力量总是敌对的；然而它们在一个年老的君主之下和解并联合在一起。在一个年轻的君主之下，苦行僧有着一个非常难以维持的角色：国王的强大造成了他的弱小；而情妇一方则既战胜了他的弱小亦战胜了国王的强大。

当我刚到法国时，我发现那位已故的国王完全被女人们统治着。可是，在他所处的年纪，我认为这是大地上最不需要女人的国王。一天我听到一个女人说："人们必须为这个年轻的上校做些事，我了解他的才干，我将向大臣说到他。"另一个女人说："这位年轻的教士被人遗忘，这是令人惊讶的；他应当是主教：他有着良好的出身，我能为他的品德作保证。"可是你不应当想象说这些话的女人都是这位君主的宠幸；她们也许在自己的一生中也没有对他说过两次话，而这在欧洲的君主中是非常容易做的事了。然而没有任何一个在宫廷中、在巴黎或是在外省有着某个职务的人，没有一个女人，君主所有的恩惠以及他有时能够做出的不正义通过她的手而传递。这些女人相互之间建立起所有的关系，形成一个共和国，这个共和国的总是活跃的成员互相帮助互相服务：这就像是国家中的一个新的国家；一个人在宫廷中、在巴黎、在外省，看到大臣们、行政官员们、省长们忙碌着，如果他不认识那些统治着他们的女人，他就像是一个看清楚机器在运转，却根本认识不到其动力的人。

伊本，你认为一个女人想要做一个大臣的情妇是为了与他睡觉？什么想法！这是为了每天早晨递给他五六份请求书，而她们的天性的善良就表现在她们为无数不幸的人做好事的殷勤之中，这些不幸的人为她们提供十万利弗尔的定期收入。

在波斯，人们抱怨工国被两三个女人所统治。在法国情况更坏，在这里女人们普遍地统治着，不仅仅是整体地取得，甚至还零星地相互分配所有的权力。

一七一七年，夏尔瓦尔月的最后一日，自巴黎。

第一百八信

于斯贝克致***

有一种书，我们在波斯根本不认识，而我觉得在这里甚为流行：这就是报纸。在阅读它们时，懒惰感到了满足：人们为能够在一刻钟内读遍三十卷而感到欣喜。

在绝大多数的书中，作者并没有做读者们所责骂的那些通常的奉承：他使它们半死地进入一种沉在言语海洋中的内容之中。这一位想要以一部十二开本书使自己不朽；那一位想要以一本四开本书；有着更加美好的倾向的另一位，则以对开本为目的。因而他必须将他的问题按比例扩展；这件事他做起来毫无任何怜悯，全然不顾可怜的读者的痛苦，读者为了简化作者用了那样多力气扩充的东西，劳累不堪。

***，我不知道制造这样的作品有什么益处；如果我想要使我的健康和一个书商毁灭，我才会做同样的事。

报纸出版者们的最大的错误，就是他们总谈论一些新书；仿佛真理从来都是新的。我觉得，一个人在读完所有古代书籍之前，没有任何理由将新的书籍置于它们之上。

可是，当他们为自己定下只谈论一些新出炉的作品这一法律的时候，他们自己定下另一条，这就是要令人厌烦。不管出于什么理由，他们都不想批评他们从中做摘录的那些书籍；确实，什么样的人会大胆到每个月都为自己制造十到十二个敌人呢？

绝大多数的报纸作者都像诗人，后者能够忍受一阵棍棒的乱击而不抱怨；他们虽然不珍惜自己的肩膀，却对自己的作品极为珍惜，不能容忍极小的批评。因而就必须避免在一个如此敏感的地方攻击他们，报纸的出版者们很清楚这点。他们做的却正相反。他们先是赞扬被讨论的内容：这是第一个令人乏味的话。由此，他们转到对作者的赞扬；这是勉强的赞扬：因为他们所与打交道的人仍然处于良好状态，随时准备为自己辩解并且以羽毛笔的攻击打倒一个狂妄大胆的报纸出版者。

一七一八年，齐尔卡代月的第五日，自巴黎。

第一百九信

黎加致***

巴黎大学是法国国王们的长女，并且是年龄非常大的长女：因为她有九百多岁，因而有时她有梦想。

人们告诉我说，一些时候之前，她为了字母Q而与一些博士进行了一场大论战，她希望人们将这个字母发音像K一样[①]。辩论如此激烈，以致一些人被剥夺了财产。必须由最高法院来结束争执，于是它通过一项严肃的判决，许可法国国王的所有的臣民按其自己的意思念这个字母。看到欧洲最受尊敬的两个机构忙于决定字母表中一个字母的命运，真是令人高兴。

亲爱的***，当似乎最伟大的人们的头脑聚集在一起时，就变得狭窄了，因而，何处的智者越多，何处的智慧也就越少。那些伟大的机构总是如此强烈地专注于细节琐事，专注于徒劳的用

① 原注：指拉穆斯引起的争论。

处，以致要紧的事务总是最后才进行。我曾经听说阿拉贡的一个国王[①]将阿拉贡与加泰罗尼亚两个国家合并在一起后，最初的那些会议被用于决定讨论将以何种语言来表述；争论是激烈的，如果人们不想出一个权宜的办法，两个国家必将成千次地破裂——这办法就是，问题用加泰罗尼亚语提出，而回答使用阿拉贡语。

一七一八年，齐拉热月的第二十五日，自巴黎。

第一百十信

黎加致***

一个漂亮女人的角色比人们所想的要严肃得多：没有任何事比早晨在她的化妆室里，在她的仆役们中发生的事更严肃了。一个军队的将领为放置他的右翼或是他的预备队，所使用的注意力也不会比她用来布置一颗假痣的注意力更多，这假痣会丢失，但她希望或是预见到其后果。

要有怎样的精神的烦恼、怎样的注意力，才能在她被交给两个情敌中的这一方和另一方时不断地调和两个竞争者的利益，才能对两个人都表现出中立，并且使自己在她给予他们的所有的抱怨理由上成为调停者！

要有怎样的操心，才能使快乐的聚会成功和再生，并且预防所有那些会打断它们的意外事件！

因而，最大的辛苦不在于使自己开心而是表现得开心：您尽

---

① 原注：事情发生在一六一零年。

情地烦她们，她们会原谅您，只要人们能够相信她们感到快乐就行。

数天前，我去赴一些妇女在乡村举行的晚餐。在路上，她们不断地说："至少，我们应该很好地娱乐。"

我们相互觉得非常不协调，因而也就相当地严肃。"应该承认，"这些妇女中的一个说，"我们非常开心：今天在巴黎没有一个聚会像我们的聚会一样快乐。"由于烦恼感染了我，一个妇女推推我对我说："是吗，难道我们不是心情很好吗？""是的，"我打着哈欠回答她道，"我相信我几乎要笑死了。"然而悲哀总是战胜思考，至于我，我感到自己被从一个又一个的哈欠引入一阵麻木的昏睡之中，这结束了我的所有快乐。

一七一八年，马哈拉姆月的第十一日，自巴黎。

第一百十一信

于斯贝克致***

已故的国王的统治时间如此之长，以致其结束已经使人忘记了其开端。今天盛行的是只关心他幼年时发生的那些事件，人们除了那段时间的回忆之外什么也不读。

这里是巴黎城的一位将军在一个战争委员会上作的讲话，我承认我并不明白其中多少东西：

先生们，虽然我们的军队遭受失败被打退了，我相信我们将很容易地弥补这一失利。我有六首随时可以发表的歌曲，我相信，它们将使一切事情恢复平衡。我选了一些非常纯洁的声音，它们从一些很有力的胸腔发出来，将会不可思议地使人民激动。它们是用一种乐曲谱成的，这种乐曲直到现在，已经产生了完全特别的影响。

如果这还不够，我们将出版一幅铜版画，它将使人看到被吊着的马扎兰①。

靠着我们的幸运，他说不好法语，他那样糟糕地讲着法语，以致他的事务不可能不偏离正轨。我们不错过让人民注意到他发的可笑的语音。一些天前，我们突出了一个非常粗俗的语法错误，以致人们在所有的十字路口以此为笑料。

我希望在不到八天的时间里，人民就会将马扎兰的名字作为一个表达所有役畜和那些用于拉车的牲畜的统称。

自我们失利之后，我们的音乐使他在原罪问题上如此愤怒，为了不看到他的拥护者减少一半，他不得不遣走了他的所有仆役。

重新振作起来，重新鼓起勇气，要坚信我们会使他在嘘声中重新越过山去②。

一七一八年，夏邦月的第十四日，自巴黎。

---

① 儒勒·马扎兰（1602—1661），本为意大利人，姓马扎里尼（Mazarini），继黎世留之后为法国国王路易十三的首相，一六三九年入法国籍，在路易十四时代继续执政。执政期间建树甚多，但生性贪婪，招致众多批评。

② 此处的山指的是将法国和意大利分隔开的阿尔卑斯山。

第一百十二信

莱迪致于斯贝克

寄往巴黎

在我居住在欧洲的时间里，我阅读古代和当今历史学家的著作：我比较所有的时代；我高兴地看着这些时代在我面前经过，可以这样说，并且我尤其将我的思想停在那些使岁月如此不同于岁月，使大地如此不像它自己的重大变化上。

你也许没有注意到一件每天都引起我惊讶的事。世界比起它过去曾有的样子，人民怎么会如此之少？自然怎么会丧失了最初那些时代的那种极大的生殖力？它是不是已经处在老年，并且将因衰弱而倒下？

我在意大利停留了一年多，在那里我只看见曾经如此著名的古代意大利的遗迹。虽然所有的人都居住在城市里，它们却彻底荒废并且人迹稀少：似乎它们只是为了标识出历史讲过那样多的这些强大的城邦的地点才仍然存在着。

有一些人认为，仅仅罗马一个城市过去容纳的人民就比欧洲的一个大的王国今天拥有的人民还多。曾有过这样的一个罗马公民，他有着一万甚至两万名奴隶，还不计那些在乡村的房舍里劳动的奴隶；而由于人们统计有四五十万个公民，因而人们不能够确定其居民的人数而不引起想象力的反抗。

过去在西西里有一些强大的王国和一些人数众多的民族，它们后来都消失了：这座岛现在除了它的火山之外再无任何值得重视的东西。

希腊现在如此荒凉，以致人口都不及它的古代居民的百分之一。

过去如此辉煌的西班牙，今天只让人看到一些无人居住的乡村；而法国与凯撒说到的古代高卢相比什么也不是。

北方国家已变得非常空旷，人民在那里远不能像过去那样不得不分家，并像蜂窝分群一样，派出一些移民群和一些整个的民族以寻找新的居住地。

波兰和土耳其的欧洲部分几乎没有了人民。

在美洲，过去在那里建立了一些那样伟大的帝国的人，人们不可能找到他们的五十分之一。

亚洲的情况也并不更好。曾经容纳着那样多的强大王国和一大批大城市的小亚细亚，现在只有两三个城市了。至于大亚细亚，臣属于土耳其人的部分已经不再有人民居住；而在我们的国王们统治之下的那部分，如果人们将它与它曾经的繁荣情景相比较，人们将看到它只有克塞尔克塞斯和大流士①时代无数居民的非常小的一部分。

至于在这些大帝国周围的小国家，它们确实已经荒芜了：伊利梅特王国、切尔卡斯王国和居里埃尔王国就是如此。这些君主，虽然有着广阔的国家，但勉强数拥有五万个臣民。

埃及缺乏的人并不比别的国家少。

最终，我走遍大地，我在这里只发现一些破烂：我觉得是看着它刚刚走出瘟疫和饥荒的灾难。

非洲曾经一直不为人知，人们不能像谈论世界的其它部分一样准确地谈论它；可是，仅仅注意任何时代都为人们认识的地中海沿岸，人们看到，它也比在迦太基人和罗马人统治下极大地衰

① 古代波斯的两个极著名的国王。

退了。今天，它的君主是如此的弱小，成了世界上最小的力量。

经过一番在这类事物中所能有的尽量准确的计算，我发现在大地上勉强只有古代生活在这里的人的十分之一。令人惊讶的是，它每天都在减少人口，如果这种情况继续下去，在十个世纪后它将只是一片沙漠。

我亲爱的于斯贝克，这就是世界上曾经发生的最为恐怖的灾难；可是人们很难觉察到它，因为它不知不觉地在许多世纪的进程中发生，这表示出一种内部的堕落，一种秘密而隐藏的毒素，一种毁坏人性的衰弱的疾病。

一七一八年，莱热卜月的第十日，自威尼斯。

第一百十三信

于斯贝克致莱迪

寄往威尼斯

我亲爱的莱迪，世界根本不是不可变质的；天本身也不是如此：天文学家们是它们的变化的亲眼见证人，这些变化是物质普遍运动的非常自然的结果。

地球与其它行星一样服从运动的规律；它在自己的内部忍受着它的诸成分的永恒的战斗：海洋与大陆似乎是处在一种永久的战争中；每一个时刻都产生一些新的变动。

在一个这样服从于变化的居住之所中，人类也处在一种同样不确定的境地：十万个原因能够起作用、能够毁灭他们，更何况增大或减少他们的数量。

我不想对你说那些在历史学家们的著作中那样常见的，毁灭了整个城市和王国的特殊的灾难；有一些普遍的灾难，它们有许多次使人类濒临灭亡。

历史中满是这些一遍又一遍地折磨全世界的大瘟疫。在众多的瘟疫之中，它们说过一个——这一个是如此地强烈，它一直烧灼到植物的根部，并使自己为整个人类已知的世界所感知，一直危害到契丹帝国[①]；而更甚一度的腐败也许将在一天之中，毁灭整个人类。

不到两个世纪之前，所有疾病中最可耻的疾病在欧洲、在亚洲及在非洲被感觉到；它在非常短的时间里造成非常惊人的影响；如果它以同样的疯狂继续其发展的话，人类就彻底完了。由于从出生时起就为他们的疾病所苦，不能承担社会责任的重压，他们将会悲惨地死去。

如果毒素更加兴奋一点，事情将会怎样？如果人们没有幸运地找到一种与人们发现的治疗方法同样有力的治疗方法，毒素无疑会变得如此。也许这种疾病，在侵害生育部位的同时亦侵害了生育本身。

可是为什么要说到人类可能会遇到的毁灭呢？它不是已经发生了吗，事实上，大洪水不就已经使人类只剩下一个家庭了吗？

有一些哲学家分辨有两种创造：物的创造和人的创造。他们不能理解，物质与被创造的事物只有六千年；上帝在整个永恒的时间里推迟他的工作，只在昨天才使用他的创造的能力。这是不是因为他此前不能，或者是因为他此前不愿意。可是，如果他在一个时候不能，他在另一个时候也不能，那么这就是因为他不愿

---

① L'empire de Catay，即指中华帝国，马可·波罗称他所见的中华帝国为 Cathay（这是当时阿拉伯人对中国的称呼，源自契丹 Khitan 一词），利玛窦札记中有专门的篇章谈论中国的各种名称，证明西方人所说的 Cathay 实即中华帝国。

意。可是，由于在上帝身上根本没有替代性，如果人们同意他一次愿意做某件事，他就是一直愿意并且从开始时起即愿意做它。

然而所有的历史学家都向我们说到一个最早的父。他们使我们看到正在出生的人类。这样设想难道不是自然的吗，亚当是被从一场普遍的不幸中救出来的，正如诺亚是被从大洪水中救出的一样，在世界被造出之后，这些巨大的事件在大地上是频繁发生的。

可是所有的毁灭都不是猛烈的：我们看到大地上的许多部分厌倦了为人类的生存提供必需品。我们又如何知道是不是整个大地都没有一些普遍的、缓慢的和不可觉察到的厌倦呢？

在更加详尽地回答你有关十七八个世纪以来发生的人民的减少的信件之前，我很高兴给你这些泛泛的想法。在下一封信中，我将使你看到，除了物理的原因之外，还有一些道德的原因造成这种效果。

一七一八年，夏邦月的第八日，自巴黎。

第一百十四信

于斯贝克致同一人

你找寻大地为什么比它过去养育更少的人民的原因，而如果你对此多加注意，你将看到，巨大的区别来自那发生在各种风俗中的区别。

自从基督教和伊斯兰教分配了罗马世界之后，事物已经有了很大变化：这两种宗教远不像这些世界的主人[1]的宗教那样利于人类的繁殖。

在基督教中，多妻制是被禁止的；于是在这一点上，它就有了一种对于伊斯兰教的非常大的优势。离婚在那里是被许可的；这一点给予它另一个并非不巨大的对于伊斯兰教的优势。

我发现没有什么像被神圣的《古兰经》所许可的妻子的众多，和在同一本书中所给予的满足她们的命令一样矛盾。“看看你们的妻子，”先知说，“因为你们对于她们就像她们的衣服一样不可缺少，而她们对于你们也就像你们的衣服一样不可缺少。”这是一条使一个真正的穆斯林的生活变得很辛苦的教规。一个有着为法律所规定的四个妻子，并且只有着同样多的妾或奴隶的人，不是肯定被这样多的衣服压得难以忍受吗？

“你们的妻子是你们的耕作，”先知又说，“走近你们的耕作，为你们的灵魂制造财富，并且你们有朝一日会发现这财富。”

我觉得一个好的穆斯林就像一个命中注定要不懈战斗的田径运动员一样，他因为最初的劳累而很快衰弱和不堪忍受，又在战场上甚至因胜利而虚弱憔悴，并且发现自己可以说是被自己的胜利所埋葬。

自然总是缓慢地并且可以说是节俭地行事：它的活动从来就不是剧烈的；一直到它的生产之中，它仍希望节制；它从来只是有规律有分寸地进行着；如果人们催促它，它很快就坠入疲惫萎靡之中；当它彻底丧失了它的创造力和它的繁殖能力时，它使用剩下的全部力量来保存自己。

这一大群的妻子就总是将我们置于这种衰弱的状态之中，她们更适于耗竭我们而不是满足我们。在我们中，看到一个男人和

① 指罗马人，罗马人常说的“整个世界”实即罗马帝国。

很小的一群孩子处在人数众多的后宫之中，这是很正常的。在绝大多数时候，这些孩子同样是虚弱和不健康的，并且使人感觉到他们的父亲的虚弱。

这还不是全部：这些被迫处在一种强制的禁欲中的妇女需要有一些人看守她们，这些人只能是一些阉奴：宗教、嫉妒和理智本身都不许可别的人接近她们。这些看守者必须人数众多，既是为了在这些妇女相互不停地进行的战争中维持内部的宁静，亦是为了阻止外部的引诱。就这样一个有着十个妻妾的男人，有同样多的阉奴用以看守她们并不为多。可是这一大群自其出生时就已死去的男人对于社会是个何等的损失！它必然导致怎样的人口减少！

为了与阉奴们一起侍候这一大群妻子而在后宫中的那些女奴隶，几乎总是以一种令人痛心的贞操在那里变老：当她们留在后宫中时，她们不能结婚，而她们的女主人一旦习惯了她们，便几乎永远也不放开她们。

这就是一个男人如何使男女两个性别那样多的人专心于他的快乐，使他们对于国家而言是死亡的，使他们变得无益于人类的繁衍。

君士坦丁堡和伊斯法罕是世界两个最伟大的帝国的首都：所有的一切都通向那里，众多的人民被成千种方式吸引着从所有地方来到那里。然而它们自己在灭亡，如果君主们不几乎每个世纪都使一些整个的民族来为它们充实人口，它们将很快被毁灭。我将在另一封信中详尽地谈这一问题。

一七一八年，夏邦月的第十三日，自巴黎。

第一百十五信

于斯贝克致同一人

罗马人拥有的奴隶并不比我们少；他们甚至有更多的；可是他们对之做了更好的使用。

他们非但没有以一些强制的方法阻止这些奴隶的繁殖，反而尽他们的能力促成这种繁殖：他们以各种婚姻尽可能地使他们结合在一起。靠着这一方法，他们使他们的家充满不同性别、各种年龄的仆役，使国家充满一批不可计数的人民。

这些久而久之成为主人财富的孩子，在他身边不计其数地出生着；他一人承担着他们的养育和教育；而父亲们不为这一重负所约束，只遵循自然的倾向增加着人口，而不怕会有一个人数太多的家庭。

我对你说过，在我们国家，所有的奴隶都忙于看守我们的妻子们而不做任何更多的事：他们对于国家而言，是处在一种永久的麻木之中；因而就必须将艺术的钻研和土地的耕作限制在一些自由人、一些家长身上，而他们也是尽可能少地专心于此。

罗马人就不是如此：共和国以一种无限的利益使用着这一批奴隶人民。他们每个人都有自己的赎身积蓄，他按其主人对他规定的条件而拥有它；靠着这笔积蓄，他劳动着并且转向他的技艺使他倾向的方面。这一个人开银行；那一个人投身于海上商业；一个人零售货物；另一个人致力于某种机械艺术或者甚至租借土地并使土地更加有价值。但是没有一个人不尽自己所能专心于利用这笔积蓄——它在同时给予他们在现时的奴役中的轻松，和一个对将来的自由的希望。这一切造就了一个勤劳的民族，鼓励了艺术和工艺。

这些奴隶靠着他们的操心和劳动而变得富有后，让人解放自己而成为公民。共和国不断地弥补着自己，并随着那些古老家庭的毁灭而在它的胸怀里接受一些新的家庭。

在我以后的信中，我也许有机会向你证明，在一个国家中人越多，商业也越繁荣；我还将同样容易地证明，商业在那里越繁荣，人数也就在那里越增大：这两个东西必然地相互帮助和相互促进。

如果是这样，这一大群总是勤劳的奴隶必将会增加和增大多少！技艺和财富的丰足使他们出生，而他们在自己一方面又使财富和技艺诞生。

一七一八年，夏邦月的第十六日，自巴黎。

第一百十六信

于斯贝克致同一人

至此，我们已经谈过了那些伊斯兰教的国家，并且探讨了它们比过去那些在罗马人统治下的国家人口稀少的原因。现在我们来审查在基督教国家中造成这一影响的原因。

在异教中，离婚是被许可的，但基督徒被禁止离婚。这一变化，一开始表现得只有很小的影响，不知不觉地就有一些可怕的后果，竟至令人们很难相信。

人们不仅剥夺了婚姻的所有甜美之处，人们还伤害它的结局：一边想要使它的关系紧密，一边却在使之松弛，人们不是如自己企图的那样联合两颗心，而是使它们永远地分离。

在一件如此自由，并且心灵应当参与很多的行为中，人们放上了拘束、必须和命运本身的不幸。人们丝毫不顾及反感、任性和性情的不和谐；人们想要固定住心——自然中这个最多变最不稳定的东西；人们永远地并且毫无希望地将一些相互为对方所苦的并且几乎总是不相调和的人绑在一起，就像那些将活人与死尸绑在一起的暴君那样行事。

没有任何事物比离婚的便利更加有利于相互的爱慕：一个丈夫和一个妻子倾向于耐心地忍受家庭的痛苦，因为知道他们有结束它们的自由，他们常常是将这一权力一生都保持在手中而不加以使用，只是出于这唯一的考虑，即他们能自由地这样做。

对于基督徒事情就不是这样，他们现时的痛苦使他们对于将来绝望：他们在婚姻的诸多不愉快中只看到它们的持续，并且可以说是它们的永恒。由此而产生那些厌恶、不和、轻视，而这对于子孙后代来说就是同样多的损失。人们刚刚有了三年的婚姻，便忽视了婚姻的本质[①]；人们在一起度过冰冷的三十年；形成了一些与公开的分裂同样强烈并且也许更加有害的内部的分裂；每一方都生活并停留在他自己的一边，所有这一切都有损于将来的种族。一个对永久的妻子感到厌恶的男人很快就会献身于妓女：这种可耻的并与社会如此对立的勾当，丝毫不能达到婚姻的目的，至多只是表现出其快乐而已。

如果在两个如此连接在一起的人中，有一个人或是由于其性情，或是由于其年龄而不适于自然的意图和人类的繁衍，他便将另一个人也与他一起埋葬，并使之也与他自己一样变得无用。

因此，如果人们看到，在基督徒的国家中那样多的婚姻只提

---

① 即繁育后代。

供了那样一小群公民，就不应当惊讶。离婚被取消了；不相配的婚姻永远也不能被改正；妇人们不再像在罗马人的时代那样，连续不断地经过许多丈夫之手——他们在此过程中，获得尽可能的益处。

在拉凯戴蒙，公民们不断地为一些特殊而卓越的法律所约束，在那里，只有一个家庭，也就是共和国。如果在一个像拉凯戴蒙的共和国中，法律规定丈夫们每年都要更换妻子，我敢说：必将生出一批不可计数的人民。

要想让人很好地理解基督徒们取消离婚的原因，也是同样的困难。在世界上所有的国家之中，婚姻是一种能接受所有条款的协议，人们只应当从中删除那些有可能削弱主题的条款。可是基督徒们并不根据这一观点看待它；而且他们也很难说出这是为什么。他们不是使它由感官的快乐构成，相反，正如我已经对你说的，他们似乎想要尽他们所能地将快乐从中清除掉；然而这是我根本不理解的一种幻象、一个象征，和某种神秘的东西。

一七一八年，夏邦月的第十九日，自巴黎。

第一百十七信

于斯贝克致同一人

禁止离婚并不是基督教国家人口减少的唯一原因。他们拥有的大批的阉人，也是一个不可低估的原因。

我说的是男女两种性别的教士和苦行僧，他们献身于一种永久的禁欲：这在基督徒中是一种杰出的美德；在这一点上我不能理解他们，因为我不知道一种不会有任何结果的美德是什么东西。

我发现他们的博士们在说婚姻是神圣的，而与之相对立的独身则是更加神圣的时，明显地自相矛盾：且不说就基本的教义和信条而言，好的总是比其它的要更加好。

发誓独身的这群人数量非常巨大。过去，父亲们当孩子还在摇篮中时就判定他们如此，今天，他们自十四岁起即自行献身于此：这差不多还是同一回事。

这种要求禁欲的职业比瘟疫和最血腥的战争消灭的人还要多。人们在每个修道院中都看到一个永久的家庭，那里不出生任何人，而它又要靠着别人而维持着。这些修道院像同样多的深渊一样总是大张着口——未来的人种在那里被埋葬。

这种制度与罗马人的制度非常不一样，罗马人制定了一些刑法以惩罚那些逃避婚姻的法律而企图享受一种与公共的利益如此对立的幸福的人。

我在这里对你谈到的只是天主教国家。在新教中，所有的人都有生养子女的权力：它不能容忍教士和苦行僧；如果，在这种将所有的一切都引回初始时代的宗教的建立之时，创立者们没有被不断地指责为纵欲放肆，不应当怀疑，在使婚姻的实践变得普遍之后，他们还会使枷锁变轻并最终取消在这一点上将那位拿撒路人[①]与穆罕默德相分开的障碍。

可是不论如何，宗教给予清教徒一种对于天主教徒的无限优势，这是肯定的。

我敢说：在欧洲目前所处的情况下，天主教不可能在这里存在五百年。

在西班牙的势力衰落之前，天主教徒要比清教徒强大得多。

---

① 指耶稣基督。

后者一点一点地达到了一种平衡。清教徒们将一天天地更加富有和强大，而天主教徒们则更加弱小。

新教国家应当是，而且确实是比天主教国家人口众多。由此而来的是，首先，税收在那里更加巨大，因为它们随着交税的人数而增大；其次，土地在那里被更好地耕种；最后，商业在那里更加繁荣，因为有更多的要碰运气的人，并且由于有着更多的需求，人们也就有着更多的满足它们的办法。如果只有仅仅足够耕种田地的人数，商业就必须灭亡；而当只有那维持商业所必需的人数时，土地的耕作必须被忽略；也就是说，两者都必须在同时衰落，因为人们永远也不能专心于一项而不依赖另一项。

至于天主教国家，不仅土地的耕作在那里被放弃，而且技艺也是有害的：它只在于弄懂一种死的语言的五六个词。一旦一个人在自己面前有了这样一笔保证金，他就不应该为他的幸运苦恼：他在修道院中找到一种平静的生活，而如果在俗世上，这种平静生活会使他付出许多的汗水和辛苦。

这还不是全部：苦行僧们在自己的手中有着国家的几乎所有财富；这是一群吝啬的人，他们总是在获取而从来也不归还：他们为了获得资金而不断地聚集收入。那样多的财富可以说都落入瘫痪之中：不再有流通，不再有商业，不再有艺术，不再有工艺制作。

没有一位清教徒的国王征收其人民的赋税不是比教皇向其臣民征收的还要多；可是教皇的臣民是贫穷的，清教徒们则生活在富足之中。商业在前者中间使一切都充满活力，而修道制度在后者中给各处都带去死亡。

一七一八年，夏邦月的第二十六日，自巴黎。

第一百十八信

于斯贝克致同一人

关于亚洲和欧洲，我们没有什么可再说的了。我们去到非洲。人们几乎只能谈谈它的海岸，因为人们还不认识其内部。

确立了伊斯兰教的巴尔巴利亚诸海岸，由于我已对你说过的那些原因，再也不像在罗马人的时代那样人口众多。至于几内亚海岸，它们两百年来一定非常猛烈地减少人口，小国王们或村庄的首领们将他们的臣民卖给欧洲的君主们，以便将他们带到他们在美洲的殖民地。

奇怪的是，这个每年接受新居民的美洲，自身也在荒凉下去，并没有从非洲的持续损失中获得益处。这些被人们运到另一种气候中的奴隶，在那里成千地死去，人们不断地使这些国家的土著居民和外国人从事矿井的工作，自矿井中发出的有害气体、必须不断地使用的水银，都在无可挽回地毁灭他们。

没有什么比为了从地下深处获取金银而使一批不可胜数的人死亡这种做法更加荒唐了。这些金属就自身而言是没有任何价值的，它们成为财富只是因为人们选择了它们充当财富的标志。

一七一八年，夏邦月的最后一日，自巴黎。

第一百十九信

于斯贝克致同一人

一个民族的繁育力有时候取决于世界上的一些最小的情况。因而，要使之变得比过去更加人数众多，在它的想象中常常只需要一种新的趋势。

总是被消灭又总是复活的犹太人以这种在他们所有家庭中都拥有的唯一的希望弥补了他们连续不断的损失与毁灭，即希望看到降生一个强大的国王，他将是大地的主人。

波斯古代的诸国王只是由于马古斯宗教的这一教规才有了如此成千上万的臣民，即人们所能做的最为上帝喜爱的事，就是生一个孩子、种一块田地和植一棵树。

如果中国在它的胸怀中有着一群如此众多的人民，这也只是由于某种思想方式。因为，由于孩子们视他们的父亲如神明，他们从一出生即像尊重神明一样地尊重他们；而在他们死后，他们又通过一些祭仪来崇拜他们，在这些祭仪中，他们认为他们超脱在“天上”的灵魂重新得到一种新的生命：每个人都倾向于增大一个在此生是如此服从并且在来生是如此必要的家庭。

在另一方面，穆斯林的国家由于一种观念而一天天地荒凉下去，这种观念虽然很神圣，但当它在心灵中扎下根后，却难免有着一些非常有害的影响。我们将自己看成一些只应想到另一个祖国[①] 的过客：有益的和艰苦的劳动、为保障我们的孩子的幸运所必

① 即天堂或天国。

要的操心、超出一个短暂的生命的计划，在我们看来都是某种荒诞的东西。我们对于现在平静，对于未来毫无不安，我们既不费心去修复公共建筑也不费心去开垦未耕的土地，亦不耕种那些能够接受我们的照顾的土地：我们在一种普遍的冷漠中生活着，我们将一切都让给天意去做。

是一种虚荣的思想在欧洲人中建立了长子的不公正的权利，由于它将一个父亲的关心放在了他的孩子中的一个身上，并将他的眼睛从其他所有孩子身上转移过来，由于它使得他，为了稳定单独一个孩子的幸运而反对别孩子的建立幸运，最后，由于它毁坏了公民之间的平等，即制造整体的富有，所以它对于繁殖后代是很不利的。

一七一八年，拉马桑月的第四日，自巴黎。

第一百二十信

于斯贝克致同一人

为野蛮人所居住的国家，由于他们几乎都对工作和土地的耕种有反感，通常都是人口不多。这种不幸的反感是如此强烈，以致当他们对他们的某个敌人进行诅咒时，他们只希望他被迫去耕种一块土地，因为他们认为只有狩猎和捕鱼才是一种与自己相称的高贵的运动。

可是，由于经常有些年份，狩猎和捕鱼产出的东西很少，他们便时常为饥饿所苦；何况没有任何国家在猎物和鱼方面丰饶到能够给予一个人口数量巨大的民族以生活必需品，因为动物总是避开居住太多人们的地方。

另外，野蛮人的那些有着二三百居民的小村镇，相互分离，它们的利益就像两个帝国的利益一样相差别；它们不能维持自己，因为它们没有大国家的那种生存办法，大国家所有的部分都互相呼应和互相支援。

在野蛮人中还有另一种与前一种习惯一样有害的习惯；这就是妇女使人为自己堕胎的残酷习惯，以免她们的怀孕使她们在她们丈夫的眼中变得难看。

在这里有一些可怕的法律以反对这种混乱；它们甚至达到了疯狂的程度。所有未向行政官员宣布自己怀孕的女孩，如果其胎儿死亡，都应被处死：羞涩和耻辱，甚至意外事故都不能使她开脱。

一七一八年，拉马桑月的第九日，自巴黎。

第一百二十一信

于斯贝克致同一人

移民通常的结果是削弱了人们从那里移出的国家，却并没有使人们将移民派去的国家人口增多。

人类应当留在他们原本所在的地方：有许多疾病来自于人们以一种好的空气与一种坏的空气相交换；另一些疾病恰恰来自于人们在其中所做的改变。

空气就像植物一样，装载着每个国家的土地的微粒。它对我们起着作用，以致我们的性情因此而被固定。当我们被移居到另一个国家中，我们就生病。习惯于某种浓度的液体、习惯于某种安排的固体，二者都习惯于某种运动的程度，便再也不能忍受其它的运动程度，它们因而对抗一种新的习惯。

当一个国家荒芜了，这是在土地或气候的本质中的某种特殊罪恶的危害。因而，当我们剥夺了人们所拥有的一个幸福的天空而将他们派到这样一个国家中，我们恰恰是做了与自己所想的相反的事。

罗马人由经验而知道这个：他们将所有的罪犯流放到撒丁岛，他们使犹太人去到那里。应当为他们的损失而感到安慰：他们对于这些不幸的人的蔑视使这件事变得非常容易。

伟大的夏－阿巴斯，为了使土耳其人无法在边境上维持巨大的军队，将几乎所有的亚美尼亚人都迁离了他们的国家，并将他们中的两万余户派到了基朗省，他们在很短的时间里几乎全部灭亡。

在君士坦丁堡作的所有移民都从来没有成功过。

我们曾说过的这一大批黑人根本就没有充实美洲。

自犹太人在哈德良[①] 的统治下被摧毁以来，巴勒斯坦就不再有居民。

因此应当承认，巨大的毁灭几乎是不可修复的，因为一个人口缺乏到一定程度的民族会停留在同样的状态；如果它由于机遇而重建，就必须要有几个世纪才行。

在这种虚弱的处境之中，如果我对你说过的那些情况中的最小者也来会合，则这个民族不仅不能恢复自己，还将一天天地衰弱下去并走向彻底毁灭。

---

① 拉丁名普布里乌斯·埃里乌斯·阿德里阿努斯（Publius Aelius Hadrianus, 76—138），为图拉真（Trajan，拉丁名马尔库斯·乌尔比乌斯·特拉雅努斯，Marcus Ulpius Traianus）的养子及继承人，在任时间为一一七年至一三八年。

摩尔人从西班牙的被驱逐直到现在还像第一天那样使人感觉到：这一空缺非但没有被补充，还在一天天地变得更大。

在美洲荒废之后，取代了其原有居民的西班牙人没有能够使之重新增加人口；恰恰相反，由于一种我更应当称为上天的公正的命运，那些毁灭者在毁灭他们自己并且一天天地消耗着自己。

因此君主们根本不应该想要以移民来增加一些大国的人口。我不是说移民不会在有时候是成功的：有一些很幸福的天气，人类在那里总能使自己增多：这些岛[①]就是证明，一些船只将一些病人弃置在那里，而他们在那里很快恢复了健康。

可是，当这些移民成功时，他们不但不使力量增大，他们只会分散力量，除非他们像人们为商业而派去占领某个地方的移民一样只有着非常小的土地范围。

迦太基人曾经和西班牙人一样发现了美洲，或者至少是一些巨大的海岛，他们在那里进行着一种极大的商业活动；可是，当他们看到他们的居民人数减少了，这个明智的共和国就禁止它的居民从事这种商业和这种航行。

我敢说：不是要使西班牙人去到西印度，而是要使印地安人和混血种人回到西班牙；应当将这个王国所有的失散的人民都还给它；如果这些巨大的移民群中只要有一半保存下来，西班牙就会成为整个欧洲的最为可怕的势力。

人们可以将那些帝国与一棵树相比，伸展太远的分枝夺去了主干的所有汁液，并且除了造成树荫之外，什么作用也没有。

没有什么比葡萄牙人和西班牙人的例子更适合于纠正君主们进行遥远征服的狂热了。

以一种不可理解的迅速征服了许多广大的国家之后，这两个

---

① 原注：作者可能说的是波旁岛（即现在的留尼旺岛）。

国家对于自己的胜利比被征服者对于自己的失败还要感到惊讶，想着保存它们的办法。他们每一方为此都采取了一种完全不同的方法。

西班牙人由于对使被征服民族保持忠诚感到绝望，决定将他们全部消灭并从西班牙派一些忠诚的人民来。从来也没有什么恐怖的意图被更加准确地执行了。人们看到一个与欧洲所有人民一样众多的人民在这些野蛮人到来时从大地上消失，这些野蛮人在发现西印度时似乎只是想要昭示人们，最极端的残酷是怎样的。

通过这一野蛮，他们将这一国家保存在他们的统治下。请由此而判断那些征服是多么悲惨，既然其结果就是这样：最终这种可怕的补救方法如果不是独特的，他们又怎样能够使成百万的人保持服从？如何维持一场那样遥远的内战？如果他们使这些人民有时间从自己在这些新的神到来时所处的崇敬中和对于他们的火药的害怕中醒悟过来，他们会变得如何？

至于葡萄牙人，他们采取了一种完全对立的方法：他们不使用残酷。因而他们很快便被从他们发现的那些国家驱赶走。荷兰支持这些人民的叛乱并从中得到好处。

哪一位君主羡慕这些征服者的命运？谁想要以这样的条件得到这样的征服？一些人被很快赶走了；另一些人使征服地变成一些沙漠并且使他们自己的国家也成为沙漠。

这是那些英雄的命运——或是在征服他们随即丢失的那些国家时毁灭自己，或者使一些民族臣服，而他们又必须亲自毁灭这些民族：就像一个疯子一样，他疲于买一些雕像，他将它们扔到海内；买一些玻璃，并很快就打碎它们。

一七一八年，拉马桑月的第十八日，自巴黎。

第一百二十二信

于斯贝克致同一人

统治的温和奇妙地帮助着人类的繁殖。所有的共和国都是一个确切的证明。而且，所有国家中人口最多者——瑞士与荷兰，如果人们考虑土地的自然条件，它们是欧洲最坏的两个国家，而它们又是人口最多的国家。

没有什么比自由和总是紧随着它的富有更能吸引外国人了：前者靠着自己而使人们寻求它，而我们被自己的需要引导到人们发现了后者的那些国家里。

在一个可以富足地供给儿童，而不丝毫减少父亲们的生存物品的国家里，人类增多。

通常在幸运中造成平等的公民平等本身，使得丰足和生命进到政体的所有部分，并使之到处扩散。

服从于专制政权的国家就不是这样：君主、廷臣和一些个人拥有着几乎所有的财产，而同时别的人在一种极端的贫穷之中呻吟。

如果一个人生活不愉快，如果他觉得他会生出一些比他更加贫穷的孩子，他就不会结婚；或者，如果他结婚，他会害怕有太多的孩子，他们最终会扰乱他的幸运，并降到他们的父亲的生活条件之下。

我承认，乡下人或者农民一旦结婚，就会无所谓地生儿育女，不论他是富有还是贫穷；这种考虑不会触动他：因为他总有一种肯定能够留给孩子们的遗产，这就是他的锄头，任何事物都不能阻止他盲目地跟从自然的本能。

可是在一个国家中，这样一群在贫困中日益衰弱的孩子又有什么用？他们几乎全都随着出生而死亡；他们永远也不兴旺；由于虚弱，他们以成千种方式零星地死去，而同时他们又被贫穷与不良的营养总是造成的经常性的疫病大批地夺去生命；那些侥幸逃脱者到达了成人的年龄却没有成人的力量，并且在他们一生其余的所有时间里衰弱着。

人就像植物一样，植物如果不被良好地种植就永远不会幸福地生长；在不幸的民族中，人种在消失并且有时甚至在退化。

法国可以就所有这些提供一个巨大的例证。在刚过去的战争中，孩子们由于害怕被征入伍而不得不结婚，这事发生在一个太幼小的年龄和一种贫困之中。由这样多的婚姻生出了许多孩子，人们在法国仍在寻找他们，而贫穷、饥饿和疾病已使他们消失。

如果在一个像法国这样幸福的天空下和治理良好的王国里，人们都能提出这样的意见，那么在别的国家里将会怎样？

一七一八年，拉马桑月的第二十三日，自巴黎。

第一百二十三信

于斯贝克致三座圣墓的守护者毛拉梅黑梅-阿里

寄往戈姆

伊玛目们的斋戒和毛拉们的苦行衣对我们有什么用？安拉的手已经两度重压在教法的子孙们身上：太阳变得昏暗，似乎只再照亮着他们的失败；他们的军队聚集在一起，而他们竟像灰尘一样被驱散。

奥斯曼人的帝国为它曾经遭受的两次最大的失败所动摇：一个基督教的穆夫提只能勉强经受住它；德国的大首相是上帝所施的灾难，他被派来惩罚奥马尔[①]的信徒们；他将愤怒的上天对于他们的背叛和他们的无信义的怒火带到各处。

伊玛目们的神圣灵魂，你为可恶的奥马尔所迷误的先知的子孙们而日日夜夜地哭泣；你的内脏因看到他们的不幸而动荡；你愿意他们的转变而不是他们的毁灭；你希望看到他们由于众圣徒的眼泪而重新集合在阿里的旗帜下，而不是被不信教者的恐怖驱散在群山与沙漠之中。

一七一八年，夏尔瓦尔月的第一日，自巴黎。

第一百二十四信

于斯贝克致莱迪

寄往威尼斯

君主们倾注在他们的廷臣们身上的这些巨大的慷慨，其动机是什么？他们是不是想使他们倾向于自己？他们对于他们已经是尽可能地忠诚了，再说，如果他们通过收买来得到他们的某些臣民，那么可以肯定，通过同样的方式，他们便失去无数别的臣民，因为他们使之变得贫穷。

---

① 为伊斯兰教四大正统哈里发的第二位，波斯人信奉的伊斯兰教为什叶派，以阿里为穆罕默德的真正继承人，而否认前三位哈里发的合法性，所以此信称信奉逊尼派的土耳其人是被奥马尔迷误了的先知的子孙。

当我想到总是被一些贪婪而不知餍足的人包围的君主们的处境时，我就不能不怜悯他们，而当他们无力对付那些不要求任何东西的人的总是繁重的要求时，我更加地怜悯他们。

每当我听到人们说起他们的慷慨，他们的恩惠和他们给予的花费时，我总是陷入成千种的思考之中。许许多多的念头出现在我的心中，我觉得我听到公布了这样的法令：

“由于我们[①]的某些臣民向我们请求经费的不知疲倦的勇敢精神不懈地考验着我们的荣耀，我们最终向他们呈给我们的众多申请让步，这些申请直到目前构成了王权的最大的关心。他们向我们再现，自我们即位以来，他们丝毫也没有忽略过在我们起床时到场；我们总是在我们经过的路上看见他们像路标一样一动不动地立着；他们极力抬高自己以从那些最高的肩头上注视着我们的殿下。我们甚至还收到来自某些女士的请求，她们请求我们注意，众所周知她们有着非常苛刻的交往；甚至有一些年纪非常大的女人摇着头请求我们注意到，她们装点了我们的前任国王们的宫殿，我们注意到，如果说军队的将领们靠着他们的军事业绩使国家变得可怕，她们则靠着她们的阴谋丝毫没有使宫廷变得不够著名。因而，为仁慈地酬答请求者们并满足他们所有的要求，我们发出如下命令：

“所有有着五个孩子的农夫必须每日扣除他给予他们的面包的五分之一。我们命令家长们在他们每人身上做尽可能公正的减免。

“严禁所有从事其田产耕作的人或租出田产的人，对之做任何的修整，不论此修整为何种类。

---

① 国王说话时，第一人称代词用复数，此处的“我们”实际上是“我”。

“命令所有从事低贱和手工的劳动，从来不在陛下起床时到场的人此后只能每四年为自己、为其妻子和为其孩子购买衣物；此外，我们非常严格地禁止他们举行他们习惯于在一年的主要节日里在自己家中进行的小小的欢庆。

“由于我们仍被告知，我们的良好城市里的绝大多数的市民一心用于为他们的女儿的成家而作准备，她们在我们的国家里只是由于一种悲惨的和令人厌恶的谦虚而使自己变得值得称赞，我们命令他们应当一直等到她们到达法令所限定的年龄而强求他们这样做时，再嫁出她们。我们禁止我们的行政官员为自己的孩子提供教育。”

一七一八年，夏尔瓦尔月的第一日，自巴黎。

第一百二十五信

黎加致***

在所有的宗教中，当要就那些曾经良好地生活过的人应得的快乐给予一种构想时，人们都感到非常为难。人们以一连串的痛苦威胁恶人，很容易使他们害怕；可是，对于那些有道德的人，人们不知该许诺给他们什么。似乎快乐的本质就是有一个短暂的持续，想象力难以描述别的快乐。

我看到一些对于天堂的描述足以使所有有着良好见解的人放弃天堂：一些人使这些幸福的灵魂不停地吹奏长笛；另一些人罚他们受着永久散步的苦刑；最后，还有一些人让他们在天上想着在地上的情人，却不相信一万万年是个长得足以使他们丧失对这种爱情焦灼的兴趣的时间。

关于这一点，我想起了我听到的一个曾经去过莫卧儿国家的人讲述的故事；它使人们看到，印度的教士们在他们所具有的关于天堂快乐的构想方面并不比其他的人要不贫乏。

一个刚刚失去丈夫的女人穿着盛装来到城市的总督家中请求许可她自焚；可是由于在服从穆斯林的国家里人们尽可能地废除了这一残酷的习惯，他断然拒绝了她。

当她看到她的请求毫无力量，她便投入一种愤怒的激动之中。“看哪，”她说，“人们是多么不自由啊！当一个可怜的女人想要自焚时，竟然都不被许可！人们曾经见到过这样的事吗？我的母亲、我的姨妈、我的姐妹们，都自焚了。可是，当我去向这个可恶的总督请求许可时，他竟感到不快并像个疯子一样地大叫起来。”

正巧在那里有一个年轻的和尚。“不信教的人，”总督对他说，“是你将这种疯狂放在这个女人的心灵中的吗？”“不，”他说，“我从没有对她说过话。可是，如果她信了我的话，她就会完成她的牺牲：她将做一件令梵天神高兴的事。因而她将得到很好地酬报：因为她将在另一个世界里再找到她的丈夫，并且她将与他重新开始第二次婚姻。”“您说什么？”那女人惊讶地说，“我会找到我的丈夫？啊！我不自焚了。他嫉妒、阴沉，再说又那样老，如果梵天神根本没有对他做什么改良，他肯定不需要我。为他自焚？……即使是只烧手指尖就能将他从地狱深处拉出来，我也不肯。两个诈骗我的老和尚，明知道我以前和他在一起是怎样地生活，却不肯告诉我全部。可是，如果梵天神只有这个礼物要送给我，我放弃这种真福。总督先生，我要做穆斯林。至于您，”她看着那个和尚说道，“如果您愿意，您可以去对我的丈夫说我过得很好。”

一七一八年，夏尔瓦尔月的第二日，自巴黎。

第一百二十六信

黎加致于斯贝克

寄往 ***

我明天在这里等你；然而我将你的自伊斯法罕来的信寄给你。我的那些信里说伟大的莫卧儿的使节[①]接到了离开王国的命令。人们还说让人扣押住了亲王[②]，即负责国王的教育的他的叔父；人们将他带到一座城堡里，他在那里被严密地看守着，人们剥夺了他的一切荣誉。我为这个亲王的命运所感动，我怜悯他。

于斯贝克，我向你承认，我从来没有看到他人流泪而不被感动；我对于不幸者充满人道精神，就仿佛只有他们才是人，即使是那些大人物，当他们被抬高时，我在心中对于他们只有冷酷，一旦他们跌落下来，我就爱他们。

确实，当他们在幸运之中时，他们需要这种无用的爱吗？它太接近于平等；而他们更喜爱尊敬，尊敬是根本不求回报的。可是，一旦他们从他们的崇高地位落下，只有我们的怜悯能够唤起他们对尊敬的想象。

我在一个君主的话中发现某些非常生动甚至是非常伟大的东

---

① 指西班牙驻法国大使赛亚马尔亲王（Prince de Cellamare，1657—1733），一七一五年受阿尔贝罗尼之命任驻法国大使，与梅纳公爵夫妇阴谋罢黜摄政王菲利普，而代之以路易十四之孙——西班牙国王菲利普五世。

② 指梅纳公爵，为路易十四与德·蒙代斯邦夫人所生的被承认为婚生的私生子（fils légitimé），其妻为大孔代亲王的孙女，摄政王剥夺了路易十四的遗嘱给予梅纳公爵的许多特权。

西，他快要落到他的敌人们的手中，看到他的朝臣们围着他哭，他说："看到你们的眼泪，我感到自己仍是你们的国王。"

一七一八年，夏尔瓦尔月的第三日，自巴黎。

第一百二十七信

黎加致伊本

寄往士麦那

你曾经一千次地听人说过瑞典的那位著名的国王[①]。他围攻一个人们称为挪威的王国的一个要塞[②]；当他只和他的一个工程师一起去视察战壕时，他头上中了一击，因此死了。人们立即逮捕了他的首相；议会被召集起来，判处他死刑。

他被控犯了一项大罪：即诽谤国家，并使之失去他的国王的信任，根据我的意见，这是该处一千次死刑的罪行。

因为，如果在君主的心中诋毁他的一个最微小的臣民是坏行为的话，当人们诋毁整个国家，当人们使它失去了上天为了它的幸福而确立的那个人的仁慈时，这又是什么?

我希望人们向国王们说话就像天使们向我们神圣的先知说话一样。

你知道，在众主之主为了与他的奴隶们相交流而从世界上最崇高的王位上降临的神圣宴席上，我为自己订立了一条严格的法

① 原注：指夏尔十二世（1682—1718）。

② 即弗莱德里克夏尔德（Fredrikshald），挪威海港城市，今名哈尔登（Halden），在奥斯陆东南。

律，束缚住一条不驯顺的舌头。人们从来没有看到我抛出过一句对于他的最微贱的臣民的尖刻的话。当我必须停止严肃时，我也没有停止做一个正派的人，因而，在对我们的诚信的考验之中，我曾经使我的生命遭受危险，却没有使我的道德遭受危险。

我不知道怎么会几乎从来没有一个君主比他的大臣要更加坏。如果他做了某种坏的行为，它几乎总是被唆使的；因此君主们的野心从来也不像他们的唆使者心灵的卑劣那样危险。可是你能理解一个只在昨天才在大臣职位上并且也许明天就不在的人，能够在一时之间就成为他自己、他的家庭、他的祖国，和那个他要派人压迫的民族的后代的敌人吗?

一个君主有一些情感；大臣摇动着它们。他就是在这方面指挥着他的内阁：他没有别的目的，也不想知道别的目的。朝臣们以他们的赞美引诱他，而大臣又以他的唆使，他启发他产生的意图和他向他提出的格言更加危险地奉承他。

一七一九年，萨法尔月的第二十五日，自巴黎。

第一百二十八信

黎加致于斯贝克

寄往 ***

前几天我与我的一个朋友走过新桥；他遇到了他认识的一个人，他对我说这是个几何学家；而没有任何东西不如此表现，因为他正处在深沉的梦想之中；我的朋友必须长时间地拉他的袖子并推他，以使他降回到他自己，他正那样专心于一条曲线——它也许已经折磨了他八天多的时间。他们相互表示了许多的礼貌，并且互相说了一些文学新闻。这些谈话将他们引到了一家咖啡店的门口，于是我和他们一同进入了这家咖啡店。

我注意到我们的几何学家在那里为所有的人热情地接待着，咖啡店的侍者们对他比对正在一处角落里的两个火枪手还要重视得多。而他显得是在一处令人高兴的地方：因为他略微舒展开他的脸，并且就好像他没有丝毫的几何学知识一样地笑了。

可是他的有规律的精神衡量着谈话中所说的一切。他就像那个在花园用剑砍掉高出别的花的花头的人一样：作为他的精确性的殉道者，他为一句风趣的话所伤害，就像娇嫩的视力为一种太强烈的光亮所伤害一样。没有什么事，除了其真实性，对于他来说是有所谓的。因此他的谈话是奇特的。他这天和一个人从乡下来，那个人看到一座华丽的城堡和一些美丽的花园，而他只看到一座六十步长三十五步宽的建筑物和一片十阿尔邦[①]大的不等边的小树林；他也许会希望透视法的规则被好好地遵守，以使林荫道在各处都表现为同样的宽度；并且他也许将为此提供一种可靠的方法。他显得对他在那里整理好的一个有着一种非常特殊的结构的日晷盘特别满意，他对我身边的一个学者大为愤怒，这个学者不幸地问他这个日晷盘是不是刻着巴比伦的时间。一个新闻家说到封塔拉比城堡的轰炸：他立即告诉我们炮弹在空气中画的线的性质，他由于自己知道这个而感到极为高兴，便想要完全不知道其结局。一个人抱怨说，在过去的那个冬天他因为洪水泛滥而破产。"你对我说的这个令我非常高兴，"于是几何学家说："我看到在我做的观察中我没有错，在地球上至少比前一年多降了两指的水。"

过了一刻，他出去了，我们跟着他。由于他走得相当快，并

---

① Arpent，旧时的土地面积单位（相当于二十至五十公亩）。

且他顾不上向前方看，他被另一个人径直地碰到了。他们狠狠地相撞，并且由于他们相互的速度和质量[1]，他们因这一撞击而向自己一方滚了出去。当他们从他们的昏厥中稍稍清醒过来时，这个人手放在额头上，对几何学家说："我很高兴您撞了我，因为我有一个重大消息要告诉您：我刚刚将我的贺拉斯交给了公众。""怎么！"几何学家说，"他在公众之中已有两千年。""您没有听明白我的话，"另一位又说，"这是我刚刚出版的对于这位古代作家的翻译；我专心于翻译已有二十年了。"

"什么！先生，"几何学家说，"您有二十年没有思想？您为别人说话，而他们为您思想？""先生，"那位学者说，"您认为我使优秀作家的作品对于公众变得亲近，不是为公众作了巨大的贡献？""我说的不完全是这个：我和别人一样尊重您所歪曲的那些杰出的天才。可是您丝毫也不像他们：因为，如果您总是在翻译，人们就永远不会翻译您。

翻译作品就像那些铜币，虽然有着一枚金币的价值，甚至对于人民有着更大的用处；但它们总是弱的并且质量低劣。

说您想要使这些光辉的死者在我们中间复活，我承认您确实给了他们一个躯体，可是您还没有给他们生命：总是缺少一个使他们活起来的灵魂。

为什么您不干脆致力于寻找一种容易的计算使我们每天都发现那样多美好的真理？"

说完这一小小建议之后，他们分开了，我相信，每个人都对对方非常不满。

一七一九年，第二个莱比亚卜月的最后一日，自巴黎。

① 这是物理学所说的质量，也就是人们通常所说的重量。

第一百二十九信

于斯贝克致莱迪

寄往威尼斯

绝大多数的立法者是偶然机遇放置在对其他人的领导地位的一些才智有限的人，而他们几乎只是听从他们自己的偏见和幻想的支配。

他们似乎认识不到他们的工作的伟大和尊严：他们乐于制造一些幼稚的法则——由于这些法则，他们实际上使自己适应于那些庸俗的人，而在有着良好见解的人那里失去了信用。

他们投身于一些无益的细节之中：他们陷入那些特殊的事例之中；这显示出一种只由局部看事物并且不能以全局的眼光看到任何东西全貌的褊狭的才能。

一些人假装使用一种与通俗语言不同的语言：对于一个法律制订者来说这是荒谬的事；如果法律不为人们所知，人们又如何能够遵守它们?

他们常常不必要地废除那些他们发现已经确立的法律；也就是说他们将人民抛入那些与改变不可分开的混乱之中。

确实，由于一种确切地说是源于自然而不是源于人类精神的怪现象,有时候,改变某些法律是必要的。可是这种情况是罕见的,而当它到来时，只应以一只颤抖的手去触动它：人们应当在此保持那样多的严肃，给予那样多的谨慎，以使人民自然而然地总结出，法律是非常神圣的，因为需要那样多的手续废除它。

他们常常将法律制订得过于繁琐并且以一些逻辑学家的理念

而不是自然的公正去理解它们。后来，它们被发现太过严厉，于是，出于一种公正的思想，人们认为应当远离它们，而这种补救方法又是一种新的弊病。法律不论是什么样的，都必须遵守它们，并且视它们为公共的良心，而个人的良心应当总是适应于这公共的良心。

然而应当承认，他们中的某些人曾经有过一种关心，这显示出很多的智慧：这就是他们给予父亲们一种对于其孩子们的巨大权威。没有什么更加令法官们感到轻松；没有什么更加令法庭空虚；最终，也没有什么能在一个风俗总是比法律造出更好公民的国家里散布更多的安宁。

在所有的权力之中，这是人们滥用得最少的那种权力；这是所有法官职务中最神圣的；这是唯一不从属于社会习惯，甚至还先行于它们的权力。

人们注意到，在人们将更多的奖励与惩罚放在父亲手中的那些国家里，家庭被更好地安排着：父亲是宇宙创造者的化身，宇宙的创造者虽然能够以他的爱来引导人们，但也仍要以希望和惧怕的动力使人们依恋他。

不让你注意到法国人精神的怪现象我是不会结束这封信的。人们说他们保留了罗马法中极多无用的甚至是更坏的东西，却没有从它们中取来罗马法作为首要的合法权威而确立的父亲的权力。

一七一九年，第二个热马迪月的第四日，自巴黎。

第一百三十信

黎加致***

我将在这封信中向你谈到一个人们称为新闻家的种族，他们聚集在一个华丽的花园[①]里，在那里他们的懒惰总是在忙碌着。他们对于国家非常的无用，他们说话五十年产生的影响与一个同样长久的沉默所能造成的影响并无差别。可是他们认为自己是重要的，因为他们谈论着一些辉煌的计划，商讨着一些巨大的利益。

他们谈话的基础是一种无聊而可笑的好奇心：没有一处秘室他们不想要进入；他们绝不肯不知道什么事情：他们知道我们庄严的苏丹有多少妻子，他每年生多少孩子；而且，虽然他们在间谍上不花任何费用，他们却知道他为羞辱土耳其皇帝和莫卧儿皇帝所采取的措施。

他们刚刚耗尽了现在，便又奔进了未来，而且，由于走在天意的前面，他们就人类所有的活动预告天意。他们牵着一位将军的手引导他，在赞美他做了成千件他没有做过的蠢事之后，又为他准备了成千件他不会做的蠢事。

他们使军队像鹤一样地飞，使城墙像纸板一样地倒下；他们在所有的河流上都有桥梁，在所有的山中都有秘密的道路，在灼热的沙漠里有巨大的军需库；他们缺少的只是常识。

有一个与我住在一起的人，接到了一个新闻家的这封信。由于我觉得它很特别，便保留了它。这就是：

---

① 原注：指杜依勒利花园。

先生，

我在我对于时事的猜测中很少犯错误。

一七一一年一月一日，我预言约瑟夫皇帝会在当年内死亡。由于他当时身体很好，我确实认为，如果我清楚地表达自己的意见会使自己被人笑话；这使得我使用了一些略为谜语化的用语；然而懂得推理的人完全明白我的意思。同一年的四月十七日，他死于天花。

皇帝与土耳其人之间的战争刚一爆发，我就到杜依勒利所有的角落里找我们的先生们；我将他们聚集在池塘边，向他们预言人们将围攻贝尔格莱德，并且说它将被攻克。我相当幸运，因为我的预言实现了。真的，将近围城的中间时候，我以一百个比斯多尔打赌说它将在八月十八日被攻下；它只是在次日被攻下。人们怎么会在这么有利的情况下输呢？

当我看到西班牙的舰队在撒丁岛登陆时，我判断它将征服撒丁岛；我这样说了，并且这事也是真的。我为这一胜利而骄傲，又说这支得胜的舰队将去在菲纳尔登陆，以征服米拉奈[①]。由于我发现使人接受这一想法有阻力，我想要光荣地坚持这一主张，我以五十比斯多尔打赌，而我又输了。因为这个魔鬼阿尔贝罗尼[②]不顾协约的信义，将他的舰队派到了西西里，同时欺骗了两个伟大的政治家，也就是萨瓦公爵和我。

所有这一切，先生，使我很狼狈，我决定要总是预言而永不打赌。过去我们在杜依勒利根本不知道使用打赌，而且已故的德·L*** 伯爵先生几乎不容忍打赌。可是，自从一群纨绔

① 意大利的小国，以米兰为中心。

② 儒勒·阿尔贝罗尼（Jules Alberoni，1664—1752），意大利教士，后为路易十四之子西班牙国王菲力普五世的枢机主教及首相。

子弟混到我们中间后，我们再也不知道自己在什么地方了：我们刚一张口要说一个消息，这些年轻人中的一个就会建议打赌。

前些天，当我正打开我的手稿并将眼镜架在鼻子上时，这些爱吹牛的家伙的一个，恰好地抓住第一个词与第二个词之间的空隙，对我说："我以一百个比斯多尔打赌说不。"我假装没有注意到这些荒谬言语，以一种更加有力的声音说道："德·***元帅先生由于得知……""这是错的，"他对我说，"您总是有一些荒谬的新闻；在所有这一切中连常识都没有。"

先生，我请求您借给我三十个比斯多尔：我向您承认这些打赌已经严重地扰乱了我的生活。我将我写给大臣的两封信的副本寄给您。

我是……

一个新闻家给大臣的信

大人，

我是国王曾经有过的最为忠诚的臣民；是我使得我的一个朋友实施我构想的一本书的计划，以证明伟大的路易[①]是所有配得上伟大这一称号的君主中最伟大者。我长期以来一直从事另一件工作，如果阁下愿意给予我一种特权的话，这工作将使我们的国家更加增添荣耀：我的意图是证明，自王权开始以来，法国人就从未被打败过，证明历史家们直到目前所说的我们的失利，都是彻底的谎言。我必须在许多场合纠正他们，我敢自认为我在批评方面特别出色。大人，我是……

① 即路易十四。

大人，

自从我们失去了德·L***伯爵先生之后，我们请求您允许我们选举一位主席。混乱在我们的会议中发生，国家事务在这里被以与过去不同的争论对待：我们的年轻人完全生活在对前辈的毫不尊重和相互间的毫无纪律之中；这简直是罗波昂[①]的议会，在那里年轻人欺侮老年人。尽管我们向他们表明，在他们来到世上之前的二十年，我们就是杜依勒利的平静的拥有者，我相信他们最终还是会赶走我们，由于不得不离开我们曾经那样多次地召唤过我们法兰西英雄的灵魂的地方，我们必须去到国王花园或者某个更远的地方举行我们的会议。我是……

一七一九年，第二个热马迪月的第七日，自巴黎。

第一百三十一信

莱迪致黎加

寄往巴黎

在到达欧洲时，最激发我的好奇心的一件事物，就是各共和国的历史和起源。你知道绝大多数的亚洲人连对这种政体的想法都没有，想象力对他们还没有帮助到能令他们理解在地球上能有与专制政体不同的政体。

我们认识的最早的政体是君主政体：只是由于机遇和世纪的

---

① 犹太国王，所罗门之子，于公元前九三五年至前九一四年在位。其暴政造成犹太各部族的分裂。《圣经·列王纪》上卷记载他听信与他一同长大的年轻人的建议而拒绝年长者们的建议。

迭代，共和国才形成。

希腊为一场大洪水所毁灭后，一些新的居民居住在那里；它吸引了来自埃及和最近的亚洲地区的几乎所有移民；由于这些国家是被国王们统治着，从这些国家里出来的各国人民也就被同样地统治着。可是，由于这些君主的暴政变得过于沉重，人们摆脱了束缚，在这样多的王国的废墟上升起了这些共和国，它们使在众多野蛮民族中唯一文明的希腊极大地繁荣。

对于自由的爱，对于国王们的恨，将希腊长久地保持在独立之中并且向远处推广共和政体。希腊众城邦在小亚细亚找到了许多同盟；它们向那里派去了与它们一样自由的移民群，这对于它们起到了对抗波斯国王们攻击的壁垒作用。这还不是全部：希腊向意大利移民；意大利则向西班牙也许还向各高卢[①] 移民。人们知道这个在古代人中那样有名的伟大的赫斯贝里亚[②]，开始时就是希腊，当时它的邻邦都视它为幸福的处所。希腊人由于在他们自己那里找不到这个幸福的国家，便到意大利去寻找它；而意大利的那些人，则到西班牙去寻找它；西班牙人，则到贝提卡[③]或葡萄牙去寻找它：于是所有这些地区在古代人那里都有着这一名称。这些希腊的移民群带来它们从这个温和的国家中获得的自由的精神。因而在这些遥远的时代，人们在意大利、西班牙、各高卢几乎看不到君主政体。你很快将看到北方的民族和日尔曼的民族也不是不自由的；如果人们在他们中间发现一些王政的痕迹，这是因为人们把军队的或者共和国的首领当成了国王。

所有这一切在欧洲发生：因为，对于亚洲和非洲而言，它们总是处在专制的重压之下，如果您将我们说到过的某些小亚细亚

---

① 凯撒《高卢战记》第一卷即说，整个高卢分为三个部分。

② 系古代希腊人对意大利，古代罗马人对西班牙的称呼。

③ 罗马人对安达卢西亚的称呼。

的城邦以及在非洲的迦太基共和国排除在外的话。

世界被两个强大的共和国分配：罗马共和国和迦太基共和国。没有什么比罗马共和国的开始更加为人所知的了，而又没有什么比迦太基共和国的起源更不为人知。人们全然不知道狄东[①]之后非洲诸君主的世系，以及他们是如何丧失了他们的势力。如果在罗马公民与被战胜民族之间没有这种不公平的差别，如果当时人们给予行省的总督以不怎样大的权力，如果用于防止他们的暴政的那些如此神圣的法律被遵守，如果他们没有利用他们的不正义所聚集起来的财富以使法律沉默的话，罗马共和国的奇迹般的扩张对于整个世界将是一个巨大的幸福。

凯撒压迫罗马共和国并使之屈服于一个专横的权威。

欧洲长时间地在一种军事的强暴政体下呻吟，罗马的温和变成了一种残酷的压迫。

此时无数不为人知的民族从北方涌来，像激流一样地散布在各罗马行省之中，它们由于发现进行征服和从事劫掠同样容易，便肢解了帝国并建立了一些王国。这些民族是自由的，他们如此强烈地约束他们的国王们的权力，而使他们仅仅只是一些首领和将领。因而这些王国虽然是靠武力建立的，却丝毫感觉不到征服者的枷锁。亚洲的民族，如土耳其民族和鞑靼民族，进行征服时，由于他们服从于一个个人的意愿，他们只是想到给予他以新的臣民和以武器来建立他的强暴权威。而北方的各民族，由于在他们的国家里是自由的，占领了罗马的行省时根本没有给予他们的首领以一个巨人的权威。甚至这些民族中的某一些，如在非洲的旺达尔人、在西班牙的哥特人，一旦对他们的国王不满意，就废黜

① 传说中的迦太基女王，埃涅阿斯经过迦太基时，她款待他并与他相爱。后埃涅阿斯弃她而去，狄东遂自杀而死。事见维吉尔史诗《埃涅阿斯纪》。

他们；而在另一些民族中，君主的权力也被以成千种不同的方式限制着：一大群领主与他分享权力；战争只能在他们的同意下才进行；掠获物在首领和士兵之间平分；没有任何为了君主的赋税；法律在国家的集会上被制定。这便是所有这些在罗马帝国的废墟上建立的国家的基本原则。

一七一九年，莱热卜月的第二十日，自威尼斯。

第一百三十二信

黎加致***

大约五六个月前，我在一家咖啡店中注意到一个穿着相当不错的绅士，他正在使别人听他说话：他说到了过去生活在巴黎的快乐，并且悲叹他被迫去到外省穷困潦倒的处境。他说："我有一万五千利弗尔的地租，如果我有这笔财产的四分之一作为现金和可以到处携带的财产，我相信我会更加幸福。虽然我压榨我的佃户们并将诉讼费用强加在他们身上，我只是使得他们更加无力偿还；我从来没有同时看见过一百个比斯多尔。如果我欠了一万法郎，人们就会扣押我的全部土地，我就会在收容院里。"

我并没有对这番话太注意，就出来了；可是，昨天正巧在这个城区里，我进入了同一家咖啡店，我在那里看到一个有着一张苍白而拉长的脸的严肃的人，他在五六个谈话者中间显得沮丧而沉思，直到突然说起话来："是的，先生们，"他抬高声音说，"我被毁了，我不再有生活来源了：因为我目前在我家里有二十万利弗尔的钞票和十万埃居的现金。我发现自己处在一种可怕的境地：我原以为自己是富有的，而我现在是在收容院里。至少，如果我还有一小片能让我隐退回去的土地，我就肯定会有生活来源；可是我连像这顶帽子一样大的田产都没有。”

我偶尔将头转向另一侧，我看到另一个人，他做出一个魔鬼附身的人的种种怪脸。“以后还能相信谁？”他叫道。“有一个无耻的家伙，我过去相信他，视为我的一个朋友，我将我的钱借给他，而他还给了我。何等可怕的背信弃义！他徒劳了：在我的心目中，他将永远受到羞辱。”

紧靠着那里的是个穿着很糟的人，他将双眼举向天空，说道：“上帝祝福我们大臣们的那些计划！但愿我能看到值两千的股票并且巴黎所有的仆役都比他们的主人富有！”我好奇地问他的名字。“这是一个极端可怜的人，”人们对我说，“他还有一个可怜的职业：他是个家谱学家，他希望如果幸运持续下去的话，他的艺术会有所产出，希望所有这些新的富人需要他以改革他们的姓名，清除他们祖先的污点并装饰他们的马车。他想象自己将制造出任意多的有地位的人，看到他的业务在增多，他高兴得发抖。”

最后，我看到进来一个苍白干瘦的老人，在他坐下之前我以为他是个新闻家。他并不属于那些不顾任何失利总有一种胜利的保证并且总是预知胜利和战利品的人；这人恰恰相反，是个只有坏消息的胆小鬼。“在西班牙方面事情进行得很坏，”他说，“我们在边境上根本没有骑兵，可怕的是有着一支庞大军队的皮奥亲王不让整个朗格多克协同作战。”

在我的对面有一个穿着相当不整齐的哲学家，他怜悯那个新闻家并且随着那一位抬高声音，他抬高肩膀。我靠近他，他对我耳朵说：“您看到这个自命不凡的人一个小时前对我们说他对朗格多克的恐惧，可是我昨天晚上看到太阳上有一个斑点，这斑点如果变大，能使整个自然坠入麻木之中，可是我一个字也没有说。”

一七一九年，拉马桑月的第十七日，自巴黎。

第一百三十三信

黎加致***

前些天我去看在一所苦行僧的修道院中的巨大的图书馆①，这些苦行僧是它的受托管理人，但他们必须在某些时间让所有的人进入里面。

在进入时，我看到一个严肃的人在包围着他的无数书卷中间散步。我走向他请求他告诉我这些书中的某些本是什么样的书，我看到它们比别的书装订得好。“先生，”他对我说，“我在这里住在一个陌生的土地上：我在这里不认识任何人。有许多人问我类似的问题；可是您清楚地看到我不会为了满足他们而读所有这些书。我有我的图书管理员，他会给您满足；因为他日日夜夜都忙于理清您看到的这一切；这是一个毫无用处的人，并且对于我们是个非常大的负担，因为他根本不为修道院工作。可是我听到食堂的钟声响了，像我这样处于一个修会的领导地位的人必须在所有活动中都是最先到场的。”一边说着这些，这个修士将我推出来，关上门，飞一样地从我眼前消失了。

一七一九年，拉马桑月的第二十一日，自巴黎。

① 圣维克托修道院图书馆于一七零七年成为公共图书馆。

第一百三十四信

黎加致同一人

次日我回到这所图书馆，在那里我看到一个与我第一次看到的完全不同的人：他的神色是朴素的；他的面容充满着才智；而他的态度，则非常平易近人。我刚一让他知道我的好奇，他便准备好满足它，甚至以外国人的身份来向我介绍。

“我的父亲，”我对他说，“占着图书馆整整这一边的这些大书都是些什么书？”他对我说：“这是那些圣经解释者的书。”“数量很大！”我对他说，“一定是圣经在过去非常隐晦而在现在非常清楚了。是不是还存有疑问？难道还能有争论点？”“确实是有，好上帝啊！确实是有！”他回答我道，“有多少行文字几乎就有多少争论点。”“是吗？”我对他说，“那么这些作者究竟做了什么？”“这些作者，”他对我说，“根本不在圣经中找寻应当相信的东西，而是他们自己相信的东西：他们根本没有将它视为一部包含了他们应当接受的信条的书籍，而是视为一部能够给予他们自己的想法以权威的作品。正是为此，他们歪曲了其中的所有意义，曲解了所有的章节。这是一个所有教派的人都登陆并像打劫一样前往的国家；这是一个战场，在这里相遇的敌国进行战斗，在这里人们相互攻击，在这里人们以各种方式相互冲突。

“紧靠着这里，您看到那些禁欲的书或者说是虔信的书；然后是那些道德的书，它们更加有用；那些神学的书，它们在被探讨的问题和用以探讨问题的方式两方面，都是不可理解的；一些神秘主义者，也就是说那些有着一颗温和的心灵的虔信者的书。”“啊！我的父亲，”我对他说，“等一等。请不要这样快。对我说说这些神秘主义者。”“先生，”他对我说，“信仰使一个倾向于爱的心灵发热，并使它将一些思想送到头脑里，这些思想也同样使头脑发热：由此就生出了一些恍惚和出神。这种现象就是信仰的谵妄。谵妄常常完善到或者不如说是退化到沉默主义：您知道一个沉默主义者与一个疯子、宗教狂和狂妄不信教者并无两样。

“看看这些决疑者，他们公开夜晚的秘密，他们在自己的想象中造成了爱的神灵所能制造出的所有鬼怪，集合它们、比较它们并从中造出他们思想的永恒的主题：如果他们的心没有参与其中，没有自己成为那样多被生动描述和被毫不掩饰地描绘的精神迷狂的同谋，他们就算幸福了！

“先生，您看到，我自由地思想，我告诉您我想的一切东西。我生来就是天真直率的并且对您更加如此，因为您是外国人，您想要了解事物并且了解它们真实的样子。如果我愿意，我会只带着崇敬对您谈论这一切，我会不停地对您说：‘这是神圣的，这是可敬的；这里有奇迹。’于是两者必发生一件，或者是我欺骗您，或者是我在您的心中羞辱我自己。”

我们在这里停住；这位苦行僧意外遇到的一件事打断了我们的谈话，我们直到次日才又继续。

一七一九年，拉马桑月的第二十三日，自巴黎。

第一百三十五信

黎加致同一人

我在规定的时间回来，我的那个人将我直接引到我们先前相互分手的地方。“这里，”他对我说，“是这些语法学家、注释家和评论家的书。”“我的父亲，”我对他说，“所有这些人不会没有良好的见解吧？”“是的，”他说，“他们会，甚至不显露出来：他们的作品并不因此而更加坏：这对于他们是非常方便的。”“这是真的，”我对他说，“我认识许多哲学家，他们完全应当从事这样一些学问。”

“那里，”他继续说，“是那些演说家的书，他们有着不需道理而令人相信的才能，还有那些几何学家，他们使一个人不由自主地被说服并且以专横来劝说他。

“这里是些形而上学的书籍，它们探讨一些那样巨大的利益，在它们中处处都能遇到无限；那些物理学的书籍，它们在广阔宇宙的结构中发现的奇异东西并不比在我们的工匠们在最简单的机械中发现的更多；那些医学的书籍，这是些自然的脆弱与艺术的强大的纪念物，当它们谈论那些哪怕是最轻微的疾病时，它们使人颤抖，它们使死亡那样地迫近我们，而当它们说到治疗方法的功效时，它们又使我们处在彻底的安全之中，仿佛我们都成了永生不死的人。

“紧靠着那里的是那些解剖学的书籍，它们对于人体各部位的说明还不及人们给予它们的粗俗的名称多：这东西既不能治好病人的病，也不能治好医生的无知。

“这里是化学，它时而住在收容所时而住在疯人院，因为这是同样适合于它的住所。

“这里是那些神秘的科学或者不如说是神秘的无知的书籍：那些包含了某种魔法的书就是这样；在绝大多数的人看来，它们是可恶的；在我看来，它们是可怜的。那些属于司法星相学的书籍也是如此。”“您说什么，我的父亲？司法星相学的书籍！”我激动地说，“这正是我们在波斯最重视的书籍：它们规定我们一生的所有行动并在我们所有的事务中决定着我们。星相学家也就是我们的告解神父；他们做的还更多：他们进入到国家的管理之中。”“如果是这样，”他对我说，“你们就是生活在一个比理性的枷锁严厉得多的枷锁之下。这是所有的统治权中最为奇异的。我非常同情一个任自己被星辰严格统治的家庭，更同情这样的一个民族。”“我们使用星相学，”我对他说，“也就像你们使用代数一样。每个国家都有它自己的科学，它根据此来规定它的政治；全部的星相学家聚在一起，也从来没有在我们波斯做出像你们的一个代数学家在这里做出的那样多的蠢事。您难道认为，星辰的偶尔交会不是一种与你们的体系制造者的那些美丽的推理一样肯定的规律？如果人们就此在法国和在波斯统计民意，这对于星相学将是一个极好的胜利的理由；您将看到那些计算者受到狠狠的羞辱。什么令人难以忍受的推理人们不能拿出来以对付他们？”

我们的争论被打断，我们必须分手。

一七一九年，拉马桑月的第二十六日，自巴黎。

第一百三十六信

黎加致同一人

在接下来的会面中，我的学者将我引到一个单独的房间里。“这里是现代历史的书籍，”他对我说，“首先看看这些教会史家和教皇史家的书，我为了使自己获得教益而读这些书，可是它们在我身上常常起一种相反的作用。

“这里是那些记录令人畏惧的罗马帝国的衰落的书籍，它在那样多的王国的废墟上形成，而在它崩溃的地方又形成了同样多的王国。无数与他们所居住的国家一样不为人知的野蛮民族，突然出现，淹没它，劫掠它，肢解它，并且建立了您现在在欧洲看到的所有这些王国。这些民族确切地说根本不是野蛮的，因为他们是自由的；可是当他们绝大多数由于服从于一个绝对的权力，而失去了这种符合理性、人道和自然的美好的自由之后，他们就变成了野蛮人。

“在这里您看到日尔曼帝国的历史家们的著作，这个帝国只是前一个帝国的影子，可是，我相信，它是地球上唯一的、丝毫没有被分裂削弱的力量；我还相信，它是唯一随着失败而强大起来并且缓慢地利用成功，由于它的失利而变成不可战胜的力量。

“这里是那些法国史家的著作，人们在这里首先看到国王的权力两度形成和死亡，又同样地复活，随后在许多个世纪中衰弱；然而，不知不觉地获得了力量，在各方面壮大起来，登上了它的顶峰：就像那些河流，它们在它们的行程中失去了自己的水或者隐蔽在地下；然后，重新出现，由于那些流入它们的小河流而变得巨大，急速地带走阻挡它们行进的一切东西。

“那里您看到西班牙民族从一些山中出来；伊斯兰教的君主们被不知不觉地推翻，就像他们曾经迅速地征服一样；众多的王国联合在一个广阔的王国之中，它几乎成了唯一的王国；直到它为它自己的伟大和它的虚假的富裕而感到不能忍受，因而失去了它的力量甚至它的名誉，只保留了对它原先的强大的骄傲。

“这里是英国的那些史家的著作，人们在这些书中看到自由不断地从不和与动乱的烈火中产生；在一个不可动摇的王位上总是摇晃着的君主；一个急躁的民族，就是在它的愤怒中也还是理智的，作为海上的女主人（这件事直到当时还是从未听闻的），它将商业与统治混合在一起。

“紧靠着那里的是这另一位海上女王荷兰共和国的史家们的著作，它在欧洲那样受尊敬，在亚洲那样为人惧怕，它的商人们在那里看到那样多的国王匍匐在他们面前。

“意大利的史家们的著作向您展示了一个过去是世界的主人，今天是所有民族的奴隶的民族；它的各个被分裂而弱小的君主，除了一个毫无意义的政治之外，再无任何君主的特点。

“这是那些共和国的史家们的著作：瑞士乃是自由的化身；威尼斯，它只在它的经济上有办法；热那亚只由于它的建筑而是辉煌的。

“这是那些北方国家的史家们的著作，在众多国家中，有波兰，它对它所拥有的选举国王的自由和权力使用如此之差，仿佛它是想要通过此来宽慰它的那些失去了自由和权力的相邻民族。”

我们在此相互分开，直到次日。

一七一九年，夏尔瓦尔月的第二日，自巴黎。

第一百三十七信

黎加致同一人

次日，他将我引进另一个房间。“这里是那些诗人，”他对我说，“也就是说，这些作者的职业是给良好的意义加上束缚并使理智在装饰下遭受重压，就像人们过去将妇女们埋葬在她们的装饰品和首饰之下。您认识他们：他们在东方人中并不少见，在那里更加热烈的太阳似乎使想象力本身也发热。

“这里是史诗。”“哎！史诗是什么？”“说实话，”他对我说，“我对此一无所知：那些内行的人说人们从来只写出过两部[①]，而人们在这个名字之下给出的其它那些根本就不是；这也是我所不知道的。他们还说不可能再造出新的来了，而这更是令人惊讶。

“这是那些戏剧诗人，在我看来，他们是杰出的诗人和情感的主宰者。他们中有两类：喜剧诗人，他们那样温和地感动我们；悲剧诗人，他们使我们不安并且那样强烈地使我们激动。

“这里是那些抒情诗人，我对别人有多尊重，对他们就有多鄙视，他们将他们的艺术制造成一种悦耳的胡言乱语。

“人们接下来看到那些牧歌和田园诗的作者，他们以牧羊人的身份把人们所没有的某种安宁呈现给人们，通过给予人对这种安宁的想象让人感到高兴，甚至是让宫廷中的人高兴。

“在我们看到的所有作者中，这里是那些最危险的：这就是这些削尖讽刺诗的作者，这些诗是些细小尖锐的箭，它们造成一个深而不可医治的伤口。

①指荷马的两部史诗。

“在这里您看到那些小说，它们的作者是那种既夸大精神的语言又夸大心灵的语言的诗人；他们一生都在找寻自然但他们总是错过它；在书中他们的主人公就像那些长翼的龙和半人半马的怪兽一样令人感到陌生。”

“我看过你们的一些小说，”我对他说，“可是如果您看了我们的，您会更加吃惊。它们也同样的不自然，此外还被我们的风俗极端地束缚；必须在十年的激情之后，一个情人才能仅仅看到他的情妇的脸。然而作者们都在竭力使读者进入到这些令人厌倦的前奏中去。因而故事是不可能被改变的；人们求助于一个人为的技巧，可是它比人们想要治好的弊病本身还要坏：这就是求助于奇迹。我肯定您不会欣赏一个女魔术师使一支军队从地下出来；一个英雄独自一人摧毁了一支十万人的军队。而这就是我们的小说；这些无生气的并且被经常重复的奇遇使我们衰弱，而这些荒诞的奇迹使我们恼怒。”

一七一九年，夏尔瓦尔月的第六日，自巴黎。

第一百三十八信

黎加致伊本

寄往士麦那

在这里大臣们互相接替互相摧毁就像季节一样：三年来，我看见换了四次金融制度。今天人们在土耳其和波斯征税，与这些帝国的建立者们过去征税一样；而在这里就远不是如此。确实，我们在此方面不像西方人那样用心。我们认为在君主的收入管理与一个个人的财产管理之间的差别，并不像数十万个托满与数一百个托满的差别那样大。可是在这里就有很多奥妙与神秘。一些伟大的天才必须日日夜夜地工作，他们必须不断地并且带着痛苦地生出一些新的计划，他们必须听无数根本未被请求却为他们工作的人的意见，他们必须躲起来生活在一个房间的深处，这房间对于大人物是不可进入的，对于小人物是神圣的，他们的头脑里必须总是装满重要的秘密、奇妙的设想、新的体系，由于完全陷入沉思之中，他们失去了言语的使用，有时甚至失去了礼貌的使用。

已故的国王刚一闭上眼，人们就想要建立一种新的管理。人们感到自己不舒服，可是不知道怎样做才能变得更好。人们对前任大臣们的无节制的权力感到不满；人们想要分割它。人们为此而成立了六七个委员会，这个内阁也许是所有内阁中以最多的意见统治法国者。它的持续时间是短暂的，它所造成的好处的持续时间亦是如此。

在已故的国王去世时，法国是一个为成千种疾病所苦的躯体。N***[①] 手拿着刀，割去那些无用的肉，敷上些局部的药。但一直留有一种内部的缺陷要治疗。一个外国人[②] 来了，他进行这治疗。在用了许多猛烈的治疗方法之后，他认为已经使它恢复了丰满，而他只是使它虚肿而已。

---

① 原注：指诺埃依三世公爵阿德里安·莫里斯。

阿德里安·莫里斯·德·诺埃依（1678—1766），为诺埃依二世公爵安娜·儒勒之子，与德·曼特农夫人的一位侄女结婚，因而仕途通畅。曾帮助摄政王废止路易十四的遗嘱。一七一五年至一七一八年，任财政委员会主席。

② 原注：指劳（Law）。

约翰·劳（1671—1729），苏格兰财政家，主张建立国家银行、信托体系和纸币流通。于摄政时期来法国任财政总监，实施其金融思想，但因货币发行的不谨慎、投机狂热和其政敌的活动而破产。

所有那些在六个月前富有的人现在都处在贫穷之中，而那些过去没有面包的人现在则极富有。这两个极端从来也没有这样近地接触过。这个外国人就像一个旧衣商人翻转衣服一样地翻转国家：他使原先在下面的露在上面，而原先在上面的，他将它置于背后。多么不可预料的命运，它们甚至对于那些制造它们的人都是难以相信的！上帝将人从虚无之中拉出来也没有更快。有多少仆役被他们的同伴侍奉着并且也许明天就被他们的主人侍奉！

所有这一切常常制造一些奇怪的东西。在刚过去国王统治期间发了财的仆役们今天夸耀他们的出身；他们将六个月前人们对于他们的所有鄙视都还给那些刚刚在某条街[1]上脱下号衣的人；他们尽全力大叫："贵族被毁灭了！国家处在何等的无秩序中！地位等级处在何等的混乱中！人们只看到一些不为人知的人在交好运！"我向你保证，这些不为人知的人又将会对那些跟着他们而来的人狠狠地报复，三十年后，这些有身份的人将会大喊大叫。

一七二零年，齐尔卡代月的第一日，自巴黎。

第一百三十九信

黎加致同一人

请看一个夫妻之爱的巨大榜样，不仅是在一个女人身上而且是在一个女王身上。瑞典的女王[2]，竭力要使她的丈夫与王冠联合

① 原注：指甘冈普瓦街，劳的银行设于这条街上。

② 一八二六年全集本注：乌尔里克-埃莱奥诺尔，卡尔十二之妹，应人民的要求被宣布为国王，与海斯-卡赛尔的弗里德里克结婚。

起来，为了排除所有的困难，派人送给议会一道声明——宣布如果他被选为国王，她将放弃摄政。

六十多年前，另一个名叫克里斯蒂娜的女王，放弃了王冠以投身到哲学之中。我不知道这两个榜样中，我们应当更加佩服哪一个。

虽然我相当同意每个人都应坚持在自然将他放置的位置上，不能赞扬那些发现自己低于他们的地位，而像背叛一样放弃它的人的软弱，我还是由于这两位女君主灵魂的伟大，由于看到她们中一个人的思想和另一个人的勇气高于她们的命运而激动。克里斯蒂娜在别人只想要享乐时想要求知，而另一位只是为要将她的所有幸福放在她的尊贵的丈夫手中才希望享受。

一七二零年，马哈拉姆月的第二十七日，自巴黎。

第一百四十信

黎加致于斯贝克

寄往 ***

巴黎的最高法院刚刚被放逐到人们称为彭图瓦兹的一个小城镇去了[①]。议会派人去让它登记或是赞同一道羞辱它的声明，而它以一种使议会蒙羞的方式登记了它。

人们以一种类似的对待威胁着王国的一些法院。

这些团体总是可恶的：它们接近国王只是为了告诉他们一些悲惨的事实，并且当一大群朝臣在不断地向他们描述着一个在他

①一八二六年全集本注：因为它反对劳的财政改革。

们统治下的幸福的人民时，它们来否认奉承话并将它们被托付的呻吟和眼泪带到王座脚下。

我亲爱的于斯贝克，真理的负担，当要将它一直送到君主们那里时，是一个沉重的负担。君主们完全应该想到那些决定如此做的人是被迫如此，如果不是为他们的义务、他们的尊重和甚至他们的爱所迫，他们永远也不会下决心做出一些举动，这些举动对于那些做它们的人本身都是那样的悲惨和那样的令人痛心。

一七二零年，第一个热马迪月的第二十一日，自巴黎。

第一百四十一信

黎加致同一人

我将在这个星期结束时去看你。希望和你在一起时，时光愉快地流过！

一些天前，我被介绍给宫中的一位夫人，她有一种要见识我的外国面容的渴望。我觉得她美丽，值得我们的国王的注意，并在他的心所休息的那个神圣的地方配得上一个尊贵的地位。

她就波斯人的风俗和波斯女人的生活方式向我提了成千个问题。在我看来后宫的生活不合她的兴趣，并且她因看到一个男人在十到十二个女人之间被分配而觉得反感。她不能不带羡慕地看着男人的幸福，亦不能不带怜悯地看着女人们的处境。由于她爱读书，尤其爱读诗人的作品和小说，她希望我向她谈谈我们的诗和小说。我对她说的增大了她好奇心；她请求我为她翻译我带去的一些作品中的一个片段。我这样做了，并在几天之后给她寄去一篇波斯的故事。也许你也高兴看到它被改装后的样子。

在谢克－阿里－汗的时代，在波斯有一个名叫祖莱玛的女人；她熟记整部神圣的《古兰经》；没有任何苦行僧对于神圣先知们的传说比她理解得更好；阿拉伯的博士们没有任何东西是能够神秘到她不理解其意义的；而她在那些多的知识之上，还有一种活泼的性格，这使人难以猜测她是想要使她对之说话的那些人高兴，还是想要教育他们。

一天她正与她的同伴们在后宫中的一个大厅里，她们中的一人问她对来生的想法，问她是否相信我们的博士们的这个古代的传说，即天堂只是为男人而造的。

"这是普遍的看法，"她对她们说，"人们为了贬低我们女性，没有任何事没有做过。甚至有一个遍布全波斯的、人们称为犹太族的民族，以他们的圣书的权威坚持说，我们根本就没有灵魂。

"这些如此侮辱人的想法除了男人们的骄傲之外，再没有别的来源，他们想要将他们的优越感保持到甚至比他们生命还远，而没有想过，在那个伟大的日子里，所有的被造物都像虚无一样出现在上帝的面前，在它们之间除了道德放置的特权之外，再无别的特权。

"安拉在他的奖赏中是不会有局限的，那些好好地生活过并且好好地使用过他们在地上对于我们的统治权的男人将进入一个满是迷人的天上美人的天堂，她们是那样的美，如果一个凡人看见她们，他会因为急于享受她们而立即杀死自己；和他们一样，那些有道德的女人将会去到一处美妙的地方，在那里她们将和一些服从她们的天上的男人一起，为一种享乐的激流所陶醉：她们每个人都有一所后宫，他们被关在其中，还有一些比我们的阉奴更加忠诚的阉奴来看管着他们。

“在一本阿拉伯的书中，”她又说，“我曾经读到，一个名叫易卜拉欣的男人有着一种令人不能容忍的嫉妒。他有十二个极为美丽的妻子，他以一种非常残酷的方式对待她们：他对他的阉奴们和他的后宫的墙都不再信任；他将她们几乎总是锁在她们的房间里，使她们不能相互见面和说话：因为他甚至对一种无害的友谊都感到嫉妒。他的所有行为都染上了他的天生的残暴；从来没有一句温和的话从他嘴里出来，他所做的最小的手势从来都是给她们的奴役的严酷上再增加一点东西。

“一天他将她们全都集中到他后宫的一个大厅里，她们中的一个，比别的人要更加大胆，指责他的恶劣的本性。‘当人们竭力找寻使自己被别人害怕的办法时，’她对他说，‘人们总是先找到了使自己为别人憎恨的办法。我们都是这样的不幸，因此我们不能不渴望一种改变。别的人，如果处在我的位置上，会希望您的死；我只希望我自己的死；由于只能这样来指望与您分开，我觉得这样与您分开仍是甜蜜的。’这番本应当打动他的话使他进入一阵狂怒之中；他抽出他的匕首将它刺入她的胸膛。‘我亲爱的同伴们，’她以垂死的声音说，‘如果上天怜悯我的品德，你们将会得到复仇。’说完这些话，她离开这个不幸的生命而去到那些曾经好好地生活过的女人享受一种永远更新的幸福的快乐处所。

“首先她看见一片美丽的草地，草地的绿色被那些最鲜艳的花的色彩所衬托；一条溪流，它的水比水晶还要洁净，在草地上转着无数的弯。然后她进入一些可爱的小树林，只有鸟的甜美的叫声才打断这树林的宁静。一些华丽的花园呈现出来：大自然以它的朴素和它的全部的华美装点着它们。最后她发现一座为她准备的庄严的宫殿，里面满是供她享乐的天上的男人。

“他们中的两个人立即出来为她脱去衣服；另外的那些人将她带入浴池中并以最美妙的香水洒在她身上。人们随后给她一些比她自己的衣服还要无比富丽的衣服。这之后，人们将她引到一个大厅里，在那里她发现一盆以香木燃烧的火和一张满放着种种精美食品的桌子。所有的一切似乎在争着愉悦她的感觉：在一边，她听到一种既极神圣又极温和的音乐；在另一边她只看到那些一心只想要使她快乐的天上的男人的舞蹈。然而所有这些快乐只应是为了将她不知不觉地引入那些更大的快乐。人们将她引到她的房间里，当再一次为她脱去衣服后，人们将她抱上一张华丽的床，两个有着迷人美貌的男人在那里将她迎进他们的怀抱。正是在这时她陶醉了，她的欣喜甚至超出了她的愿望。'我快乐极了，'她对他们说，'如果我对我的永生不死不能肯定的话，我会以为自己死了。够了！放开我：我在快乐的暴力之下支持不住了。是的，你们把一点平静还给我的感觉；我开始呼吸，并且恢复过来了。为什么人们拿走那些灯烛？为什么我不能在现在细看你们的神圣的美貌？为什么我不能看……？可是为什么看？你们使我回到我原先的狂喜之中。哦众神！这些黑暗是多么可爱！什么，我将会永生并且与你们一起永生？我将会……？不，我请求你们的恩惠：因为我完全知道你们是永远不要被请求恩惠的人。'

"在许多重申的命令之后，她被服从了；但她也只是在她非常严肃地想要被服从时才被服从。她无精打采地休息，在他们的怀抱中睡着了。两个时刻的睡眠使她从疲劳中恢复过来；她接受了两个亲吻，它们使她突然兴奋起来，并使她睁开了双眼。'我感到不安，'她说，'我害怕你们不再爱我。'她不愿在这个疑问中停留长久；而她也从他们那里得到了她所能希望的全部澄清。'我醒悟过来了，'她叫道，'对不起，对不起！我相信你们。你们什么也不对我说，可是你们比你们所能说的一切都更好地证明了。是的，是的！我向你们承认；人们从来也没有这样爱过。可是什么！你们两个人相互争抢那说服我的荣耀？啊！如果你们争执，如果你们将野心与令我失败的快乐结合在一起，我就完了：你们两人都将是征服者；只有我才将是失败者；可是我会使你们为这胜利付出非常高昂的代价。’

“所有这一切只被白天所打断。她的忠诚而可爱的仆人们进入她的房间并使那两个年轻男人起来，两个老人将他们引回到他们为了她的享乐而被看管的地方。然后她起床，她出现在这座崇拜她的宫殿里，先是穿着一件简单而妩媚的便装，随后是周身戴满最奢华的饰物。这个夜晚使她变美：它给予她的脸色以生命，给予她的优美以表现力。在整个一天中只是舞蹈、音乐演奏、宴会、游戏、散步，人们注意到阿娜依丝不时地躲藏起来并飞奔向她的两个年轻的英雄。在一些美妙的会面时刻之后，她重回到她刚离开的人群中，总是带着一张更加安详的脸。终于，在晚上，人们彻底看不到她了；她去将自己关在后宫中，她说她要在那里认识这些将要永远与她生活在一起的永生的俘虏。她于是造访了这地方的那些最幽深也最迷人的房间，在那里她数出有五十个极端美丽的奴隶：她整夜从一个房间游荡到另一个房间，在到处都接受着总是不同而又总是一样的赞美。

“永生的阿娜依丝就是这样过着她的生活，时而是在显著的快乐之中，时而是在独自的快乐之中；被一群光彩的人所崇拜，或是被一个狂热的情人所深爱。她时常离开一所迷人的宫殿以去到一处乡间的洞穴中；各种花朵似乎在她的脚下生长，各种游戏成群地在她面前呈现。

“她在这个幸福的处所住了八天多，由于总是无比欣喜，她还没有作过任何的思考：她在认识之中享受着她的幸福，而没有一刻的宁静时间，让心灵可以说是认识到自己并在情感的平静之中听到自己。

“幸福的人有着如此强烈的快乐，因而他们很少能够享受这种精神的自由。正是因为这样，由于不可克服地依恋当前的事物，他们完全失去了对于过去事物的回忆，并且不再关心他们在前生认识过的和爱过的东西。

“可是阿娜依丝有着真正的哲学家的思想，她几乎将她的生活都用在沉思上；她将她的思考伸展得很远，人们甚至不可能指望一个完全自主的女人会有这些思想。她的丈夫曾经使她保持的隐居生活只留给她这一个好处。正是这种精神的力量使她蔑视她的同伴们所深感的恐惧，和应当是她苦难的结束和她幸福的开端的死亡。

“于是她渐渐地从快乐的沉醉中苏醒，将自己独自关在她宫中一个房间里。她任自己对她过去的处境和她现在的幸福作种种非常甜美的感想；她不能不为她的同伴们的不幸而感动：人们对于自己曾经分担的折磨总是敏感的。阿娜依丝并不停留在同情的简单范围之中：由于对这些不幸的女人更加爱，她觉得自己应当帮助她们。

“她命令她身边的这些年轻男人的一个扮成她丈夫的面容，去到他的后宫中，使自己成为那里的主人，将他从那里赶出来，而留在他的位置上一直到她召唤他时。

“执行是迅速的:他劈开空气，到达了易卜拉欣的后宫的门口，易卜拉欣当时不在那里。他敲门；一切都为他畅开了：阉奴们跪倒在他的脚下；他飞奔向易卜拉欣的妻子们被关着的那些房间；他在经过时，从这个嫉妒的家伙的口袋里拿了他的钥匙，他当时使自己不被他看见。他进去，并且首先即以他的温和而平易近人的神情使她们惊讶，而很快之后，他又以他的热情和他对她们引诱的迅速而使她们更加惊讶。所有的女人都感到了震惊，如果这其中真实性不足的话，她们会当这是一场梦。

“正当这些新的场面在后宫中表演时，易卜拉欣在撞门，自报姓名，发怒并叫喊。在克服了诸多困难之后，他进来了并使阉奴们处在极度的混乱之中。他大步走着；可是当他看到假的易卜拉欣，他的真正的形象，正处在一个主人的所有自由中时，他向后退并仿佛从云中跌下来。他喊人帮忙：他希望他的阉奴们帮他杀死这个骗子；可是他并不被人们服从。他只剩了一个非常无力的办法：这就是求助于他的妻子们的判断。在一个小时中，那个假的易卜拉欣就已经诱骗了他的所有法官。另一个易卜拉欣被赶走并被羞耻地从后宫中拖出去，如果他的情敌没有命令人们饶了他的性命，他也许已经死了一千次了。最终，作为战场的主人而留下的那位新的易卜拉欣，越来越表现出自己无愧于这一选择，并以一些直到此时从未听闻的奇迹而引人注目。

"'您不像易卜拉欣。'这些女人说。'你们更应该说这个骗子不像我，'得胜的易卜拉欣说，'如果我做的还不够，必须如何做才能是你们的丈夫？''啊！我们绝对不会怀疑，'那些女人说，'如果您不是易卜拉欣，对于我们来说，您更加配是他，这就足够了：您在一天之中比他在整个十年之中还更是易卜拉欣。''那么你们答应我，'他又说，'为了我而反对那个骗子吗？''不要怀疑，'她们异口同声地说，'我们向您保证永久的忠诚；我们只是被太长久地欺骗了：那个卑鄙的家伙并不怀疑我们的品德；他只是怀疑他自己的软弱。我们清楚地知道男人们根本不是像他那样；他们肯定都像您。但愿您知道您使我们多么恨他！''啊！我会经常给你们恨的新理由，'假的易卜拉欣又说，'你们还根本不知道他对你们犯下的所有的错。''我们由您的复仇的巨大判断出他的不公正的巨大。'她们说。'是的，你们说的对，'这个天上的人说，'我是根据罪行来衡量处罚的；我很高兴你们满意我的惩罚方式。''可是，'这些女人说，'如果那个骗子回来，我们怎么做？''我相信，他再难欺骗你们了，'他回答说，'在我在你们身边所占的这个位置上，人们很少要靠诡计来维护自己，再说，我将把他送得远到你们将不再听人说到他。那时，我将一心用于你们的幸福：我根本不嫉妒；我能够使自己对你们放心而不必约束你们；我对于我的长处有相当良好的认识，相信你们会对我忠诚。如果你们和我在一起都不是有道德的，你们和谁在一起才会是呢？'

"这场谈话在他与她们之间持续了很长时间，那些女人更为两个易卜拉欣的区别而不是二人的相似所震惊，甚至都不想让人给自己解释这样多的奇迹。最后那个绝望的丈夫又回来打扰他们；他发现他的整个家都处在欢乐之中，而这些女人也比以往更加不轻信。这处境对于一个嫉妒的家伙是不能忍受的：他愤怒地走出来，一刻之后，假的易卜拉欣跟着他，抓住他，将他带到空中，将他放在了离那里两千里远的地方。

"哦众神！当她们亲爱的易卜拉欣不在时，这些女人处在怎样的伤心之中！她们的阉奴们已经恢复了他们原先的严厉；整个家宅都在眼泪之中；她们有时候想象刚刚发生在她们身上的所有这一切只是一个梦；她们相互注视着，回想着这些奇遇的那些最微小的细节。最后那天上的易卜拉欣回来了，而且总是更加可爱；在她们看来，他的旅行并不是辛苦的。新的主人采取了一种与另一个主人完全相反的管理方法，它使所有的邻居惊讶。他遣走了所有的阉奴，使他的家能够接纳所有的人；他甚至不愿意让他的妻子们戴面纱。看到她们和男人们一起在宴会上并与他们一样自由，这是一件相当新奇的事。易卜拉欣有理由认为这个国家的习惯对于那些像他一样的公民是不合适的。可是他不吝惜任何的花费：他极慷慨地挥霍掉那个嫉妒家伙的财产，三年后，当这个嫉妒的家伙从他被放逐的遥远国度回来时，他只发现了他的妻子们和三十六个孩子。"

一七二零年，第一个热马迪月的第二十六日，自巴黎。

第一百四十二信

黎加致于斯贝克

寄往 ***

这里是我昨天收到的一位学者的来信；它会使你觉得奇特。

先生，

六个月前我继承了一位非常富有的叔父的遗产，他给我留下了五六十万利弗尔和一所华丽布置的房屋。当人们懂得很好地使用财产时，拥有一笔财产是快乐的。我对于各种享乐既没有野心也没有兴趣：我几乎总是将自己关在一间房间里，在那里我过着一个学者的生活；正是在这个地方人们发现可敬的古代文化的一个好奇的喜爱者。

当我的叔父阖上眼时，我多么希望能以古代希腊人和罗马人遵行的仪式使他下葬；可是我在当时既没有泪瓶①也没有骨灰罐和古代的灯。

可是后来我为自己配备了这些珍贵的稀奇物品。一些天前，我卖掉了我的银餐具以买来一盏曾经被一个斯多葛哲学家用过的陶灯。我使自己免除了我叔父遮盖他房间的几乎所

① 这是人们在古代坟墓中发现的一种小瓶，过去人们误认为是用于在送葬时承接哀哭者的眼泪，现代一般认为是装香料用的。但其名称lacrymatoire，即源自拉丁文lacryma（眼泪）。

有墙面的所有玻璃，为的是拥有一面有些破裂的、曾经被维吉尔使用过的小镜子：我非常高兴地看到我的脸面代替那位曼图亚的天鹅[①]的脸面而照在镜中。这还不是全部：我以一百个路易买了五六枚曾经在两千年前流通的铜币。我不愿意拥有现在在我的家中有任何一件不是在帝国[②]衰落之前制成的家具。我有一小橱非常珍奇非常昂贵的手稿。虽然我因为读它们而弄坏了眼睛，但我更加愿意使用它们而不是使用那些印刷的书本，后者不是那么准确，而且所有的人都能拥有。虽然我几乎从来也不出门，我却仍有着一种无限的激情，要认识所有那些属于罗马人的时代的道路。在靠近我家的地方有这样一条路，是大约一千二百年前一位高卢的行省总督命人修筑的；当我要去到我在乡间的房屋时，我从来也没有不从这条路走，虽然它非常不方便，并且还使我多走一里的路。但令我气愤的乃是人们在道路上立了一些隔着若干距离的木桩以表示离开附近的城镇有多远：我看到这些可悲的标志而不是过去在那里的军事的圆柱，就感到绝望；我不怀疑我会让我的继承人重新立起它们，并且我将在我的遗嘱中给予他们这笔费用。先生，如果您有一些波斯的手稿，但愿您使我拥有它；我将以您所希望的一切代价来买它，而且我还将另外给您一些我创造出的作品，通过它们您将看到我根本不是文学共和国的一个无用的成员。您将注意到在众多的论文之中有一篇，我在这篇论文中使人看到人们过去在凯旋式上用的冠乃是栎树枝的，而不是桂树枝的。您将佩服另一篇，在这篇里我通过从最严肃的希腊作者那里获取的博学的推测证明，刚比西斯是被伤在左腿上而

① 指维吉尔，维吉尔出生在曼图亚附近的安德斯。

② 指罗马帝国。

不是在右腿上[①]；另一篇，我在其中说明，一个小的额头过去是罗马人非常注重的美。我还将寄给您一卷四开本书，作为对维吉尔的《埃涅阿斯纪》第六卷的一行诗的解释。只在几天之后您就会收到所有这一切，至于现在，我仅仅寄给您一位古代希腊神话学家的这段作品片段，它直到现在还根本没有被公开过，我在一所图书馆的灰尘中发现了它。我为了手头上的一件重要事务而离开您：事情是恢复自然学家普利尼[②]的一个美丽的章节，五世纪的抄写者们曾经极端地歪曲了它。我是……

一位古代神话学家的作品片段

在靠近奥尔卡德群岛[③]的一个海岛，出生了一个孩子，他的父亲是风神埃俄勒，母亲是卡莱多尼亚[④]的一位林中女神。据说他完全独自一人学会了用手指计数，并且从四岁开始，他即如此完美地分辨金属，他的母亲想要给他一枚黄铜的戒指而不是

① 希罗多德《历史》第三卷载，波斯国王刚比西斯曾经疯狂地刺伤了埃及的神阿庇斯（为一头全白的牛犊）的腿而致它死亡。后来，他在一次暴怒之中骑上马，不料刀鞘的扣子脱落，刀刃刺中了他的腿，那部位正好就是他当初刺伤阿庇斯的部位。刚比西斯因这刀伤而死。书中并未说他刺中了阿庇斯的哪条腿，因而人们也就无法知道他刺中了自己的哪条腿。

② 拉丁名盖尤斯·普利尼乌斯·塞孔都斯（Caius Plinius Secundus，23—79），著有《自然史》三十七卷。公元七十九年，维苏威火山喷发，当时指挥弥塞努姆（Misenum）舰队的普利尼乌斯前往斯塔比埃城（Stabiae）救援居民并观察火山景象，不幸被火山喷出的有害气体窒息而死。

③ 即英国的奥尔克尼群岛，在苏格兰北部。这篇所谓古代神话学家作品片段是讽刺约翰·劳的。

④ 这是苏格兰的古代名称。

一枚金的，他识破骗局将它扔在地上。

当他长大时，他的父亲就教他秘诀，将风关在皮口袋中，再将它卖给所有的旅行者。可是，由于这种商品在他的国家里不大被人买，他便离开了他的国家，并开始在瞎眼的机遇之神的陪伴下周游世界。

在他的旅行中，他得知在贝提卡金子到处都在闪着光；这使得他加快了他的步伐。他在那里被当时正统治着的萨图尔纳[①]很糟糕地接待。可是这位神离开大地后，他便想到了去所有的十字路口，在那里他不断地以沙哑的嗓音喊着："贝提卡的人民们，你们因为自己拥有金子和银子便认为自己是富有的。你们的错误令我感到悲悯。相信我：使国家离开这些邪恶的金属；来到想象的帝国中；我许诺你们一些将令你们感到惊讶的财富。"他立刻打开他带来的那些皮袋中的一大批，将他的商品分配给每个想要它的人。

次日，他又来到那几处十字路口，他叫道："贝提卡的人民们，你们想要富有吗？请想象我是非常富有的，并且你们也非常富有；每天早晨都要想你们的财富在夜里成倍地增长了；然后你们起来；如果你们有一些债主，就去以你们所想象的偿还他们，并要他们自己也想象。"

几天之后，他重又出现，他这样说："贝提卡的人民们，我看得清楚你们的想象力不像最初几天那样强烈。让你们被我的想象力引导吧。每天早晨我会将一张布告放在你们眼前，这对于你们将是财富的源泉；你们在那上面将只看到四句话，但它们将是非常有意义的：因为它们将规定你们的妻子们的嫁妆，你们的孩子们的法定遗产，你们的仆人的数量。至于你们，"

① 罗马神话中的农神，后为朱庇特驱逐。诗人称他统治的时代为黄金时代。这里是影射路易十四。

他对那群人中最靠近他的那些人说，“至于你们，我亲爱的孩子们（我能以这名称来叫你们：因为你们从我这里接受了第二次出生），我的布告将决定你们的车马的华丽，你们的宴会的豪华，你们的情妇的人数和经费。”

这之后的几天，他上气不接下气并且非常愤怒地到达了那个十字路口，他叫道：“贝提卡的人民们，我曾建议你们想象，而我看到你们没有这样做。那好，现在，我命令你们这样做。”说完他猛然离开他们；可是考虑将他叫了回去。“我得知你们中的某些人还相当可恶，想要保留他们的金子和银子。还被当成银子；可是被当成金子……，被当成金子……啊！这使我处于愤怒之中。我以我的神圣的皮口袋起誓，如果他们不来将它送给我，我将严厉地惩罚他们。”然后他以一种极有说服力的表情说道：“你们认为我向你们要它们就是为了看管这些卑劣的金属吗？我的天真诚实的一个标志就是，当你们前些天将它们送给我时，我当即就将其中的一半还给了你们。”

次日，人们远远地就发现了他，人们看到他以一种温和而诱人的声音使别人相信自己：“贝提卡的人民，我得知你们有一部分的财产在外国。我请求你们，为我将它们弄来：你们将使我高兴，并且我将对于你们永久地感激。”

埃俄勒的儿子对一些并不想笑的人说话；可是他们忍不住笑了起来；这使得他非常混乱地回去了。可是，重新鼓起勇气后，他再尝试一个小小的请求：“我知道你们有一些珍贵的石头。以朱庇特的名义，放弃它们！没有任何东西像这些东西一样使你们变穷了。放弃它们，我对你们说。如果你们不能通过自己来这样做，我将给你们一些优秀的办事务的人。如果你们做了我建议你们的事，多少财富将流进你们的家中！是的，我许诺你们我的口袋中所能有的一切最纯洁的东西。”

最后他登上一个露天的台子，以一种坚定的声音说："贝提卡的人民们，我将你们现在的幸福处境与我到达这里时看到你们所处的处境相比较：我看到你们是大地上最富有的人民；可是，为了完成你们的幸运，请允许我夺走你们财产的一半。"说着这些话，埃俄勒的儿子展着轻盈的翅膀消失了，让他的听众处在一种难以表达的惊愕之中；这使得他次日又来了，并这样说："我昨天发现我的话使你们极端不快。那好，就当我什么也没有对你们说。确实，一半，太多了：只能是采取别的权宜办法来达到我给自己提出的目标：将我们的财富集中在一个共同的地方；我们能够容易地这样做：它们并不占很大的体积。"其中的四分之三立刻就消失了。

一七二零年，夏邦月的第九日，自巴黎。

第一百四十三信

黎加致犹太医生纳塔纳埃尔·莱维

寄往里窝那

你问我对护身符的功效和符咒的能力怎样想。为什么你要问我？你是犹太人，而我是穆斯林；也就是说我们两人都是很轻信的。

我在自己身上总是带着神圣的《古兰经》的两千多个章节；我在臂上系着一个小包，那里面写着两百多个苦行僧的名字；阿里、法特梅[1]和所有那些洁净者的名字，则被藏在我的衣服的二十

① 即法蒂玛。

多处地方。

然而我根本没有不同意那些否认人们赋予某些言语的这种功效的人：我们回答他们的推理比起他们回答我们的经验要更为困难得多。

我出于一种长期的习惯而带着这些神圣的碎片，以使我适应于一种普遍的习俗：我认为，如果它们拥有的功效不如人们戴的那些戒指和别的饰物多，它们的功效也不会少。可是你，你将你的所有信任放在某些神秘的字母上，而且，没有了这一保护物，你就会处在一种持续的恐惧之中。

人是很不幸的！他们不断地在错误的希望和可笑的恐惧之中飘荡，并且不是倚靠于理性，而是给自己造出一些使他们害怕的鬼怪，或者是一些引诱他们的幻象。

你希望某些字母的安排制造出什么效果来？你希望它们的混乱能够扰乱什么效果？它们要与风有怎样的关系，以平息风暴；与火药有怎样的关系，以战胜其力量；与医生们所称的疾病的犯罪体液和致病原因要有怎样的关系，才可治愈疾病？

奇怪的是，那些使自己的理智疲劳，以使之将某些事件与一些隐蔽的功效联系在一起的人，为了阻止自己看到其中真正的原因，所要作的努力并不更小。

你会对我说有一些奇迹使人赢得了战斗；而我，我会对你说，你必须将自己弄瞎才能在阵地的形势中，在士兵的人数或者勇敢中，在军官们的经验中，不发现一些因素足以造成这一你想要不知道其原因的效果。

我暂时同意你有一些奇迹。你也暂时会同意我，根本就没有奇迹：因为这是不可能的。你所同意我的话，并不能阻止两支军队相攻击。在这种情况下，你想要两支军队中的任何一支都不能夺取胜利吗？

你认为它们的命运会一直不能确定，要等一种不可见的力量来决定它；所有的打击都是浪费，所有的谨慎都是徒劳的，所有的勇敢都是无用的？

你认为在这些场合，被以成千种方式呈现在人们面前的死亡，不能在心灵中造成你那样难以解释的这种极度的恐怖？你希望在一支十万人的军队里，不会有一个胆怯的人？你认为这一个人的丧失勇气不会造成另一个人的丧失勇气；而第二个人，离开了第三个人后，不会使他很快又抛弃第四个人？并不需要更多的人，对于胜利的绝望就能突然控制整个军队，而且军队的人数越多，它就越容易控制它。

所有的人都知道而且所有的人都感觉到，就像所有的动物都想要保存其存在一样，人都热切地爱着生命。人们通常都知道这个，而人们竟探究为什么他们在某个特定的情况下害怕失去生命！

虽然所有民族的圣书中都充满着这些极度的或超自然的恐怖，我想象不出任何东西有如此轻率，因为，为了确信一件可以由十万个自然的因素造成的结果是非自然的，就必须先行检查看看这些因素中是不是有任何一个没有起作用；这是不可能的。

我不再对你说更多的了，纳塔纳埃尔：我觉得这个话题不值得被如此严肃地对待。

一七二零年，夏邦月的第二十日，自巴黎。

又及：正当我写完时，我听到人们在街上喊叫着一个外省医生写给一个巴黎医生的信（因为在这里，所有微不足道的东西都被印刷，被公开，被卖）；我认为我最好将它寄给你，因为它与我们的话题有些关系。

一位外省医生致一位巴黎医生的信

在我们的城里曾经有一个病人，他三十五天来根本不睡觉。他的医生给他开了鸦片，可是他不能下决心服用它，他将杯子拿在手上却比以往更加不坚定。最后，他对他的医生说："先生，我求您饶了我一直到明天：我认识一个人，他不行医，可是他在家中有无数对付失眠的药方。请许可我派人去找他来，如果我这个晚上还不睡觉，我向您保证我将回来找您。"医生被打发走后，这位病人让人拉上窗帘并对一个小仆人说："听着，去到阿尼斯先生家，请他来与我说话。"阿尼斯先生来了。"我亲爱的阿尼斯先生，我要死了:我不能睡觉。在您的店铺里就没有您无法卖掉的《G 的 C》[①]或者由一位R.P.J.[②]编纂的信仰书籍吗？因为保存得最久的药常常是最好的。""先生，"书商说，"我在我家中有高森神父的六卷本的《神圣的宫廷》，可以供您使用；我把它送给您；我希望您会因此而觉得自己很好。如果您想要西班牙耶稣会士，可敬的罗德里格斯神父的著作，也不要错过。但是，请相信我，我们只限于高森神父；我希望，靠着上帝的帮助，高森神父的一段文字将对您起到《G 的 C》中整整一页所能起的效果。"说完这话阿尼斯先生出去到他的店铺中找药去了。《神圣的宫廷》来了；人们拂去了书上的灰尘；病人的儿子，一位年轻的学生，开始读它。他首先感到了药效：读到第二页时，他只能以一种发音不清的声音念书了，而且所有的人都感到自己变得虚弱。过了一刻，所有的人都在打鼾，只有病人一人例外，他在被长时间地考验之后，终于睡着了。

医生一大早就来了。"怎么样！人们服用了我的鸦片了吗？"人们什么也不回答他：妻子、女儿、小男孩，全都极为喜悦地给他看高森神父的著作。他问这是怎么回事。人们对他说："高森神

① 原注认为可能是《地球的知识》。

② 为 révérend père jésuite（可敬的耶稣会神父）的缩写。

父万岁！应该将它送去装订起来。谁能说它？谁能相信它？这是一个奇迹。听着，先生，看看高森神父；是这卷书使我的父亲入睡了。”于是人们将事情向他解释，一如它发生的那样。[①]

这个医生是个精明的人，充满着卡巴尔[②]的秘密和言语与精神的能力；这使他震动，在多方考虑之后，他决定彻底改变他的习惯做法。“这是一件很奇异的事，”他说，“我掌握了一个经验；必须将它推得更远。唉，为什么一个有才智的人不能将他自己所拥有的那些品质传达到他的作品中呢？我们不是每天都看到这种事吗？至少很值得试试。我对那些药剂师厌倦了：他们的糖浆、他们的药水和所有那些草药毁坏了病人们和他们的健康。我们来改变方法；我们来试试才智的功效。”根据这一想法，他建立了一种新的药剂学，正如您通过我对他施行的一些主要的医疗方法作的描述将要看到的：

催泻剂

取亚里士多德的希腊文《逻辑学》三页，一篇最尖刻的经院神学论文（例如杰出的斯科特的）中的三页，巴拉赛尔斯[③]的著作三页，阿维森纳[④]的著作一页，阿威罗伊[⑤]的著作六页，波尔菲尔[⑥]

---

① 在某些版本中，这一封信到这里就结束了。

② 犹太人对《旧约全书》做的传统解释。

③ Paracelse，真名为 Theophrast Bombast von Hohenheim，瑞士炼金术士兼医生（1493—1541），是神秘医学的创始人。

④ 即阿拉伯医学家兼哲学家伊本·西拿（Ibn Sina，980—1037）。

⑤ 即阿拉伯医学家兼哲学家伊本·罗什德（Ibn Roschd，1126—1198）。

⑥ 亚历山德里亚学派哲学家（233—304），为普罗提诺斯的学生。

的著作三页，同样多的普罗提诺斯[①]的著作，同样数量的扬布里克[②]著作。将所有这一切浸泡二十四小时，每日服用四次。

更加强有力的催泻剂

取有关I*** 的B*** 和C*** [③]的C*** 的A*** [④] 十页；使它们在隔水锅中蒸馏；榨出一滴辛辣而刺激的汁液，使之流入一杯普通的水中；怀着信任将之全部吞服。

催吐剂

取六部演讲词，随便取十二篇悼词（但注意根本不要使用M.de N.[⑤]的），一部新歌剧集，五十部小说，三十部新的回忆录；将所有这一切放于一长颈甑中；任之煮解两天；然后，使之在砂浴上蒸馏。如果所有这些都不够：

另一种更加有力的催吐剂

取一叶曾用于覆盖J. F.[⑥]的作品集的大理石纹纸；使之浸泡三分钟时间；加热一调羹此种浸液；然后吞服。

非常简单的治感冒药方

阅读曾为耶稣会士的可敬的曼布尔神父的所有作品，注意只

① 为新柏拉图学派哲学家（204—270）。

② 四世纪时的希腊哲学家，属新柏拉图学派，生于叙利亚，著有《巴比伦人》。

③ 原注：西印度银行及公司。

④ 议会决定。

⑤ 德·尼姆先生，即福莱希耶。

⑥ 法国耶稣会士。

可在每段的结束处停顿，您将感到呼吸的便利一点一点地回到您身上，而不必反复使用此方。

用于防止马的疥疮、格拉泰尔[1]、头癣、皮鼻疽

取亚里士多德著作三类，两个形而上学级别，一种辨别，六首夏普兰[2]诗，自圣西朗修道院长[3]先生书信中抽出的一句话；将所有这些写在一片纸上，卷起纸片，系在一条带子上，将它戴在颈项上。

Miraculum chymicum, de violenta fermentatione cum fumo, igne et flamma.

Misce Quesnellianam infusionem cum infusione Lallemaniana; fiat fermentatio cum magna vi, impetu et tonitru, acidis pugnantibus et invicem penetrantibus alcalinos sales; fiet evaporatio ardentium spirituum. Pone liquorem fermentatum in alembico: nihil inde extrahes et nihil invenies nisi caput mortuum. [4]

---

① 原文作 gratelle，似是一种病名。

② 让·夏普兰（Jean Chapelain，1595—1674），法国诗人，虽然富于才情，但作为诗人是平庸的，曾为布瓦洛所嘲笑。

③ 即让·杜维尔吉耶·德·奥拉纳（1581—1643），法国神学家，冉森派会士的朋友，王家港（Port-Royal）修道院的良心导师。

④ 这段拉丁文意为：化学奇迹，论伴随着烟、火和火焰的猛烈发酵。将盖斯奈尔浸剂与拉勒芒浸剂相混合；靠着大力、冲撞和雷电而致发酵，因相互攻击并不断地相互渗透的酸而产生碱式盐；产生热气的蒸发。将发酵液倒入过滤筛中：除了髑髅之外，提取不出任何东西亦找不到任何东西。

盖斯奈尔（Quesnel，1634—1719）为冉森派神学家，他与巴黎大主教的争论引发了著名的教皇谕旨 Unigenitus（拉丁文：独生子，指耶稣基督，因为他是上帝的独生子）。拉勒芒为耶稣会士。

Lenitivum

Recipe Molinae anodyni chartas duas, Escobaris relaxativi paginas sex, Vasquii emollientis folium unum; infunde in aquae communis libras iiij, Ad consumptionem dimidiae partis colentur et exprimantur; et in expressione dissolve Bauni detersivi et Tamburini abluentis folia iij.

Fiat clyster. ①

In chlorosim, quam vulgus "pallidos colores" aut "febrim amatoriam" appelat.

Recipe Aretini figuras quatuor, R.Thomae Sanchii, De Matrimonio, folia ij. Infundantur in aquae communis libras quinque.

Fiat ptisana aperiens. ②

这便是我们的医生以一种可以想象到的成功使用的药物。他说，为了不使他的病人们破产，他不想使用罕见的治疗方法，这

① 这段拉丁文意为：镇痛剂。抽取莫里纳止痛药纸二张，埃斯科瓦尔松弛剂六页，巴斯盖缓和剂一叶；倒入四升的普通水之中，过滤并挤压至消耗一半；在挤压中分解出博尼的洗净剂及当布里尼的浸洗剂三叶。制成灌肠剂。莫里纳、埃斯科瓦尔、巴斯盖、博尼、当布里尼皆为耶稣会士。

② 这段拉丁文意为：用于医治大众所谓“苍白色”或“情人高烧”的萎黄病，抽取阿莱丹相貌四种，可敬的托马·桑切斯《论婚姻》二页，浸入五升普通水中。制成缓泻汤。

阿莱丹（Arétin），即意大利诗人彼埃特罗·阿莱第诺（Pietro Aretino，1492—1556）。桑切斯（1550—1610）为西班牙耶稣会士，其《论婚姻》一书全名为 De sancto matrimonii sacramento（《论婚姻的神圣典礼》）。

些方法几乎是根本找不到的：例如，一篇不使任何人打哈欠的献辞；一篇太短的前言；由一位主教作的训谕；被一位冉森派教士所蔑视或者被一位耶稣会士所敬佩的冉森派教士的作品。他说这类治疗方法只适于维持江湖医生的骗术，而他对于这骗术有着一种不可克服的反感。

第一百四十四信

黎加致于斯贝克

前些天，在我去到的一所乡间的房屋里，我发现两个在此处有着巨大声望的学者。他们的性格在我看来是可钦佩的。第一位的谈话非常令人欣赏，归结为这一句："我说的是真的，因为我说了它。"第二位的谈话针对另一件事："我没有说的就不是真的，因为我没有说它。"

我相当喜爱第一位：因为一个人如果是固执的，这对我不会有丝毫影响；可是如果他是狂妄的，这就对我有很大影响。第一位保卫他的见解；这是他的利益。第二位攻击他人的见解，而这是所有人的利益。

哦！我亲爱的于斯贝克，对于那些有着比保存本性所必要的愚蠢还要强烈的愚蠢的人，虚荣心起到多坏的帮助！这些人想要靠使他人不快而被他人尊重。他们竭力要高于他人，而他们甚至都不能与他人平等。

谦虚的人们，你们来，让我拥抱你们：你们制造了生活中的甜美和可爱。你们认为你们什么也没有，而我，我对你们说你们拥有一切。你们想要不羞辱任何人，而你们使所有的人感到羞耻。

当我在我的意想中将你们与我到处看到的这些专横的人相对比时，我将他们推下他们的席位，而将他们置于你们的脚下。

一七二零年，夏邦月的第二十二日，自巴黎。

第一百四十五信

于斯贝克致***

一个有才智的人在群体中通常是难以相处的。他选择少数的人；他与他喜欢称作坏集体的这一大批人在一起感到厌烦；他不可能使他的反感不被人感觉到：有多少反感就有多少敌人。

由于确信能在他愿意的任何时候令人高兴，他常常疏忽了这样做。

他乐于批评，因为他比别人看到更多的东西，并且对它们感觉更深。

他几乎总是毁坏自己的幸运，因为他的才智给了他更多的达到这一步的方法。

他在他的事务中失败，因为他冒险太多。他的总是投向远处的眼光，使他看到一些有着太远距离的事物。更何况，在一个计划刚产生时，他不是为来自事件自身的困难所惊骇，而是为那些解决困难的方法所惊骇，这些方法属于他，他从他自己的宝库中获取它们。

他忽略那些微小的细节，然而几乎所有重大的事务的成功都取决于这些细节。

相反，平庸的人竭力在一切方面获得益处：他清楚地感觉到他不应当在疏忽中失去任何东西。

普遍的赞扬通常更加适于平庸的人。人们高兴给予后者；人们乐于剥夺前者。当嫉妒扑向前者，并且人们什么也不原谅他时，人们却为后者弥补一切：虚荣公开表明自己赞成他。

可是，如果一个有才智的人都有这样多的不利了，我们对于学者们的艰难处境又如何说呢？

我每一想到这问题，从来都不能不回想起他们中的一个给他的一位朋友的信。这里便是：

先生，

我是一个每天晚上都忙于以三十尺长的望远镜观看我们头上转动的这些巨大的物体的人；而当我想要休息时，我拿起我的显微镜，我观察一条蛆或者一条蛀虫。

我根本不富有，我只有一个房间；我甚至不敢在那里面生火，因为我在房间里放着我的温度计，非正常的热量会使它升高。去年冬天，我想我要冻死了，虽然我那已经到了最低度数的温度计提醒我我的手要冻成冰了，但我根本没有放弃工作，我的欣慰是，我准确地知道了整个去年中最不可感知的时间变化。

我交流甚少，在我看到的所有人中，我一个也不认识。可是一个在斯德哥尔摩的人，另一个在莱比锡的人，还有一个在伦敦的人，我从来也没有见过并且我无疑永远也不会见到，我却与他们维持着一种非常准时的通信，我绝不会让一趟邮班经过而不给他们写信。

可是，虽然我在我的街区里不认识任何人，我在这里却有着一个很坏的名声，以致我最终将不得不离开它。五年前，我被我的一位女邻居粗暴地羞辱，因为我解剖了一条狗，而她声称它是属于她的。一个屠夫的妻子当时正好在那里，也参加进来，当那一位给我施加辱骂时，这一位向我和 *** 博士狠狠地投掷石头，他当时和我在一起，他在额骨上和枕骨上遭到可怕的一击，他的理智的中枢因此而深受动摇。

从这时候起，只要在街的尽头有某条狗走失，它便立刻被认定是经过了我的手。一个善良的女市民丢失了一条小狗，她说她爱它胜于爱自己的孩子，她那天来晕倒在我的房间里，由于找不到它，她便到法官面前控告我。我认为我永远也不能从这些女人的纠缠不清的恶意中解脱出来，她们用她们尖利的声音，以对十年来死去的所有动物的悼词不断地使我厌烦。

我是，……

所有的学术过去都被控告为妖术。我丝毫不为此惊讶。每个人都在心中说："我将自然的才能运用到了它们能达到的最远的程度；可是某个学者比我更有一些优势：这里面一定有诡计。"

现在这种指责已经失去了影响力，人们采取另一种方法，一个学者几乎不能避免被指责为不信教或者异端。虽然他被人民开脱了，但伤口已经形成；它永远也不会完好地合上。这对于他总是一处有病的部位。三十年后，一个反对者会来谦虚地对他说："上帝也不赞成我说人们控告您的话是真的；可是您被迫为自己辩护了。"人们就是这样将对他无罪的证明本身也转过来反对他。

如果他写了某部历史，并且如果他在思想中有高贵的东西，在心中有某种正直，人们就会激起对他的成千种迫害。人们将会就一件发生在一千年前的事而煽动行政官员反对他，如果他的笔不易被收买，人们便希望它被监禁起来。

然而这些为了一笔可怜的费用就抛弃自己信念的懦弱的人则是更加幸福的了；这些人零星地获得了他们所有的欺骗，而出卖它们连一个奥波尔也得不到；他们颠倒了帝国的结构，削弱一个势力的权利，增大另一个势力的权利，给予君主，剥夺人民，使一些陈旧过时的权利重新生存，迎合他们那个时代流行的那些情感和在王位上的那些罪恶；欺骗后代——由于后代越是无法摧毁他们的证词，他们这样做也就越卑鄙。

可是，蒙受了所有这些凌辱，这对于一个作者是根本不够的；一直处在对于自己作品的成功的持续不安之中，这对于他是根本不够的。这部使他付出那样大代价的作品，终于看到了白天；它从各方面给他引来了争吵。而如何避开它们？他有一种感情；他以他的文字来坚持它；他只知道一个距离他二千里的人说了完全相反的话。而战争就这样爆发了。

如果他还能希望获得某种重视！不：他绝不会比那些从事着与他同样的科学的人更加受尊重。一个哲学家对于一个头脑里装满了事实的人有着极端的蔑视；而他自己反过来又被一个有着良好记性的人视为幻觉者。

至于那些以一种骄傲的无知为职业的人，他们则希望整个人类都被埋葬在他们自己将被埋葬的遗忘之中。

一个缺少一种才能的人靠着鄙视这才能而得到补偿：他取消了他在优点与他自己之间遇到的这个障碍；并且，通过这，觉得自己处于他害怕其劳动的那个人的水平。

最后，必须在一个不明确的声望之上，加上快乐的被剥夺与健康的丧失。

一七二零年，夏邦月的第二十六日，自巴黎。

第一百四十六信

于斯贝克致莱迪

寄往威尼斯

人们很久以前就说过良好的信念是一个巨大的内阁的灵魂。

一个个人能够享受他所处的默默无闻；他只在某些人的面前才会使自己失去信誉；他在别的人面前掩盖着自己；可是一个不够正直廉洁的大臣，他统治着多少人，就有多少个证人，多少个法官。

我敢这样说吗？一个不正直廉洁的大臣所做的最大的坏事不是损害他的君主和使他的人民破产；我认为，有另一个危险一千倍的坏事：这就是他给予的坏榜样。

你知道我在印度[①]旅行过很长时间。我在那里看到一个天生慷慨正直的国家，由于一个大臣的坏榜样，从最低下的臣民到最尊贵的人们，在一时之间堕落了。我在那里看到整整一个国家的人民，在他们身上慷慨、正直、天真和诚实曾经在所有的时代都是自然的品质，突然变成了最卑下的人民；我看到邪恶在传播并且不放过甚至是最健康的那些成员；那些最有道德的人做着一些可耻的事，并且在人们已经对他们破坏了正义这一空洞的借口下，败坏着正义的最基本的原则。

他们为保护那些最卑鄙的行为而称一些法律是可恶的，并且称不正义和背信弃义为必要。

我看到契约的诚信被驱逐，最神圣的条约被取消，家庭的所

①原注：应视为“在法国”，下面的文字是批判法国财政总监约翰·劳的经济体系。

有法律被颠倒。我看到一些吝啬的负债人，因一种蛮横放肆的贫穷而骄傲，作为法律的愤怒与时代的苛刻的可耻的工具，不是偿还欠款而是假装偿还，将刀刺在他们的恩人的胸膛上。

我看到另一些更加可耻的负债人，几乎不付钱而购买或者干脆从地上拾起一些栎树的叶子，归还它们以充当寡妇和孤儿们的生活资料。

我看到在所有人的心中突然生出了一种对于财富的不可厌足的渴求。我看到在一刻之间形成了一种不是靠诚实的劳动和慷慨的实业，而是靠着君主、国家和同胞们的毁灭而使自己富裕的可恶的阴谋。

我看到一个正派的公民在这些不幸的时候，躺下睡觉时必说："今天我毁坏了一个人家；明天我还将毁坏另一个。"

"我将要，"另一个人说，"和一个手上拿着文具盒，耳朵上别着一把尖刀的黑人一起，去暗杀所有对我有恩的人。"

另一个人说："我看到我协调好了我的事务。确实，三天前，当我去偿付某笔款额时，我使整整一家人处在泪水之中，我使两个善良的女儿的嫁妆消失了，我剥夺一个小男孩的教育。那位父亲将因悲痛而死，那位母亲已经悲哀而死了；可是我只做了为法律所许可的事。"

当一个大臣败坏了整整一个国家的风俗，使那些最慷慨正直的心灵堕落，使尊严的光辉暗淡，使道德本身变得黑暗，并且使最高贵的出身混杂在普遍的轻蔑之中时，还有怎样的罪行比他所犯的罪行更大？

当后代必须为其先人们的耻辱而羞愧时，他们会说什么？当新生的人民将他们祖先的铁与直接给予他们生命的那些人的金相比时，他们会说什么？我不怀疑贵族们会从他们的区域中割除一个使他们蒙羞的可鄙的高贵等级，而使现在的一代人处于他们被放置的可怕的虚无之中。

一七二零年，拉马桑月的第十一日，自巴黎。

第一百四十七信

首席阉奴致于斯贝克

寄往巴黎

事情已经到了一种再也不能容忍的状况了：你的妻子们以为你的离别留给了她们一种完全的不受处罚。在这里发生了一些可怕的事。我自己都为我将向你作的残酷叙述而发抖。

赛丽丝一些天前在去清真寺时，让她的面纱落下来，几乎是面部毫无遮盖地出现在所有人的面前。

我发现萨嬉与她的一个女奴隶睡在一起：这是为后宫的法律禁止的事。

由于世界上最大的机会，我发现了一封信，我将它寄给你；我一直没有找出它是写给谁的。

昨天晚上一个年轻的男孩在后宫的花园中被发现，他跳墙逃脱了。

请你加上那些没有被我知道的事情：因为肯定你被背叛了。我等待你的命令，而在我接到它们的那个幸福时刻之前，我将一直处在一种可怕的境地。可是，如果你不使所有这些女人听从我的决定，我便不向你保证她们中的任何人，而且我每天都会有一些同样悲惨的消息要通告你。

一七一七年，莱热卜月的第一日，自伊斯法罕的后宫。

第一百四十八信

于斯贝克致首席阉奴

寄往伊斯法罕的后宫

通过这封信接受一个对于整个后宫的无边的权力：以与我本人同样的权威发号令。让害怕与恐惧与您一同行走：从一些房间到另一些房间，跑着带去处罚与惩诫。使一切都生活在沮丧之中；使一切都在你面前溶化在眼泪之中。查问整个后宫；从奴隶开始。不要放过我的爱：让一切都经过您的可怕的审讯。使藏得最深的秘密显露出来。使这个不名誉的地方洁净，使被驱逐的道德回到那里：因为，从这一刻起，我将所有将要被犯的最微小的过错都放在您的头上。我怀疑赛丽丝就是您发现的那封信要寄给的人。以锐利的目光审查此事。

一七一八年，齐拉热月的第十一日，自***。

第一百四十九信

纳尔西特致于斯贝克

寄往巴黎

尊贵的主人，阉奴总管刚刚死去。由于我是你的奴隶中最年老者，在你使人们知道你想要将眼光落在谁身上之前，我代替着他。

在他死后的两天，人们拿给我一封你写给他的信，我不敢开启它，我恭敬地将它包起来并锁好，以等到你让我知道你的神圣的意图。

昨天一个奴隶在半夜里来告诉我，他发现后宫中有一个年轻男人。我起床详察此事，发现这是一个幻觉。

崇高的主人，我亲吻你的双脚，我请求你信任我的忠诚、我的经验和我的年老。

一七一八年，第一个热马迪月的第五日，自伊斯法罕的后宫。

第一百五十信

于斯贝克致纳尔西特

寄往伊斯法罕的后宫

您真不幸！您手中拿着的信件装有一些紧急而强制的命令，最微小的迟缓都会令我失望，而您竟在一个无用的借口下保持着安静！

发生了一些可怕的事，我也许有一半的奴隶都该死。我将首席阉奴死前就此事写给我的信寄给您。如果您早开启了寄给他的包，您就会在其中发现一些带血的命令。那么，念它们吧，这些命令，如果您不执行它们，您将灭亡。

一七一八年，夏尔瓦尔月的第二十五日，自***。

第一百五十一信

索里姆致于斯贝克

寄往巴黎

如果我再长时间地保持沉默，我将和你的后宫中所有的这些罪犯一样有罪。

我是你的最忠诚的奴隶阉奴总管的亲信。当他看到自己接近末日时，他命人叫我去，对我说了这些话："我要死了，可是我在离开生命时唯一的悲痛，乃是我最后的监督发现我主人的妻子们是有罪的。但愿上天使他免遭我预见的所有这些不幸！但愿在我死后，我的可怕的阴魂能来提醒这些背信弃义的女人她们的义务并继续使她们害怕！这是这些可怕的地方的钥匙。去将它们送给黑奴中最年老者。但是如果在我死后，他缺乏警觉，你就要想到将一切都通告你的主人。"说完这些话，他在我的怀抱中死去了。

我知道在他死前的一些时候，他关于你的妻子们的行为写给你的东西。在后宫中有一封信，如果它被开启，它将会带来恐怖。你后来写的信在离这里三里远的地方被人抢夺走。我不知道这是怎么回事。一切都在不幸地变化着。

这时间你的妻子们不再遵守任何的约束。自从阉奴总管死后，似乎一切对于她们都是许可的。只有罗克萨娜一人仍留在义务中并保持着谦逊。人们看到道德在一天天地败坏。人们在你的妻子们的脸上再也看不到过去占据着那里的这种勇敢而严肃的道德。在其间散布的一种新的欢乐，在我看来，是某种新的满足的确切无疑的证明。在那些最微小的事物中，我都注意到了一些至今都是陌生的自由。甚至在你的奴隶中间，都盛行着一种对于他们的义务和对于遵守规矩的懒惰，这使我惊讶。他们再也没有那种在过去似乎使整个后宫充满生气的为你效劳的热忱。

你的妻子们八天前去到了乡间你的一所最为偏远的房屋。人们说负责此事的奴隶被人收买了，在她们到达的前一天，他使两个男人藏在正室墙壁中的石室里，晚上当我们都退去时，他们从那里出来。目前领导着我们的那个老阉奴是个白痴，人们希望他相信什么，就能使他相信。

我被一种针对如此众多背信弃义行为的复仇的愤怒所激动。为了更好地为你效劳，如果上天使你认为我有能力管理，我向你保证，即使你的妻子们不是有道德的，至少她们也会是忠诚的。

一七一九年，第一个莱比亚卜月的第六日，自伊斯法罕的后宫。

第一百五十二信

纳尔西特致于斯贝克

寄往巴黎

罗克萨娜和赛丽丝希望去到乡间，我认为不应该拒绝她们。幸福的于斯贝克！你有一些忠诚的妻子和一些警觉的奴隶，我在美德仿佛为自己选择了作为栖身地的地方发着号令。要相信这里将不会发生你的眼睛不能容忍的任何事。

发生了一件使我陷于巨大痛苦的不幸事。一些新近到达伊斯法罕的亚美尼亚商人带来了你给我的一封信。我派了一个奴隶去取它，他在回来的路上被抢劫，信丢失了。请迅速给我写信，因为我想，在这一变故之中，你一定有一些重要的事要通告我。

一七一九年，第一个莱比亚卜月的第六日，自法特梅的后宫。

第一百五十三信

于斯贝克致索里姆

寄往伊斯法罕的后宫

我将铁放在你的手中。我将我目前在世界上最珍贵的东西托付给你，这就是我的复仇。进入这一新的职务，但是不要在这职务中带有心肠和怜悯。我写信要我的妻子们盲目地服从你。在对如此多的罪行的羞愧之中，她们将倒在你的眼前。我必须由你而得到我的幸福和我的安宁。将我的后宫还给我，一如我离开它时的那样。可是，从补偿它的罪过开始，消灭那些罪人，使那些想要变成罪人的人发抖。为了奖赏一些如此重大的效劳，什么东西你不能希望从你的主人这里得到？使你处于你原本的处境和你从来都盼望得到的所有奖赏之上，这只取决于你。

一七一九年，夏邦月的第四日，自巴黎。

第一百五十四信

于斯贝克致他的妻子们

寄往伊斯法罕的后宫

但愿这封信就像雷霆落在闪电与风暴中一样！索里姆是你们的阉奴总管，不是为了看守你们，而是为了惩罚你们。整个后宫都要在他面前俯下身子！他必须审判你们过去的行为。至于将来，他将使你们生活在一种严厉的束缚之下，使你们即便不为你们的道德而惋惜，亦会为你们的自由而惋惜。

一七一九年，夏邦月的第四日，自巴黎。

第一百五十五信

于斯贝克致奈西尔

寄往伊斯法罕

那由于认识到一个温和平静的生活的所有价值，而使自己的心在他的家庭之中休息，并且除了那给予他生命的土地之外不认识别的土地的人，是幸福的！

我生活在一种野蛮的环境之中，面对着所有使我厌烦的东西。没有任何使我感兴趣的东西。一种忧郁的悲伤抓住了我，我坠入一种沮丧之中，我觉得我在变为虚无；只有当一个忧郁的嫉妒来点燃起并在我的心灵中产生出害怕、怀疑、仇恨和悔恨时，我才感觉到我自己。

奈西尔，你了解我，你一直像看透你自己的心一样看透我的心。如果你知道我的可悲的处境，我会使你感到悲悯。有时候我整整六个月等待着后宫的消息；我计数着流逝的所有时刻；我的焦急总是使它们对于我显得更长；而当那样长时间等待的事物就要到达时，在我的心中就发生一种突然的动荡，我的手因开启一封致命的信件而颤抖。过去使我失望的这种不安，我现在觉得它是我所能处的最幸福的状况，我害怕因一个对于我比一千次的死亡还要残酷的打击[①]而走出这种状况。

然而，不论我有什么样的离开祖国的理由，尽管我将我的存活归功于我的退隐，奈西尔，我再也不能留在这个可怕的流放地了。唉！难道我不是同样要被我的悲伤折磨而死？我曾经一千次地催促黎加离开这个陌生的土地，可是他反对我的所有决定，他以成千种借口将我束缚在这里。他好像已忘了他的祖国，或者不如说他好像已经忘记了我本人，因为他对于我的不快乐是那样无动于衷。

我多么不幸！我盼望再见到我的祖国，也许是为了变得更加不幸！唉！我在那里将做什么呢？我将把我的头送给我的敌人们。这还不是全部。我将进入后宫之中，我必须在那里查问我外出的那段悲惨的时间。而如果我在那里发现一些罪人，我又会怎样？如果仅仅想法本身就已经使我在那样遥远的地方感到痛苦，当我的在场使这想法变得更加真实时，事情又会如何？如果我必须看到，如果我必须听到我不敢不发抖地想象的东西，事情又会如何？最后，如果我自己将要宣布的一些惩罚必须成为我的悔恨和我的绝望的永久标志，事情又会如何？

---

① 指丧失名誉。

我将去把自己关在一些对于我比对于那些看管在其中的女人更加可怕的围墙之中。我将在那里带着我的所有怀疑；她们的热情不会使我减少丝毫怀疑；在我的床上，在她们的怀抱中，我将只感到我的不安宁；在一个那样不适于思考的时间里，我的嫉妒将会找到进行思考的时间。人类的可耻的渣子，下贱的奴隶们，你们的心对于爱的所有情感已被永远地关闭了，如果你们认识到我的处境的不幸，你们便再也不会为你们的处境而悲叹了。

一七一九年，夏邦月的第四日，自巴黎。

第一百五十六信

罗克萨娜致于斯贝克

寄往巴黎

恐惧、黑夜和不安在后宫中统治着，一种可怕的哀伤包围着它。一头老虎在每时每刻地施展着他的狂怒：他将两个白阉奴置于刑罚之中，他们只招认了自己的清白。他卖掉了我们的一部分奴隶，并强迫我们在相互间更换那些剩下的奴隶。萨嬉和赛丽丝在她们的房间里，在夜晚的黑暗中受到了一种可耻的对待，这个亵渎神圣的家伙竟不怕将他的卑鄙的手放在她们身上。他使我们每个人都被关在我们的房间里，而且，虽然我们是单独在那里了，他还要使我们在那里生活在面纱之下。我们不再被许可相互说话，相互写信则是犯罪，我们除了眼泪再无任何自由的东西。

一群新的阉奴进到了后宫之中，他们在这里日日夜夜地包围着我们，我们的睡眠不断地被他们的假的或真的怀疑打断。使我感到安慰的是，所有这一切不会长时间地持续，这些痛苦将与我的生命一起结束。它不会长久了，残酷的于斯贝克！我不会让你有时间来制止所有这些伤害的。

一七二零年，马哈拉姆月的第二日，自伊斯法罕的后宫。

第一百五十七信

萨嬉致于斯贝克

寄往巴黎

哦，上天！一个野蛮人甚至在他惩罚我的方式上羞辱了我！他使我遭受这种以侵害羞耻心为始的惩罚，这种将人置于极度的羞辱之中的惩罚，这种可以说是将人引回童年的惩罚。

当我的叫喊使我房间的拱顶发出回响时，最初在羞辱之下已经化为乌有的我的心灵，重新获得了对自己的知觉，并且开始愤怒。人们听到我在向所有人中最卑贱者请求恩惠，并随着他越来越无情而试图引起他的怜悯。

从这时以后,他的放肆无礼并且下贱的心灵升到了我的心灵之上。他的在场、他的眼光、他的言语，所有的不幸都来压在我身上。当我独自一人时，我至少还能以流泪作为安慰，可是当他出现在我面前时，愤怒抓住了我，我觉得这愤怒是无力的，于是我坠入绝望之中。

这头老虎竟敢对我说你是所有这些野蛮行为的发起者。他想要夺去我的爱并且一直亵渎到我心中的感情。当他对我说到我爱的人的名字时，我再也不知道伤心，我除了死什么也不能够。

我经受了你的远离，我以我的爱的力量维持着我的爱。所有的夜晚、所有的白天、所有的时刻，一切都是为了你。我在我的爱方面到了极点，而你的爱使我在这里被尊重。可是，现在……不，我再也不能忍受我现在落入的屈辱。如果我是清白的，请为了爱我而回来。如果我是有罪的，请为了让我死在你脚下而回来。

一七二零年，马哈拉姆月的第二日，自伊斯法罕的后宫。

第一百五十八信

赛丽丝致于斯贝克

寄往巴黎

在离我千里远处，您认定我有罪，在离我千里远处，您惩罚我。

一个野蛮的阉奴竟将他的邪恶的手放在我身上，他是按你的命令做的。是暴君在羞辱我，而不是那实施暴行的人。

您可以任您的意而增加您的恶劣对待。我的心自从它再也不想爱您之后，便是宁静的。您的心灵堕落了，于是您变得凶残了。要知道，您丝毫也不幸福。再见。

一七二零年，马哈拉姆月的第二日，自伊斯法罕的后宫。

第一百五十九信

索里姆致于斯贝克

寄往巴黎

高贵的主人，我为自己伤心，我也为你伤心，从来也没有一位忠诚的奴仆落入我现在所处的可怕的绝望中。这就是你的不幸和我的不幸。我只能颤抖着给你写下它们。

我凭天上的所有先知发誓，自从你将你的妻子们托付给我，我日日夜夜地监视着她们；我从来也没有一刻中断过我不安的巡视。我以惩罚开始我的管理，我虽然中断了它们，却没有离开我天生的严厉。

可是我对你说什么呢？为什么要在这里向你吹嘘一个已是于你无用的忠诚呢？忘记我过去的所有效劳吧，将我视为一个变节者，为了我未能防止的所有那些罪行惩罚我吧。

罗克萨娜，骄傲的罗克萨娜！哦，上天！此后还能相信谁呢？你过去怀疑赛丽丝，而你对于罗克萨娜感到一种彻底的安全。可是她的不合群的道德是一种残酷的欺骗，这是她的无信义的面纱。我突然发现她在一个年轻男人的怀抱之中，这个人一看到自己被发现了，便奔向我。他以匕首刺了我两下。闻声赶来的阉奴们将他围了起来。他抵抗了很长时间，伤了许多人，他甚至想要回到房间里，他说是为了死在罗克萨娜的眼前。可是他终于寡不敌众，倒在我们脚下。

高贵的主人，我不知道我是不是要等待你的庄严的命令。你将你的复仇放在我的手中，我不应该使它软弱无力。

一七二零年，第一个莱比亚卜月的第八日，自伊斯法罕的后宫。

第一百六十信

索里姆致于斯贝克

寄往巴黎

我下了决心：你的所有不幸都将消失。我将惩罚。

我已经感到一种暗暗的快乐，我的心灵与你的心灵都将平静下来，我们将终止罪行，而清白亦将脸色苍白。

哦，你们这些女人，你们似乎生来就是为了不知道你们的所有感觉并且由于你们自己的欲望而感到气愤、羞愧与廉耻心的永远的牺牲者，为什么我不能使你们大批地进入这不幸的后宫，以看到你们因我将在那里撒下的血而震惊！

一七二零年，第一个莱比亚卜月的第八日，自伊斯法罕的后宫。

第一百六十一信

罗克萨娜致于斯贝克

寄往巴黎

是的，我欺骗了你。我迷惑了你的阉奴们，我愚弄你的嫉妒，我能够将你的可怕的后宫变成一个充满乐趣与欢快的地方。

我就要死了，毒药将在我的血管中流动。因为，我在这里还能做什么呢，既然那唯一使我留在生命中的男人已经不在了？我要死了，可是我的灵魂被盛大地陪伴着飞走，我刚把这些使世界上最珍贵的血流淌的邪恶看守在我之前送走。

你怎么想象，我会轻信到以为自己在这个世界上只是为了爱你的任性，想象在你许可自己做一切事时，你有权利毁坏我的所有愿望？不！我可以生活在奴役之中，但我一直都是自由的，我根据自然的法律而改造了你的法律，因而我的思想总是处于独立之中。

你本应该就我为你做的牺牲而感谢我，为了我曾经委屈自己直至表现得对你忠诚，为了我曾经在自己心中懦弱地保存着我本应使之对整个世界表露出来的东西。最后，为了我曾经冒犯道德。因为我容忍人们以此名称而称呼我对你的意愿的顺从。

你过去由于在我身上根本发现不了爱的冲动而感惊讶。如果你过去好好地认识我，你便会在我身上发现最为强烈的仇恨。

可是你曾长时间地有着这个便利，认为一颗像我这样的心是顺从于你的。我们两人都是幸福的：你认为我被骗了，而我欺骗了你。

这种语言对你无疑是陌生的。在使你饱受了悲痛之后，难道我还可能仍然强求你佩服我的勇敢吗？可是一切都结束了。毒药吞噬着我，我的力量抛弃了我，笔从我手中落下，我感到连我的仇恨都在变得虚弱，我死了。

一七二零年，第一个莱比亚卜月的第八日，自伊斯法罕的后宫。

附录

辩护二则

之一

当这部作品出现时，人们并不视它为严肃的作品，它也不是。人们顾及到一种完全坦白的，对一切都加以批评但对任何事物都无恶意的良心，而原谅了两三处大胆的地方。每个读者都是他自己的证人。他只记得他的快乐。人们在过去生气一如人们在今天生气，可是人们在过去更加懂得应当在何时生气。

之二

人们几乎不能将自己认为在书中冒犯宗教的那些东西归因于《波斯人信札》。

这些东西从来没有被发现是与省察的想法联系在一起，而是与奇异的想法联系在一起；从来不是与批评的想法，而是与特殊的想法联系在一起。

这是一个波斯人在谈话，是他应当为他看到的一切和他听到的一切所惊讶。

在此情况下，当他谈到宗教时，他不应显得比对别的事物更加了解，如这个国家的习惯和作风，他根本没有将它们看成是好的或坏的而是视为奇异的。

正如他觉得我们的习惯是怪异的，有时候他就在我们的信条的某些东西中感到了特殊性，这是由于他对这些东西无知。由于他对连接这些东西的事物，对于这些东西所处的密切关系毫无认识，他便难以解释它们。

触及到这些问题，确实是有些不大慎重。人们对于别人会想什么并不像对于他自己想什么要肯定。

图书在版编目（CIP）数据

波斯人信札 /（法）孟德斯鸠著；陆元昶译．—南京：
译林出版社，2014.10
（汉译经典）
ISBN 978-7-5447-4962-6

Ⅰ．①波… Ⅱ．①孟… ②陆… Ⅲ．①书信体小说－法国－近代
Ⅳ．①I565.44

中国版本图书馆CIP数据核字（2014）第205672号

书　　名	**波斯人信札**
作　　者	〔法国〕孟德斯鸠
译　　者	陆元昶
责任编辑	韩继坤
特约编辑	段颖龙
出版发行	凤凰出版传媒股份有限公司 译林出版社
出版社地址	南京市湖南路1号A楼，邮编：210009
电子信箱	yilin@yilin.com
出版社网址	http://www.yilin.com
印　　刷	泰安市恒彩印务有限公司
开　　本	960×640毫米　1/16
印　　张	19.5
字　　数	242千字
版　　次	2014年10月第1版　2023年10月第3次印刷
书　　号	ISBN 978-7-5447-4962-6
定　　价	67.60元

译林版图书若有印装错误可向承印厂调换